LA CHICA DEL SOMBRERO AZUL VIVE ENFRENTE

Ana María Draghia

Cualquier forma de reproducción, distribución, comunicación pública o transformación de esta obra solo puede ser realizada con la autorización de sus titulares, salvo excepción prevista por la ley.
Diríjase a CEDRO si necesita reproducir algún fragmento de esta obra.
www.conlicencia.com - Tels.: 91 702 19 70 / 93 272 04 47

Editado por Harlequin Ibérica.
Una división de HarperCollins Ibérica, S.A.
Núñez de Balboa, 56
28001 Madrid

© 2018 Ana María Draghia
© 2019 para esta edición. Harlequin Ibérica, una división de HarperCollins Ibérica, S.A.
La chica del sombrero azul vive enfrente, n.º 175 - 1.2.19

Todos los derechos están reservados incluidos los de reproducción, total o parcial. Esta edición ha sido publicada con autorización de Harlequin Books S.A.
Esta es una obra de ficción. Nombres, caracteres, lugares, y situaciones son producto de la imaginación del autor o son utilizados ficticiamente, y cualquier parecido con personas, vivas o muertas, establecimientos de negocios (comerciales), hechos o situaciones son pura coincidencia.
® Harlequin, HQN y logotipo Harlequin son marcas registradas por Harlequin Enterprises Limited.
® y ™ son marcas registradas por Harlequin Enterprises Limited y sus filiales, utilizadas con licencia. Las marcas que lleven ® están registradas en la Oficina Española de Patentes y Marcas y en otros países.
Imágenes de cubierta utilizadas con permiso de Dreamstime.com y Fotolia.

I.S.B.N.: 978-84-1307-421-4
Depósito legal: M-38377-2018

Soledad, libertad,
dos palabras que suelen apoyarse
en los hombros heridos del viajero.
Las razones del viajero
Luis García Montero

A Cristina,
la niña que dormía a mi lado en la guardería.
Espero que siguieras soñando.

> A mi hermana,
> porque llegaste como un tornado
> hace ya dieciocho años.

Capítulo 1

DE CARROT Y LAS DESPEDIDAS

Mi vuelo llevaba un retraso de siete horas cuando, por primera vez, tuve miedo de dejar mi ciudad y habitual caos. El aeropuerto me pareció pequeño y atestado de gente que apuraba los últimos minutos de sus vacaciones; personas que, al contrario que yo, volvían a su hogar. Yo me iba, lo abandonaba por tres razones fundamentales: porque era joven y un tanto inconsciente, porque no hacía más que discutir con mi familia y porque un pequeño y destartalado cajón de mi mente guardaba la esperanza de hallar lo perdido en algún lugar lejano. En ese momento, mientras una pareja se besaba con pasión al ritmo de «Me gusta cuando callas porque estás como ausente», me percaté de que aquellas, tal vez, eran razones insuficientes para lanzarme a la aventura de vivir.

Me aferraba, con los nudillos ya rojos, al lomo de un libro; uno que me habían regalado al cumplir trece años: *El viajero perdido,* de César Mallorquí. Con sus solapas desgastadas y sus páginas amarillentas, me dispuse a convertirlo en mi salvavidas y en mi compañero de viaje. No es que yo fuera una buena lectora, todo lo contrario. Procuraba mantenerme alejada de los libros y de sus historias, sin embargo, esa novela había logrado cautivarme. Quizá porque había sido un regalo o porque una parte de mí se sentía identificada con su protagonista. En realidad tenía una razón más fuerte, pero, como todo lo importante, procuraba obviarla.

Como iba diciendo, estaba transitando por una crisis existencial basada en que, por extraño que parezca, quería regresar a mi casa y seguir allí, aferrada a la vana ilusión de conseguir, cuando finalizase la carrera, un trabajo relacionado con la psicología, que era lo que ocupaba mi tiempo. Aunque, como podréis imaginar, la opción de volver era ya inviable. Me había hecho la valiente ante mis padres y no me quedaba alternativa. Para colmo, me iba a Inglaterra, a un pueblo pequeño, a ejercer las nobles profesiones de lechera y *au pair*. Me explicaré, ya que visto así suena a algo, cuanto menos, extraño.

El sitio al que me dirigía, lejos de ser ese idílico paraje descrito en tantas novelas victorianas (sí, esas que no había leído, pero que, por motivos en los que no me detendré, conocía de principio a fin), era ni más ni menos que una granja grande y rodeada de verde. Sabía por lo que me había dicho su propietaria que la granja contaba con más vacas que operaciones hechas todas las hermanas Kardashian juntas. Muchas vacas y una niña. Esos eran los habitantes del lugar, quienes, por el momento, tenía claro que me caerían bien. O eso necesitaba pensar.

La abuela de la pequeña, que por su voz parecía la típica señora que fuma y bebe como un cosaco, me hizo entre mugidos de bóvidos una entrevista telefónica que duró, a lo sumo, quince minutos de reloj Casio, es decir, bien cronometrados. Todo le pareció estupendo, aunque yo en su lugar también habría estado agradecida por conseguir, a un módico precio, dos manos lozanas que ordeñaran mis vacas y entretuvieran a mi nieta. Acordamos, pues, que iría lo antes posible. Debí de pasar algo por alto, porque creía que tendría a mi disposición al menos una semana para los preparativos. Mal, porque «lo antes posible», para la señora Robinson (sí, un apellido muy típico), significaba que esperaba mi presencia en el pueblo antes de la noche siguiente.

Así que en esas me encontraba cuando miraba la parpadeante luz en el panel que informaba del retraso de mi vuelo. Me iba a lo alto de un monte con tres maletas y el deseo de que no me viera, próximamente, vestida de *amish*. Me pondrían una desfasada y raída falda color marrón u ocre y utilizaría una vieja carreta tirada por caballos para llegar al pueblo más cercano y...

Me hundí en el asiento.

Pese a mis evidentes quejas, había algunas cosas que me recordaban que cualquier otro lugar en el mundo serviría de puente para una exiliada como yo. Ahora podría empezar a lamentarme, a decir que nunca fui popular, que pasé desapercibida, que era una triste chica que no había pisado una discoteca en su vida, que se escandalizaba al oír hablar de uno u otro tema... No obstante, me era imposible mentir, dado que yo había sido todo lo contrario a una buena chica, pero ya me había cansado de aparentar indiferencia ante todo lo que me rodeaba.

Algunos de mis amigos habían proferido fingidos gritos de espanto al escuchar adónde iba y a qué. ¿Me importó? En realidad me satisfizo. Cualquier cosa que ellos no aprobaran era significativa, quería decir que estaba haciendo lo correcto: necesitaba un cambio, y no, para nada un corte de pelo de esos de la televisión, con vestidos de gala que no me iba a poder poner para recoger boñiga de los *bos primigenius taurus*. Necesitaba un lugar donde respirar diferente y deshacerme de todos los fantasmas que me perseguían.

Tampoco, por si os lo estáis preguntando, dejaba atrás a ningún novio. No había precedentes de corazones rotos, sí de amores fallidos. De esos adolescentes que, con el tiempo, acaban causándote risa. Yo estaba en ese punto. Lo que no tenía muy claro era si en el punto de la adolescencia o el de la risa. Sea como fuere, me iba con el corazón enterito de una chica de veinte años dispuesta a vivir un verano inolvidable y a encontrar respuestas. Aunque primero tendría que hallar el valor para formular las preguntas. Y eso, pese a que no quería admitirlo, era otro cantar.

Puede que pedir que fuera inolvidable no hubiese sido mi mejor pensamiento. Maldita mi idea hollywoodiense de éxito y finales de cuento de hadas. ¡Qué demonios! Incluso los cuentos de hadas tienen desenlaces trágicos. ¡Condenada industria del dinero! Y, hablando de dinero, tampoco os vayáis a creer que me iban a llover los billetes. Cuatro duros y un mendrugo de pan, bien ganado, eso sí. En cualquier caso, mi marcha no tenía que ver con la libertad que te ofrece una cartera rebosante de libras. No, me iba a embarcar en ese vuelo porque llevaba demasiado tiempo sin saber quién era. Creo que había empezado a hacerme esa pregunta cuando rechacé aquella beca, esa que en el momento no me dolió tanto y que, sin embargo, con el paso de los años fue arrancándome pedazos de sonrisas.

Pero tuve que abrir los ojos poco a poco, día a día.

En ese instante, en el aeropuerto, también lo hice. Acababan de dar luz verde para dirigirnos a la puerta de embarque. Arrastré las maletas entre el gentío, apurada por el tiempo y la necesidad de no darme la vuelta y echar a correr hacia la salida. Facturé las maletas con la generosa ayuda de una mujer embarazada y me dejé cachear sin oponer resistencia. Creo que ninguno de mis novios me palpó tanto como la señora de seguridad.

Antes de lo esperado, o mejor dicho, después de esperar medio día, estaba, al fin, sentada en mi asiento. Miento, no era el mío. Un señor trajeado se encargó de hacérmelo saber. Me disculpé y abandoné el lugar, yendo en busca de la butaca y la fila que me correspondían. Butaca quince, entre dos señores de avanzada edad, ambos con audífonos, ambos amigos, ambos gritándose conmigo en medio. Las casi dos horas más largas de mi corta existencia. ¿Resumiendo? Los dos eran viudos y habían ido a pasar abril y mayo a Benidorm para olvidar las duras penas de la recién viudedad. Después, se habían dado una vuelta por las ciudades vecinas hasta llegar a Barcelona, más rojos que los cangrejos, para despedirse de sus vacaciones con unas últimas cervecitas en el aeropuerto.

Media hora después de escuchar cada detalle de sus escandalosas semanas en karaokes y primera línea de playa, pedí a la azafata un par de auriculares con la vaga expectativa de alejar sus voces de la perforación que habían dejado en mi cráneo, pero mi petición atrajo su atención sobre mí y comenzaron una ronda de preguntas y autorespuestas que acabaron no solo con mi paciencia, sino también con mi pacifismo innato. Puede que tenga algo que ver con el significado de mi nombre, y es que los guiris, todo sea dicho de paso, algo de catalán habían aprendido.

—Carlota –repetí.

Se miraron entre ellos con duda hasta que el de la derecha dio una palmada y tradujo.

—*Carrot!*

Puse los ojos en blanco y me mordí la lengua. Ellos rieron y eso les dio de qué hablar durante el siguiente cuarto de hora. Creo que conté innumerables veces hasta diez, con el fin de sosegarme.

Llegó un momento en que dejé de escuchar las sandeces que, medio ebrios, berreaban. Me centré en repasar lo que tendría que hacer al bajarme del avión. Llegaría pasado el mediodía, así que lo primero sería comer. Mis tripas rugían ante la idea de un plato de comida. Luego buscaría un taxi que me llevase a la estación de autobuses, donde cogería el que llevaba a Castle Combe. Y después, andar y andar. Pensándolo bien, a lo mejor no era tan mala idea lo de la carreta y los caballos, ¿no?

Y, mientras tanto, Carrot para arriba y Carrot para abajo.

En esas estaba cuando el avión se tambaleó hacia un lado y hacia el otro. Parecía una montaña rusa a punto de salirse del carril. Me agarré a los señores con tanta fuerza que tuve, por narices, que cortarles la circulación. Mi vida pasó por delante de mis ojos. No me gustaron especialmente los recuerdos seleccionados por ese cruel engendro que es el azar, al menos el que me habían asignado a mí las deidades, las estrellas o los ángeles.

Las turbulencias se detuvieron y una voz nos calmó a todos a través de los altavoces.

—*Don't worry, Carrot, it's ok!* –balbuceó el de la izquierda que, a mi parecer, se había meado encima del susto.

¡Joder, qué locura!

Asentí con parsimonia y media sonrisa a cuestas. Pues sí que empezaba bien la cosa. A pocos minutos de aterrizar, casi nos caemos en picado, y todos sabemos que, en medio del océano, a las primeras personas que salvan son a las jóvenes ordeñadoras, porque claro, hay vacas en ese país que dependen de ellas.

Cuando me vi en tierra, sin temibles maniobras de aterrizaje de por medio, me senté un rato en un banco y respiré con dificultad al principio y alivio después. Pisé el suelo con firmeza. Estaba a salvo, o eso creía, porque, sin previo aviso, vi al dúo de cómicos acercarse. ¿Dónde esconderme? ¿No valía con un chasquido de dedos para desaparecer?

—Carrot!

¿Sabéis esas escenas en las que los protagonistas se llevan las manos a la cara y tiran tanto de la carne que Munch podría resucitar y pintarlos? Pues esa era yo en aquel momento.

—Bebida —dijo uno, el más calvo.

Me tendió una lata de refresco de naranja.

Fruncí el ceño. ¿Era un acto de bondad sin esperar nada a cambio?

La cogí. Tenía demasiada sed.

—Gracias —murmuré.

—Comida —dijo el otro.

Me ofreció un sándwich. También lo acepté.

Sonrieron encantados.

—Adiós, Carrot —se despidieron con la misma velocidad con la que habían aparecido—. Benidorm *forever!*

Me quedé petrificada, mordisqueando los bordes del pan y bebiendo mientras ellos, riéndose, salían por las puertas acristaladas. Se sentían jóvenes, y me dieron cierta envidia, porque no parecían temer a nada y yo sí. Algo asustada sí que estaba. En unos minutos tendría que salir y tomar el mismo camino que ellos, subirme a un taxi y emprender el viaje a la que sería mi casa durante los siguientes tres meses.

De nuevo el aturdimiento y la duda. ¿Estaba haciendo lo correcto? Quería creer que sí, lo necesitaba. Me proporcionaba cierta paz tener la posibilidad de renunciar a la idea de seguir siendo quien fui un día. Allí nadie me conocía, no sabían nada de mí, podría ser quien de verdad sentía que era. Podría ser Carlota, aunque de repente me diese cuenta, con el sándwich a medio comer, de que no había recogido mis maletas, de que ya eran las cinco de la tarde y de que el cielo estaba más negro que el carbón que me dejaron los Reyes Magos el año que esquilé a nuestro gato Pepe.

Por el momento, tendría que seguir siendo la Carlota de antes, ya que era la única de las dos preparada para sobrevivir a ese día.

Capítulo 2

DE TÉ Y VIAJEROS PERDIDOS

El segundo taxi que cogí logró, al fin, comprender a dónde quería que me llevase, aunque a mí, desde un principio, no me había parecido tan difícil de entender: a la estación de autobuses. Sesenta libras y casi dos horas más tarde, estaba por fin bajo el cielo encapotado inglés, frente a la estación. Me pareció ligeramente menos romántico de lo que me había imaginado, sin embargo, agradecí que no estuviese lloviendo. Aún tenía confianza en llegar de una pieza, o, si no me quedaba más remedio, simplemente llegar.

Al margen de estas pequeñas nimiedades, las cosas iban todo lo bien que acostumbraban a irme: la batería del teléfono estaba al mínimo, el monedero en números rojos, ningún cajero a la vista, el sándwich ya digerido, por tanto, ¡hola, estómago vacío!, y el pelo encrespado. Ningún enchufe habría conseguido ese efecto del clima norteño.

Fui a la primera ventanilla que localicé con el rabillo del ojo. El señor que había al otro lado tenía el mismo humor que yo. Íbamos a entendernos a las mil maravillas: yo le arrojaría unas cuantas libras sobre el mostrador y él me lanzaría el billete de autobús a la cara. Sin embargo, pese a mi optimismo, las noticias no fueron todo lo buenas que yo quería.

—Acaba de salir el autobús hacia Castle Combe, señorita. El siguiente sale en una hora y media.

No lo recuerdo con exactitud, pero podría jurar que ese fue el instante en el que adquirí el tic nervioso que ahora tengo en el ojo.

—¿Una hora y media? —exclamé, pregunté, rugí.

—Eso es, ¿quiere el billete o no?

¿Que si quería el billete? Solo si me llevaba al centro de salud mental más cercano. Pese a ello, asentí desganada. Dejé el dinero con desánimo frente a él, y eso, junto a mi expresión abatida, debió de aplacarle un poco, porque redujo el fruncimiento de su ceño, me tendió el billete con un ápice de amabilidad y me dijo que había una tetería justo a la salida de la estación. Podría esperar allí.

Le agradecí las indicaciones y me fui arrastrando las maletas tras de mí.

Crucé la calle y me encontré con una vieja... ¿tetería? Con todos mis respetos, eso parecía cualquier cosa menos un sitio acogedor donde poder tomarse una taza de té caliente y suplicar que el tiempo pasase rápido. Abrí la puerta, cubierta de una gruesa capa de polvo, y sonó una campanita. Aquello me hizo sonreír. Llamadme loca, pero me recordó a mi primer gato y a sus cascabeles. Me sentí un poco más arropada.

Detrás de la barra había una chica joven, unos pocos años mayor que yo, que, afanada, limpiaba la encimera con un trapo fucsia. No era, en mi humilde opinión, lo único que debía pulirse en ese local, sin embargo, con el tiempo, de eso ya se encargaría sanidad. Levantó la cabeza y me sonrió con amabilidad, cosa que hizo que perdonara cualquier insecto que, posteriormente, pudiera encontrarme en mi comida. De hecho, ¿qué importancia tenían una o dos cucarachas en comparación con las ratas, lagartijas y bichos que iba a encontrarme en la granja?

Podía haber ocupado una de las pequeñas mesas de madera, redondas y espigadas, que estaban repartidas por el local, sin embargo, preferí hacerlo frente a la chica, no por la conversación, sino porque era lo que se encontraba más cerca. Después de tantas horas comenzaba a pesarme el cansancio.

—¿Qué te pongo? —preguntó sin dejarme tiempo siquiera para quitarme la sudadera.

En el interior del local hacía calor.

—¿Un... té?

Me di cuenta de que en un idioma que no era el mío, no sonaba tan irónica. Ella asintió encantada y me preguntó de qué lo quería. Menta. Menta, pues. ¿Algo de comer? ¿Tenéis comida? Asentimiento. ¿Huevos con beicon? Claro, ¿por qué no? Me gusta el colesterol. No tardo, contestó. Tengo tiempo, apunté yo. Tengo bastante tiempo, recalqué.

—¿Turista? —me preguntó desde la cocina, que estaba abierta al público.

—Algo así.

—¿Hacia dónde vas?

—Castle Combe.

Enarco las cejas.

—Acaba de irse el autobús —me informó, como si yo no lo supiese ya.

Moví la cabeza de arriba abajo y agradecí estar en un país en el que ese mero gesto significaba asentimiento y no negación.

—Es bonito, ¿sabes? Castle Combe, digo.

—Y tranquilo, tengo entendido —señalé mientras me recogía el pelo en una coleta alta.

—Con tan pocos habitantes, tú dirás.

Se echó el paño al hombro, igual que en esos programas de cocina profesional, y siguió removiendo los huevos en la sartén. Todo olía a comida...

Abandonó la tarea un segundo y me trajo una tetera de porcelana y una tacita preciosa en la que me sirvió el té. Huevos con beicon y té. Una combinación ganadora.

—¿Eres estudiante?

—Este verano no.

Sonreí recordando las ubres de las vacas y los tutoriales de YouTube en los que había visto a expertos extraer la leche en tiempo récord. Ella, que no sabía en qué pensaba, debió de creer que me refería a que estaba de vacaciones.

Me sirvió un plato rebosante de comida. Me pareció abundante en exceso. Quince minutos después, sin embargo, no quedaba rastro de nada. Hasta ella se asombró por mi voraz apetito. Temí tener que abrirme los botones del pantalón vaquero para que no saliesen disparados, pero al final no fue necesario.

Fue entrando gente a medida que se acercaba la hora de salida del autobús, así que la camarera ya no pudo seguir charlando conmigo. Me apenó un poco, sin embargo, pronto encontré otra tarea en la que ocupar mi tiempo: la cabina telefónica. Todavía tenía que llamar a casa.

Saqué unas cuantas monedas y comencé a marcar el número. Sonó varias veces hasta que una voz interrumpió el pitido con un «hola» agudo que reconocería a mil kilómetros de distancia.

—Soy Carlota, ya he llegado, mamá.//
—¿Tú eres tonta? ¿Por qué no has llamado antes?

Amonestación por teléfono, ¿a quién no le gusta eso?

—No he podido, lo siento. Estoy bien.//
Silencio.//
—¿Cómo es la granja esa? De verdad, hija, te metes en unos líos que yo es que... es que ya no sé qué hacer contigo. Si aquí no te falta de nada...

Pero ¿no habíamos tenido esa conversación ya quinientas veces en las últimas cuatro semanas? Sabía que daba igual lo mucho que argumentara o explicara, mi madre necesitaba llevar la razón, y yo hacía tiempo que ya no sabía dársela. Supongo que ese también era uno de los motivos que me habían empujado a irme: ya no tenía doce años y mis padres eran incapaces de verlo. Mi inconsciente tenía una respuesta para su comportamiento, pero yo no estaba preparada para escucharla.

—No he llegado a la granja, estoy esperando el autobús. He perdido el anterior —expliqué, a desgana.

Me apoyé contra la pared y cerré un momento los ojos.

—¿Y se puede saber qué andabas haciendo para perder el autobús?

—Es que el taxi...

—¡Ay, Carlota, hija!

Suspiré. Al momento, se me ocurrió una estúpida idea.

—Mamá, oye, que no me quedan monedas. Intentaré llamarte pronto, besos para todos.

—¡Pero si todavía puedes hablar! Espera a que se cuelgue solo.

Puse los ojos en blanco y una mujer trajeada me miró y disimuló la risa que le causó mi expresión.

—Perdona, es que no quería que te preocuparas.

—Pues ya lo he hecho, porque claro, Carlota, las decisiones no se toman así. Tu padre y yo procuramos darte todo lo que puedas necesitar: una educación, una casa, y tú mira adónde te vas. A cuidar vacas.

—Yo solo cuido a la niña, a las vacas las ordeño.

Creo que emitió un gritito de indignación. ¿Seguro que yo formaba parte de esa familia? Solo había una persona que entendiera mi humor y mi forma de ser, y hacía ya mucho que no hablaba con ella.

—Mamá, solo son unas semanas, y mejoraré mi inglés.

—¡Pero si tú ya sabes hablar inglés!

Eso era cierto. Se me agotaban las excusas, así que cuando la voz del robot me indicó que se iba a finalizar la llamada, miré al cielo y articulé un «gracias» inaudible.

—Mamá, se cuelga.

—Ya lo he oído. Ten cuidado y llama, haz el favor. Y ten cuidado.

—Eso ya lo has dicho —le indiqué.

—Si no te hubieses ido, no tendría que decírtelo.

—Hasta pronto —declaré antes de colgar. Estaba segura de que me había escuchado.

La llamada me dejó un malestar palpable. Quizá no había hecho lo correcto, al fin y al cabo, allí estaba, apoyada contra la pared amarillenta de una tetería, esperando un autobús que me llevaría a un pueblo en el que no conocía a nadie. Y ¿por qué? Pues porque tenía que contestar a esa condenada pregunta: ¿Por qué?

Pagué la cuenta y me despedí agradeciendo la hospitalidad y los buenos deseos que me dedicó la camarera. Escuché de nuevo el tintineo, y, aunque aún quedaba media hora hasta que el autobús ocupase su lugar en el andén cuatro, fui hacia allí, temerosa de que el destino se me adelantara y lo perdiera por segunda vez consecutiva.

Me senté en el bordillo y saqué del equipaje de mano el libro de Mallorquí. Busqué un capítulo que siempre me hacía reír y me dediqué a releerlo mientras la gente circulaba de un lado a otro, frente a mí. Pronto perdí el interés, así que lo cerré y lo dejé a mi lado, en el suelo. Me abracé a las rodillas y seguí imaginándome cómo sería mi habitación, la casa, las personas con las que iba a vivir... Imaginación no me ha faltado nunca, así que se me pasaron por la cabeza las cosas más espantosas, pero también otras que eran propias de un palacio real.

En algún momento, mientras dudaba entre una cama con dosel o un colchón de paja, debí de perder la noción del tiempo, porque, de repente, escuché un claxon que me asustó. Me levanté de un salto y vi ante mí un autocar y a su chófer, quien me indicaba que me quitase de donde estaba.

Era mi autobús, por eso sonreí entusiasmada. Debí de parecer una lunática.

Cogí las maletas con ímpetu y me planté frente a la puerta. Esperé a que el conductor tuviese la buena voluntad de presionar el botón de abrir. Por favor, le imploré con los ojos, sin fuerzas ya para sostener el peso de no sé cuántos kilos de ropa y otros objetos.

Lo hizo. Primero abrió el maletero, donde deposité mis pertenecías, y luego me dejó subir. Nos saludamos con total cordialidad; él un poco sorprendido por mi, a su parecer, injustificada alegría.

—¿Cuánto vamos a tardar en llegar? —pregunté con júbilo.

—Poco más de dos horas, si no hay tráfico.

Me mordí la lengua. No es que esperara que apareciésemos allí por la divina voluntad de Dios pero ¿en serio? ¿Otras dos horas hasta llegar?

Me acomodé en la primera fila y me quedé mirando por la ventana como si me hubiesen dado una guantada a mano abierta. Era martes por la tarde, y yo, en otro momento, podría haber estado con mis amigos tomándome algo en algún rincón de Barcelona. Aunque eso ya era agua pasada.

Y hablando de agua...

–¡Menuda lluvia! –exclamó el conductor.

Me incliné hacia delante para que pudiera escucharme.

–Pero si no está lloviendo.

–Espere un minuto y ya verá si llueve.

Torció una sonrisa malvada que decía: «Pobre chica, no sabe nada».

Un minuto después, revivimos el segundo diluvio universal, y, por supuesto, las dos horas de viaje se convirtieron en tres y algunos quebraderos de cabeza más.

Cuando el autobús daba marcha atrás, conmigo y otra mujer en su interior (si el pueblo tenía trescientos habitantes, ¿qué más podía esperarse?), vi mi libro favorito sobre la acera.

–¡No, no, no! –grité, pero el conductor me ignoró.

Me llevé las manos a la cabeza y me despedí, finalmente, de la que había sido la novela de mi adolescencia. Tendría que comprar uno nuevo al regresar a casa, pese a que nunca sería igual que ese. Ninguno podría sustituirlo. Era el único recuerdo que me quedaba de antes de convertirme en una rebelde sin causa, de antes de ese fatídico instante que tenía nombre de persona.

Cerré los ojos con fuerza y me hundí en el asiento.

¿Cuánto más duraría ese día?

Capítulo 3

DE CENAS Y HOMBRES SILENCIOSOS

Duró y fue duro hasta el final, hasta bien entrada la noche, para rizar más el rizo. Porque, después de llegar a Castle Combe, pasadas ya las ocho de la tarde, mi odisea no había acabado, ni mucho menos, con descargar las maletas en el barrizal más próximo. Sí, había camino asfaltado, pero, casualmente, fue a parar el autobús en medio de uno embarrado. Y, que Dios me perdone, pero me acordé de todo el árbol genealógico de Mr. Jonson, el conductor.

La señora que me había acompañado en el trayecto, comiéndose la friolera cantidad de tres paquetes de galletas de esos que contienen entre treinta y cuarenta, descendió con total facilidad, y echó a andar bajo la lluvia sin paraguas. Sabía a dónde se dirigía, eso era evidente.

Tres o cuatro farolas alumbraban lo que había a mi paso. El motor del autobús se puso en marcha y mis reflejos me ayudaron a apartarme a tiempo y evitar así que me manchase entera. Resumiendo mi situación: estaba quieta bajo la lluvia, cansada, mojada y preocupada, pensando hacia dónde ir. Tuve un momento de lucidez y me di cuenta de que, a esas alturas, lo mejor sería llamar a la primera puerta que encontrase en mi camino y pedir indicaciones. Por fortuna, había una casa a quince pasos.

Me detuve e intenté recomponer mi aspecto, sin resultados positivos. Llamé con los nudillos, ya que no encontré el timbre por ninguna parte, y un adolescente me abrió poco después. Antes de que me cerrase la puerta en las narices, balbuceé rápido mi pregunta y él, tras acabar, permaneció en silencio.

–Tienes que subir la colina –indicó al cabo de un buen rato.

Se asomó al exterior y me señaló la dirección con la mano.

–Cuando llegues al cruce, coges el camino de la derecha. Sigues recto diez kilómetros y luego verás la granja.

Miró las maletas.

–El camino es de tierra.

Cerré los ojos y me acuclillé, llevándome las manos a la cara. No dije nada, pero debió de pensar que me había echado a llorar, porque adoptó la misma postura que yo.

–No llores. Le pediré al señor Michelson que te lleve.

Puso su mano sobre mi hombro y yo levanté la cabeza.

–¿A quién?

Él sonrió de oreja a oreja y también lo hicieron sus ojos claros y sus mejillas pecosas. Me pareció mucho más amable que al principio.

–El señor Michelson, Edward. Es el profesor del pueblo. Él tiene coche.

Entendí por esa afirmación que era uno de los pocos que tenían coche. Pero me daba igual. Solo necesitaba un poco de ayuda, y no iba a oponerme a recibirla, no podía permitírmelo en aquel momento. Y ya no tenía muy claro si en ningún otro, dadas las circunstancias.

Luke, tras presentarse, cogió un par de maletas y me ayudó a ir carretera arriba hasta la casa del profesor. No quería cantar victoria antes de que el hombre aceptase llevarme, no obstante, una parte de mí estaba ya mucho más relajada. Por fin un segundo para respirar. Si no me llevaba, yo no podría ir en plena noche por un camino que desconocía, cerca del bosque, con varias maletas y el cuerpo reventado. Imploraría misericordia, como Jean Valjean en un momento dado de *Los miserables*.

Mi salvador subió la escalera que llevaba a la puerta, yo me quedé abajo. No quería importunar, además, seguía siendo una extraña.

Llamó varias veces y alguien le gritó desde el otro lado.

—¡Ya va, un poco de paciencia!

No sé por qué, pero esa voz grave y oscura me hizo temblar. Mejor iría a pie al día siguiente. Tenía que haber en aquel pueblo algún hostal donde poder pasar la noche.

La puerta se abrió y Luke sonrió.

—Hombre, señor Davis, ¿qué ha sido esta vez? ¿El gato o el perro? ¿Cuál de los dos se ha comido su trabajo de matemáticas?

Luke esbozó una sonrisa pícara y Edward, al que no podía ver desde donde me encontraba, emitió una carcajada poco después.

—Pero pasa, chico —dijo.

—No, profesor, necesito que me haga un favor. No a mí, en realidad, sino a ella.

El chico miró hacia abajo y me señaló. Entonces, Edward atravesó el umbral de su puerta y se inclinó hacia delante.

Era el hombre más alto y menos inglés que había visto en toda mi vida. Moreno, con barba y los ojos oscuros.

—¿Quién es?

—Es Car...

—Carlota —articulé.

—Carlota —repitió Luke—. Va a pasar el verano en la casa de la señora Robinson. Es la chica que va a cuidar de Ginnie.

¡Pero si yo no le había dado esa información!

Edward asintió.

—¿Y?

—¿Podría llevarla?

Señaló las maletas esta vez.

—¿Ahora? —preguntó Edward, incrédulo—. ¿Con la que está cayendo? Mejor se busca un sitio donde dormir y ya sube mañana.

Su alumno se encogió de hombros.

No me apetecía discutir con nadie, y menos con aquel hombre, que era sumamente antipático. Había cierta maldad en su mirada, en sus gestos y en su voz. Me sentí pequeña e idiota, sin embargo, conseguí decir algo.

—Está bien, gracias. ¿Podrían indicarme dónde está el hostal más cercano?

—Ya le indicas tú, ¿eh? Buenas noches.

Y así, sin más, nos dejó en su puerta como dos pasmarotes.

—Muy amable tu profesor.

Volvió a abrirse la puerta. Era él de nuevo.

—¿Le has indicado ya? —inquirió.

Luke se rio.

—Estaba a punto de decirle que parte de su casa es un hostal.

—Bien, así se consigue clientela —me miró—, venga, sube. Te prepararé una habitación y podrás llamar a la señora Robinson, si el teléfono aún funciona.

Miré extrañada a Luke y él bajó para ayudarme con las maletas.

—Él es así —me susurró.

—¿Él es cómo? —preguntó Edward, que tenía el oído bien entrenado—. Todavía me estoy pensando aprobarte o no, así que cuidado.

Mi ángel rubio de la guarda sonrió y después de ayudarme a subir las maletas se despidió con ternura y se fue por donde había venido. Me dejó en la guarida del lobo.

—Car... —dijo cuando estuve frente a él y cerró la puerta.

—Carlota —repetí.

—¿Tiene traducción inglesa?

Pensé en *carrot*, pero...

—Charlotte —concreté.

Él asintió con los brazos cruzados sobre el pecho. A la luz de las lámparas, me di cuenta de que sus ojos eran color miel y no oscuros, como me habían parecido al principio. Esa tonalidad dulcificaba su expresión. A duras penas sonreía. Su rictus era indescifrable.

—Bien, Charlie, ven conmigo.

—¿Charlie? —pregunté.

—Es más fácil que Car...

—Carlota.

Me rendí pronto. No quería parecer maleducada. Si me llamaba Charlie, pues Charlie. Esa noche no pondría objeciones, aunque ya me encargaría yo de repetirle mi nombre las veces que hiciera falta hasta que lo pronunciase como era debido.

—Esta será tu habitación.

Abrió una pequeña puerta de madera y encontré, al otro lado, una cama individual, un espejo, una mesita de noche, un armario, una pequeña ventana y una alfombra inmensa y aparentemente suave.

—Espero que sea de tu agrado. El cuarto de baño está al final del pasillo.

Me echó un rápido vistazo e hizo un mohín con la boca.

—No te vendría mal una ducha.

—¿Perdona?

—No te hagas la ofendida, tengo razón —declaró.

Después se fue, sin decir nada más.

Al tiempo que abría la maleta para buscar una muda limpia y seca, escuché que me llamaba desde algún rincón de la casa. Tal vez desde la planta baja.

—Charlie, después baja a cenar.

Puse los ojos en blanco, pero mi estómago me recordó que no estábamos en una situación propicia para ofender a nuestro anfitrión.

—¡Sí! —grité.

Me metí en el cuarto de baño, me duché y lavé el pelo a toda velocidad, me vestí con un chándal, una prenda que rara vez me ponía, y bajé más rápido que Flash.

Al principio, me perdí por la casa. Resultó que era más grande de lo que había pensado en un primer momento. Pocos minutos después, me topé con Edward, que salía de la que era la cocina.

—El teléfono funciona —me informó.

Estaba colgado de la pared, en el salón. Me hizo sonreír.

—Como en las películas —señaló él, leyéndome el pensamiento.

Tragué saliva ante la sorpresa de ser descubierta en pensamientos absurdos como aquel. Aparté la mirada debido a la fijación de sus ojos en los míos y me dirigí hacia el aparato. Marqué el número con torpeza y esperé a que la señora Robinson atendiera la llamada.

Lo hizo con la misma rotundidad de las otras veces que había hablado con ella. Tardé dos minutos en explicarle la situación y ella diez segundos en decirme que no me preocupase y que descansara. Edward, según la anciana, era un hombre encantador.

Lo que me faltaba por escuchar.

Tras despedirme, vi que había un plato de comida sobre la mesa. Me figuré que era para mí. Destapé su contenido y me encontré con un filete de ternera de un tamaño considerable y algo de verdura a la plancha. Tal vez esa sería la última vez que podría comerme esa carne sin sentirme culpable. Una vez que mirase a las vacas a los ojos, no creí que pudiese volver a hincarles el diente.

Comí sola y en silencio. No sabía dónde se había metido el dueño de la casa, pero no parecía, en absoluto, preocupado por mi presencia. Es más, me apostaría cualquier cosa a que le daba igual. Yo en su lugar habría desconfiado un poco, aunque claro, regentando un hostal, supongo que estaba más que acostumbrado a tener desconocidos deambulando por su casa.

Recogí el plato y los cubiertos, los fregué, sequé y dejé sobre la encimera. Salí de la cocina y me lo encontré sentado en un sillón, leyendo; una imagen que me era muy familiar. Si hubiese estado la chimenea encendida, me habría parecido digno de fotografiar. Pero era junio, así que no había ni chimenea ni esa luz crepuscular que desprenden las llamas. Todo era más normal y menos fantasioso.

—¿Quieres leer algo? —preguntó al descubrirme espiándolo.

—No soy muy de leer. —Me encogí de hombros.

Se levantó del sillón y me ofreció el volumen que tenía entre las manos, encuadernado en cuero marrón y con letras plateadas.

—Creo que te gustará.

—No, si no es necesa...

Ya me lo había colocado entre las manos incluso antes de que pudiese acabar la frase. Se fue escaleras arriba, dejando tras de sí unas seiscientas páginas y un «buenas noches, Charlie».

Grandes esperanzas, Charles Dickens: eso rezaba la cubierta del libro.

Ocupé su lugar en el sillón y me relajé.

¿Por qué había tantos libros y ningún piano? Ojalá hubiese habido uno. Me habría calmado tocar en aquel momento. Cogí aire y bostecé. A lo mejor podía leer un par de páginas antes de que me entrase sueño.

Capítulo 4

DE FANTASMAS Y ESPEJOS

Pasada la medianoche, escuché unos pasos que venían en mi dirección. Llevaba leído un tercio del libro cuando vi a la mujer del camisón blanco aparecer ante mí. Tenía el pelo negro como el ébano y la piel pálida. Era hermosa. Una aparición, un destello. Eso o la prosa de Dickens me hacía admirar cada detalle de lo que me rodeaba. Todo podía hiperbolizarse, ensalzar la belleza que le era propia y... ¡Bueno, sí, me estaba gustando mucho la novela!

—Hola —saludó.

Le sonreí y me froté los ojos.

—¿Qué lees? —preguntó a continuación.

Le enseñé el libro y ella se aproximó a mí. Se dejó caer sobre el reposabrazos del sillón y pronunció el título de la novela.

—¿Me lees un poco? Me he desvelado.

Yo ya estaba muy cansada, y más para leer en voz alta, pero encontré tanta tristeza en sus ojos que no pude negarme a compartir con ella unos cuantos párrafos de la historia. Llegamos pronto a un pasaje que le pareció divertido a mi extraña compañera y empezó a reírse a carcajadas. Las lágrimas se le escapaban de los ojos y se llevó las manos al vientre mientras se ahogaba con su propia risa.

Me contagió su entusiasmo y acabamos riéndonos ambas.

Percibí las luces que se encendían en toda la casa y oí los rápidos pasos, que eran más contundentes que los truenos de fuera. Edward apareció como una ráfaga de aire y frunció el ceño cuando nos encontró a las dos allí sentadas. No pestañeamos, ni ella ni yo.

—¿Se puede saber qué haces fuera de la cama?
—No podía dormir, Edward.
—Sabes que deberías estar descansando.

Ella agachó la cabeza.

—¿Por qué no puedes levantarte? ¿Te encuentras mal? —pregunté.

Me arrepentí en cuanto los ojos del hombre me fulminaron.

—Sí, necesita reposo —contestó él, sin darle oportunidad de explicarse.

—Perdona a mi hermano, siempre anda dando voces.

Se levantó y me sonrió con pena.

—Gracias por la lectura. Buenas noches.

Fue hacia Edward, y yo, que me había incorporado en el sillón, volví a hundirme en él.

Fuera seguía lloviendo a cántaros. Los rayos iluminaban la estancia cada pocos segundos. Tan solo quedábamos una tormenta eléctrica y yo, que, a decir verdad, ni siquiera tenía muy claro dónde estaba.

El propietario del hostal volvió poco después. Suspiró al entrar en la habitación y, acto seguido, tomó asiento en uno de los sofás. No dijo nada, miró la sobrecubierta del libro que él mismo me había ofrecido y después se quedó pensativo, observando cómo el cielo se nos venía encima mediante esa lluvia incesante y atronadora.

Pensé en irme a mi dormitorio, a fin de cuentas, esa era una de las situaciones más incómodas en las que me había encontrado últimamente. Sí, sé que no tiene mucho mérito, visto mi historial, pero, en mi caso, sobrellevaba mejor los contextos menos emotivos. Sin embargo, permanecí donde estaba. Sigo sin saber a ciencia cierta el motivo que me empujó a quedarme, pero algo dentro de mí me obligó.

—Deduzco que te está gustando —apuntó sin mirarme, refiriéndose, por supuesto, a Dickens.

—No soy buena lectora, pero sí —contesté en un susurro.

—En Castle Combe todos leemos. Hay un club de lectura, de hecho. Tampoco hay grandes cosas que hacer por aquí...

—¿Un club de lectura?

Me puse cómoda del todo y me tapé con la manta de lana.

—Sí, los sábados —señaló el libro—. Esa es la lectura del próximo fin de semana. Deberías venir.

—Pero no lo he acabado...

—Te lo puedes llevar, yo ya lo he leído muchas veces.

Edward hablaba, pero parecía ajeno a ese momento y a ese lugar. Estaba absorto en otros pensamientos que eran más importantes, que le producían tristeza y desánimo, o al menos eso fue lo que vi en sus ojos. Eso fue lo que me apenó y empujó a aceptar la invitación.

—¿Cómo es que has venido a parar aquí, Charlie? —me preguntó.

Me encogí de hombros.

–No lo sé.

–¿No lo sabes? Me pareció que eras un poco más inteligente que eso.

Enarqué las cejas. Supongo que no era la primera vez que me llamaban estúpida, sin embargo, hasta el momento no había sido lo suficientemente inteligente como para darme cuenta.

–Tal vez sí lo sepa.

–Ya me imaginaba –contestó él, mordaz.

Su actitud no ayudaba a que mi primera impresión fuese positiva.

Yo era de esa clase de personas que dejan tiempo hasta formarse una opinión consolidada y... ¡¿A quién pretendo engañar?! Había heredado de mi madre el confiar, a ciegas incluso, en las primeras impresiones que me generaba la gente que me rodeaba. A veces, siendo sincera, esa actitud me hacía sentir ridícula, porque iba en contra de juzgar y prejuzgar, aun así, era algo inevitable. Me prometí, en ese momento, que tendría que lidiar con esa faceta para poder sentirme parte de Castle Combe, de mi nuevo hogar adoptivo.

–¿Lo sabes por propia experiencia? ¿Tú te has ido alguna vez? –pregunté con calma.

No era una chica muy preguntona. No se debía a que no tuviera interés en los demás, sino a una absurda política de la corrección que me había inculcado mi padre. Indagar sobre la vida de los otros era de mala educación, decía él. Pero mi padre no estaba conmigo y yo tenía infinita curiosidad por cada rincón de aquel lugar, por cada uno de los pensamientos que pudiera desprenderse no solo de Edward, sino de esa pequeña comarca que me trasmitía afecto, inconmensurable, sutil. Era mío. Todo ese sentimiento, como un vino añejo en el paladar, me pertenecía, me hacía divagar y soñar con los instantes que allí pasaría.

—Alguna. Pero siempre vuelvo —contestó frío, incluso esquivo.

Verse en el punto de mira debió de hacerle menos gracia que ser el que iniciaba el interrogatorio. Cada parte de su cuerpo desprendía un aura de rigidez y cierta elegancia que me irritaba. Quería relajarme, es más, ese era uno de los muchos motivos que me habían llevado hasta ese pueblo: ser quien era y no quien debía. Pero, por lo visto, tampoco me estaba permitido a varios cientos de kilómetros de distancia del hogar familiar. Siempre parecía que había alguien dispuesto a achicarme el ánimo.

—Se ha hecho tarde —declaré, aunque ya se me había pasado el sueño.

Me levanté del sillón, doblé la manta y cogí el libro, que deseaba acabar de leer cuanto antes. En el momento en el que salí por la puerta, Edward seguía mirando por la ventana, sumido en el letargo de algo que era solo suyo, intransferible. Tuve serias dudas de que ese hombre supiera en realidad lo que era compartir alguna cosa no material, un sentimiento, por ejemplo.

Antes de subir las escaleras, le escuché decir:

—A todos se nos ha hecho tarde alguna vez.

No lo entendí entonces, aunque comencé a descifrarlo después, con el paso de las semanas y los meses. Lo hice cuando ya no me quedó más remedio. Cuando no quise entenderlo me llegaron todas las respuestas, sin embargo, para entonces, ya habían cambiado todas las preguntas.

Por el momento, aquella noche, solo debía amoldarme a la nueva realidad. Desde siempre, había una sola cosa que me lo permitiese. Conecté el reproductor mp4 y Einaudi comenzó a revelarme mis sueños y mis miedos. Entre las sábanas sentí un frío que me quemaba en el pecho, algo que llevaba experimentando más tiempo del que cualquier persona debería. Ardía, profundo. Fuego y garra y fuego debajo de las costillas, esa horrible sensación que produce la soledad. Porque sí, venía de casa, donde siempre estaba rodeada de mi familia y amigos, donde siempre me sentía sola.

Me giré en la cama y me vi reflejada en el espejo de cuerpo entero que había frente a mí. Vi el pelo rubio, largo y ondulado cubrirme el cuello y parte de la cara, vi el destello de mis ojos claros, alumbrados por las centellas tormentosas y atormentadas, vi la piel morena y la curva de unos labios que querían sonreír, hacerlo de verdad. No gracias a alguien, sino por sí mismos.

Allí era donde quemaba, en ese lugar donde la monotonía me llevaba a la frontera del miedo y la tristeza. Pese a ello, yo siempre fui una persona de peros. Una chica que se resiste a aceptar lo que le viene dado, alguien que arriesga y lanza la moneda al aire hasta que sale cara. Hasta que sale cruz. Hasta que sale lo que sea que haya elegido. Hasta que viene la suerte que hemos estado buscando. Y mi suerte estaba en el reverso y el anverso de la moneda. Estaba donde yo quisiera.

Quería que estuviera en Castle Combe, aunque la llegada no hubiese ido todo lo bien que cabría esperar. Aunque hubiese perdido mi libro favorito.

A veces hay que perder.

Me pareció escuchar la voz de mi madre, un aliento surgiendo desde lo profundo de mi memoria.

A veces hay que perder. Perder cosas y personas, perder el norte y el rumbo. Así son los inicios, los coches nuevos con el contador de kilómetros a cero.

Me di la vuelta en la cama y me alejé de mi reflejo. No quería ver más la pena que me anegaba como la lluvia las calles, los canalones de las casas, los tejados y las vigas. Quería ser, de día y de noche, una sola, la misma. No renunciaba a esa esperanza, a la de saber quién era.

Encendí la lámpara y continué leyendo.

Capítulo 5

DE TRACTORES Y UN JABALÍ

No me atreví a mirar mucho a la señora Robinson. Era una mujer enjuta, de faz amable y sonrisa tierna. Tenía un hoyuelo en cada mejilla, sonrosadas ambas. El pelo cano era ondulado y los ojos azules, azul Miró, podríamos decir. Con toda esa amabilidad y lo escueto de sus palabras, iba al volante de un tractor verde musgo, que rugía y se agitaba persistente.

La señora Robinson había aparecido en el hostal a las siete de la mañana, dos horas después de que yo me quedase dormida al fin. Me pareció surrealista ver a aquella mujer de metro y medio descender, con falda y botas de agua, de esa bestia mecánica verde. Ella sola había cogido mis maletas, rechazando la ayuda de Edward, y las había lanzado a la parte trasera de *Vic*, porque todo tractor que se precie tiene un nombre. Después me enteraría de que era lo más preciado que le había dejado en herencia su difunto marido, Victorio, un italiano seductor que no había pegado palo al agua en toda su vida.

—Carlota, eres más inglesa que algunos de por aquí

–gritó por encima del rugido del motor cuando ya abandonábamos el pueblo.

Le sonreí y me agarré al asiento temiendo por mi vida.

–Señora Robinson, le agradezco que haya venido a recogerme.

–Llámame Helen, ¿quieres?

Asentí y me encomendé a todos los santos que conocía cuando tomó la primera curva y las ruedas del lado derecho, el suyo, se levantaron.

–Espero que te hayan tratado bien en el hostal –comentó.

–Muy bien, sí. –Intenté que me saliera un amago de sonrisa, pero llegó la siguiente curva.

–Edward y Sophie son unos buenos anfitriones.

Lo eran, y un poco extraños también, sin embargo, omití esa información porque nadie me la había pedido. Y allí sí que tenía razón mi padre: las opiniones son libres, siempre que no las mezcles con los chismes. O mientras no combines huevos revueltos y café con un paseo en tractor.

–Helen, ¿queda mucho?

–¿Por qué, querida?

Apartó los ojos del camino y los tuvo puestos en mí lo suficiente como para llevarnos unos matorrales por delante. Añadí al desayuno varias hojas de setos.

–Estoy un poco mareada, pero no se preocupe.

Echó el freno sin previo aviso.

–Date un paseo, relájate.

–No si…

Sentí un par de arcadas que me hicieron descender rápidamente del vehículo y acercarme al árbol más próximo. Acababa de dejar mi impronta en esas tierras. Se me recordaría siempre como la que se mareó en un tractor. En mi defensa solo diré que no estaba acostumbrada a los desayunos continentales y que la señora Robinson, Helen, era una conductora temeraria. Debía puntos a la jefatura de tráfico, estaba convencida.

Un poco más tranquila, ya con el estómago vacío, regresé a mi asiento, me imagino que amarilla limón, e intenté restarle importancia al asunto. Ya llevaba más de veinticuatro horas atrayendo el desastre. A partir de allí, solo podría ir hacia arriba.

Y hacia arriba fuimos, porque a continuación llegó el camino más empinado que haya visto jamás. Tal vez la montaña rusa de Port Aventura tenía la misma inclinación, pero esa solo era una hipótesis. ¿Y se supone que tendría que ir por ese terreno, aún embarrado, durante los siguientes meses? Porque, que yo supiera, el pueblo era la civilización más próxima a la granja.

—¿Vive más gente en los alrededores? —le pregunté a la señora Robinson.

—Un par de familias. Una cinco kilómetros al norte y la otra tres al sur. Estamos cerca, la verdad.

El vecindario de los sueños de muchos: sin vecinos.

—De todos modos, para cualquier cosa que necesites, tendrás que ir al pueblo. Aunque en nuestro caso, nos abastecemos con la producción de la granja. Huevos, leche, carne, verduras, legumbres... Vendemos en el mercado del pueblo, en realidad.

—¿Sí?

—Todos los miércoles y domingos bajamos los productos. Ya verás este fin de semana cómo funciona.

Claro, de eso también tendría que hacerme cargo.

—Lo básico lo tenemos, pero aprovechamos esos días para conseguir algunas cosas como productos de limpieza y aceite —me explicó—. ¡Hacemos jabón! Te gustará.

—Me gustará ayudarla, Helen. Espero poder hacerlo bien.

—¡Es fácil hacer jabón! —exclamó—. Nos lo compra una tienda de productos artesanos de Londres.

—¿De verdad? —pregunté sorprendida.

Asintió con entusiasmo, orgullosa por el trabajo realizado. Me gustó sentirme parte de ese proyecto. No sé por qué. Nunca había hecho nada por mí misma. Algo que después pudiese utilizar, que me fuese útil. Pensé que me aportaría una gratificación extra.

—La dueña no es que sea la persona más amigable del mundo, ya te lo aviso, pero nos paga bien, y eso nos mantiene a flote.

—¿Y Ginnie? —pregunté al darme cuenta de que, por el momento, no había salido en la conversación.

—Es una niña muy tranquila. No tiene muchos amigos, y yo no sé cómo ayudarla. Por eso pensé que alguien joven sabría qué hacer.

A medida que nos acercábamos a la granja, la señora Robinson hablaba más. Me gustó que dejase de ser tal cual yo la había imaginado. Será que los teléfonos cambian mucho a las personas.

Quería preguntarle por los padres de Ginnie, por qué vivía con ella y qué relación de parentesco tenían. Pensé en ello durante un buen rato, mientras mi estómago rugía, quejándose por el tambaleo incesante.

—¿Y Ginnie tiene hermanos?

—Un hermanastro.

Fruncí el ceño y la señora Robinson se dio cuenta. Suspiró y comenzó a hablar.

—Mi hija se quedó embarazada de un hombre que no la merecía. Durante el embarazo, conoció a su segundo marido, Brandon. Él tenía un hijo mayor de otra relación.

Guardé silencio porque aún no entendía qué quería decirme con eso.

—En esta época del año trabajan mucho, así que la niña siempre se queda conmigo. A veces, Clark viene a echarnos una mano.

Suspiré aliviada cuando supe que sus padres no estaban muertos.

—¿Clark? —pregunté.

—El hijo de Brandon. Estará por aquí un tiempo, seguro que te sientes como en casa.

Incliné la cabeza hacia un lado, sin comprender.

—Su madre es española, así que él sabe hablar tu lengua.

—¿En serio? —pregunté contenta—. Esa es una buena noticia, desde luego.

—Aunque no es muy hablador, todo sea dicho de paso. Cuando viene, suele bajar a menudo al pueblo, a ver a Edward. En verano se encargan juntos de un club de lectura que hay los sábados…

—Algo he escuchado. Me ha invitado Edward, de hecho.

—Es una buena oportunidad para que conozcas a la gente. También llevan juntos un ciclo de cine. Proyectan películas antiguas que nadie quiere ver.

Se me escapó una carcajada.

—¿No? —pregunté con ironía.

—Pues no. Aquí quedamos gente muy mayor. Esas ya las hemos visto. Nos apetece ver otras, más actuales. A ver si tú les convences para que dejen de poner *Annie Hall*.

Volví a reírme. La señora Robinson tenía algo en su forma de decir las cosas que me hacía especial gracia. Tal vez era la rotundidad o el acento cerrado, no lo sé, pero mejoraba mi humor.

—¿Has hecho queso alguna vez? —inquirió en el preciso momento en el que llegábamos a la cima y veía ya, un poco a lo lejos, la estructura de la granja.

Negué.

—Pues hoy será tu primera vez.

Aceleró y la bajada fue un chute de adrenalina. Helen tuvo que ser en su juventud una mujer de armas tomar. Seguro que era anacrónica. No me imagino a una mujer como ella dejándose llevar por las opiniones y las reglas. Eso me gustaba, porque si había alguien que se había pasado por alto las normas y las leyes, esa era yo. Y sabía que, en mi caso al menos, no era algo para sentirse orgullosa.

—Hacer queso es un arte.

Con esa declaración llegamos hasta la granja. Era enorme, colorida. Me gustó desde el primer momento. Incluso cuando me apeé del tractor sin mirar lo que había debajo y zambullí las zapatillas en el barro.

—Vaya, tardará en secarse el suelo, ¿verdad?

La señora Robinson se asomó al ver mi cara de insatisfacción.

—Eso da buena suerte.

—¿El barro?

—No, la caca de vaca.

Silencio, profundo y seco. Lo único seco, me temo.

—Caca. Entiendo.

Miré mis zapatillas, casi nuevas, y me dije a mí misma que más valía que trajera buena suerte, porque me estaban entrando unas ganas inexplicables (véase la ironía) de maldecir a todo aquel que se pusiera en mi camino.

—Ahora te dejaré calzado apropiado.

—Se lo agradecería —dije entre dientes.

—Vamos, quiero que conozcas primero a mi familia. Después, te enseñaremos esto.

Extendió los brazos intentando abarcar la grandeza del lugar.

—La sigo.

La seguí, y tanto que lo hice, con la misma torpeza del principio. Y con algún que otro susto. Uno en particular muy grande: un jabalí que venía corriendo hacia mí con la boca abierta.

—¡Joder, joder, joder!

Miré a un lado y a otro y el pánico me impidió salir corriendo.

—Carlota —pronunciado *queirlout*–, tranquila, es solo Rock.

¿Era solo Rock? Pues «solo Rock» debía de pesar casi cien kilos de salvajismo. Creo que solo los colmillos pesaban diez.

—Ha estado con nosotros desde que era una cría —siguió explicando Helen.

Rock se detuvo a tres pasos de mí. Emitió un rugido, mugido, *vibrato* alto o lo que fuese aquello, y entonces recorrió el espacio que nos separaba. Di un grito cuando se puso a dos patas y colocó su cabeza a la altura de mi cuello.

—Le has caído bien.

Yo sí que iba a caerme, de la impresión y del espanto. Había dejado de respirar. En alguna ocasión había leído que los animales salvajes sienten el miedo. No quería morir, Dios sabe que no quería.

—Le gusta que le rasquen detrás de las orejas.

Pero ¿qué animal de compañía era ese?

Obedecí y rasqué a Rock con manos temblorosas y el corazón en un puño. Apartó la cabeza y me miró a los ojos. Abrió la boca y me pareció que... ¿sonreía? Después me rodeó con las patas por la cintura y apoyó la frente en mi pecho.

—Es muy cariñoso.

Tragué saliva.

—Sí. Es un jabalí muy cariñoso.

—Baja, Rock, vamos.

El animal acató la orden de inmediato y se quedó a mi lado. Eché a andar con cuidado y él se convirtió en mi compañero. Andaba a mi ritmo y, de vez en cuando, nos mirábamos.

Cuando llegamos a la puerta, pensé que se quedaría fuera y yo podría volver a inhalar y exhalar con normalidad. Eso no sucedió. Rock se limpió las patas en la entrada y pasó el umbral de la puerta.

—Procuramos educarle bien. Duerme en casa, con Ginnie o con Clark. Depende. Aunque ahora que estás aquí…

Rock tenía una cama en un rincón del salón, cerca de la chimenea. Fue y se tumbó allí, junto a un peluche medio degollado. Yo continué la ruta junto a Helen, dirección a una sala de estar, grande y cálida. Seguramente me pareció esto último por el piano de cola que había en medio de la estancia.

Helen debió de darse cuenta de lo rápido que se me iluminaron los ojos.

—¿Tocas?

—Siempre que puedo. Me preocupaba no hacerlo mientras estuviera aquí.

—Entonces harás buenos quesos, tienes manos de pianista. Eso ayuda —me dijo, sonriente.

—¿Usted toca?

—Desde que tengo uso de razón.

Me percaté, entre miradas y comentarios, de que la pequeña Ginnie estaba junto a la ventana. Nos había visto nada más entrar, pero no se atrevía a levantarse de su sitio.

Helen le hizo una señal y se acercó sin mucho ánimo. Era una niña regordeta, rubia como un querubín y los ojos apagados. Parecía desalentada, y eso hizo que se me revolviera todavía más el estómago, tal vez porque reconocí en ella el rastro de algunas de las cosas que había hecho siendo niña y de las que ahora me arrepentía.

–Hola, Ginnie –dije al tiempo que me acuclillaba frente a ella.

Bajó la mirada y se retorció los dedos de las manos.
–Me llamo Carlota.

El nombre debió de llamarle la atención, porque me dedicó un segundo de su tiempo. Un pequeño destello en sus pupilas.

Susurró un «hola» y se colocó las manos detrás de la espalda. Su abuela no dijo nada, simplemente permaneció allí, observándonos, y, me imagino, preguntándose si, al final, conseguiría que la pequeña se entusiasmase un poco con algo. Cualquier cosa.

–¿Me podrías enseñar la casa? –pregunté.

Asintió y me tendió una mano con cierto reparo. Se la cogí y le guiñé un ojo a Helen, quien decidió dejarnos explorar solas.

Ese iba a ser el momento crucial. Entonces o nunca.

Capítulo 6

DE VENTANAS Y HERMANOS

La primera mañana se me pasó como un suspiro: veloz e imperceptible. Recorrimos cada habitación y cada parcela del lugar. No sabría cómo explicarlo sin caer en una exageración, pero lo cierto era que el aire de Castle Combe me recordaba a una suerte de tierra mojada, césped recién cortado y manzanas al horno. Era todos esos matices desgastados y excesivamente vivos que tiene el campo. Los mismos que no puedes encontrar entre las vigas de los rascacielos, donde rara vez se cuelan los rayos de sol ni lo que para mí no era otra cosa que magia.

Había llenado el armario de mi nueva habitación con todas mis pertenencias y guardado las maletas vacías debajo de la cama. Supuse que todo ese ritual repercutiría en mi estado de ánimo, pero lo cierto fue que me liberó de una carga de la que no me había dado cuenta. De repente, estaba vacía, expectante y, eso sí, nerviosa. Demasiados secretos para empezar el viaje. Aun así, lo que más temía era arrastrarlos hasta el final y no poder, como había ocurrido con las valijas, deshacerlos y liberarme.

Cuando salí del dormitorio, no supe muy bien hacia dónde dirigirme. Tenía una noción limitada del espacio y mi pésima orientación tampoco ayudaba. Acabé recorriendo los pasillos con las manos metidas en los bolsillos de los pantalones. Era como espiar sin hacerlo. Tenía permiso y, pese a ello, sentía que estaba cometiendo un delito.

Vi la puerta de la buhardilla entreabierta. Las vistas desde la parte más alta de la casa debían de ser espectaculares. Todo el bosque y sus misteriosos habitantes expuestos detrás de los amplios cristales de la ventana. Rocé la madera y la puerta se abrió del todo, dejando a su paso un chirrido y ese halo de motas de polvo que cobran vida solo cuando entra la luz adecuada. Dentro había una cama amplia, sin hacer, una mesa y un par de sillas, un armario y la ventana que esperaba encontrarme. No había ningún objeto personal.

Di varios pasos al frente y la madera crujió. ¿Así sonaban las antiguas casas inglesas? Era tétrico y familiar al mismo tiempo. Dos adjetivos que no casan, sin embargo, me pareció que iban de la mano, que la sensación que me provocó no habría sido esa de no comprenderlos juntos.

Abrí la ventana y me encontré con un paisaje de ensueño y el aire limpio llenándome el pecho. Sé que pestañeé un par de veces, porque me acordé de ella. De haber estado allí, habría sonreído, habría hallado un centenar de formas más originales de describir cada brizna de hierba, cada árbol y cada nube. Me habría dicho que no hay razón para los miedos si existe una grandeza como aquella o que los sueños se podían cumplir o cualquier cosa en la que yo era incapaz de creer.

Me sumí tanto en mis pensamientos que no me percaté de la presencia que aguardaba tras de mí. Por eso, cuando me aparté de la ventana y me di la vuelta, pegué un brinco y se me escapó un grito ridículo.

—¿Te puedo ayudar en algo? —me preguntó él.

El chico estaba apoyado en la pared con los brazos en jarras y una ceja levantada.

—¿Es tu habitación?

—Eso tengo entendido, sí —contestó con frialdad.

—Lo siento, solo quería...

—¿Cotillear? —concluyó, añadiendo una mueca de asco.

Mantuve la calma.

—He entrado por las vistas, perdona.

Me dirigí hacia la puerta sin agachar la cabeza. En otra época lo habría hecho.

—Hay más ventanas —me informó.

Fruncí el ceño.

—Oye, ya me he disculpado. No volverá a ocurrir.

Se apartó de la pared y vino hacia mí con paso firme. Llevaba puesta una vieja camiseta de los Rolling Stones y unos vaqueros rotos y descosidos. Iba descalzo y parecía que no se hubiese peinado jamás. Eso sí, tenía los ojos del azul más intenso que había visto nunca.

Se inclinó un poco más, con sensualidad casi ensayada, y susurró en un perfecto castellano y muy cerca de mis labios:

—Eso espero. Ahora, fuera de mi habitación, Carlota.

Me aparté de él y salí. Cerré la puerta a mi paso, sin embargo, antes de hacerlo, vi que inclinaba la cabeza hacia un lado y sonreía.

Así fue cómo conocí a Clark. Ni el mejor lugar, ni el mejor comienzo.

Fui a la planta baja y encontré a Ginnie justo donde

la había dejado una hora antes. Era una niña tranquila y triste, y aunque me gustaba que no me fuese a dar muchos quebraderos de cabeza, sí que es verdad que me preocupó que ella, tan pequeña, tuviese que arrastrar esa pena.

Me senté a su lado y la animé a jugar, a cantar, a contarme cualquier cosa que ella quisiera. Lo hizo a su manera, con monosílabos y educación, pero sin revelar nada que yo no intuyese ya.

La señora Robinson vino en mi busca una hora antes de la comida. Iba a ser la encargada de ayudarla. Pinche de cocina también estaba entre mis múltiples cualidades. A cada tarea que me encargaba, me hacía pensar que me pagaba demasiado poco. A lo mejor tan solo era mi imaginación.

Mientras troceaba zanahorias, volví a mirar por la ventana. Clark cargaba en los hombros un saco grande y blanco. Miraba al frente y parecía sereno. De hecho, en aquel momento me pareció la persona más sosegada que hubiese visto. Puede que mi primera impresión se estuviese equivocando una vez más.

—¿Habéis hablado ya? —me preguntó Helen.

Era una señora increíble, no sé cómo tenía la capacidad de estar en todo.

—Antes.

—Seguro que se ha alegrado de que haya alguien de edad similar por aquí. Ya sabes —siguió explicándome mientras movía un cuchillo de dimensiones considerables ante mis ojos—. Su hermana es muy pequeña y yo demasiado vieja.

Sonreí.

—Puede.

—¿Ha conseguido en tan poco tiempo hacer que no hables casi?

—Sí.
Contesté sin pensar. Levanté la vista y miré a Helen.
—¿Qué?
—Nada, nada. —Se rio—. Deja ya esa zanahoria, que la has hecho añicos.
La obedecí.
—¿Por qué no vas a decirle que venga a comer?
—Sí, iré a por Ginnie —asentí.
—Me refería a Clark. Yo llamaré a Ginnie.

Me encogí de hombros. Dejé el delantal sobre el respaldo de una silla sin mucho ánimo y me dirigí hacia donde había visto irse a Clark. He de reconocer que lo hice sin mucha prisa. Anduve despacio para alcanzarle más tarde que pronto. Tenía la sensación, llamadme loca si así lo queréis, de que me había hecho la cruz nada más conocerme. Puede que fuera el karma. ¿No había hecho yo eso mismo con otras personas? Al final sería verdad lo de que todo vuelve. Lo bueno y, las más de las veces, lo malo.

Di con Clark como lo había hecho la primera vez: de sopetón y sin esperármelo. Chocamos cuando él salía del granero y yo quería entrar. Tropecé y hubiese caído si él no me hubiera sujetado.

—¿Ahora me sigues?

Llevaba ya unas cuantas horas hablando en inglés y se me seguía haciendo extraño el sonido de mi lengua materna a través de la voz de ese chico.

—Solo venía a decirte que la comida estará lista enseguida.

Me soltó la mano. Me desestabilicé, pero tardé poco en recuperar la compostura, si es que alguna vez la había tenido.

—¿La has hecho tú?
—¿Por qué? —pregunté susceptible.

Suspiró.

—Porque Helen cocina muy mal.

—No peor que yo, eso seguro —contesté, algo más relajada.

—Vamos, todavía estoy a tiempo de preparar algo.

Echó a andar y yo lo seguí por inercia. Debía de ser bipolar.

—Cuando estoy aquí, suelo cocinar yo.

No dije nada, todavía estaba a tiempo de estropear esa tregua que me había regalado. Él tampoco añadió nada más. Ni siquiera volvió a mirarme. Regresamos a la cocina y se ofreció, voluntarioso, a ayudar a Helen. Ella lo agradeció enormemente. Creo que sabía que sus virtudes culinarias no eran reconocidas como tales entre los miembros de la casa.

Clark volvió a hablar en inglés, y yo tuve la sensación de que era dos personas diferentes. Quizá mi personalidad también cambiaba... Eso, no obstante, era algo que nunca sabría.

Los escuché hablar de la cosecha y de los animales. Por la manera de tratarse, era más que evidente que tenían una relación muy estrecha, había confianza, aunque no los uniera ningún lazo de sangre, porque, a fin de cuentas, la familia es más que genética.

Ginnie se acercó a mí y vi que quería decirme algo por la forma en la que agarraba su camiseta. Me agaché y le pregunté en un murmullo si necesitaba algo. Se mordió el labio y negó con la cabeza. Era evidente que sí. Esa fue una de las primeras veces en las que me di cuenta de que si un adulto mira con atención y paciencia a un niño, este nunca podrá ocultarle nada.

Dejé estar ese asunto hasta que ella estuviese preparada. Nos sentamos los cuatro alrededor de la mesa. A mí me colocaron entre los hermanos. Ambos silenciosos; pese a no ser hijos de los mismos padres, se parecían más de lo que cabría esperar.

—Esperamos que estés como en tu casa, Carlota —dijo Helen.

Le di las gracias por ese comentario, porque con él me hizo sentir bien recibida.

—Seguro que Ginnie y Clark serán buenos anfitriones, ¿verdad? —les preguntó.

Ella asintió incluso un poco entusiasmada y él emitió una especie de gruñido mientras masticaba un pedazo de carne.

—¿Tú tienes hermanos?

Se me cayó el tenedor de la mano. Todos los ojos se pusieron en mí.

—Perdón.

Me agaché para recogerlo y vi que Clark se levantaba para darme otro utensilio. Recogió el que estaba sucio y lo depositó en el fregadero.

—Candela —una pausa—. Ese es su nombre —contesté antes de que siguieran mirándome con ese atisbo de sorpresa y preocupación.

Helen sonrió.

—Candela —repitió—. Suena como... *candle*.

—Significa *candle* —explicó Clark.

A Ginnie le resultó divertido el significado, ya que la vi sonreír. Candela la habría animado a reírse, no me cabe duda. Yo preferí limitarme, dadas las circunstancias, a aceptar la sonrisa.

Cambié de tema.

—Helen me ha dicho —comencé a hablar mirando a Clark— que Edward y tú sois los encargados del club de lectura.

Clark pasó una mano por encima del respaldo de la silla y siguió comiendo, sin alterarse en absoluto.

—¿Un día en el pueblo y ya conoces todos los trapos sucios de su gente?

No supe si tomármelo a broma o quedarme callada. Opté por lo segundo. Quería hacer amigos. Noventa días pueden hacerse muy largos si no tienes a nadie con quien llevarte bien.

—¿Vas a venir? —inquirió después de ver la mirada que le dedicaba la señora Robinson.

—Me han invitado, sí.

Asintió.

—Te dejaré un ejemplar de Dickens, entonces —apuntó, sin darle mayor relevancia al asunto.

—Lo cierto es que ya me han dejado uno —aclaré.

—Edward, siempre un caballero —susurró con cierta ironía—. Algunos son muy buenos guardando sus secretos —añadió en castellano.

Tragué saliva, intimidada por sus ojos, pero también por el presentimiento que tuve, erróneo, de que hablaba de mí, de que sabía en qué y en quién pensaba.

—No estoy aquí para descubrir ningún secreto.

Clark dibujó una amplia sonrisa, seguro de sí mismo y provocador.

—Nadie quiere, porque eso implica revelar los propios —acabó—. ¿Otra mazorca de maíz? —habló en inglés esta vez.

Negué con la cabeza y dejé que el escalofrío que me había invadido desapareciese poco a poco, sin levantar las sospechas de tres pares de ojos contemplándome como a la extraña que era.

Ese día me estaba costando encontrar mi sitio.

Capítulo 7

DE QUESOS Y PIANOS

Las primeras tardes las pasé haciendo quesos, o intentándolo al menos. Seguí los pasos de Helen de principio a fin mientras Ginnie se entretenía mirando o dibujando en su cuaderno. Al comienzo, el olor y el tacto de la nata y la leche me parecieron repulsivos, sin embargo, poco a poco, logré ignorarlo y la tarea hizo que me distrajera de ciertos momentos incómodos del resto de los días. Tenía que relajarme, no podía estar siempre a la defensiva. Esa era mi familia de acogida, debía comportarme con normalidad.

Helen se ausentó media hora cuando la llamaron por teléfono. Negocios, aclaró antes de salir por la puerta.

Me quedé con Ginnie a solas.

–¿Tú has hecho queso alguna vez?

Negó.

–La abuela no me deja, dice que lo estropearía.

–No creo. Si no lo he hecho yo...

–Siempre lo estropeo todo. –Giró la cabeza.

–Eso no es verdad, Ginnie. ¿Por qué no vas a lavarte

las manos y me ayudas? Seguro que tienes más fuerza y maña que yo.

Me contempló sorprendida, alegre.

—Pero...

—¡Venga, ve! —la animé.

Obedeció de inmediato y volvió pocos minutos después oliendo a jabón. Más tarde me explicaría que se había lavado hasta la cara, aunque yo no entendiera muy bien qué importancia podría tener eso a la hora de hacer un queso.

Le hice un hueco en mi taburete y le dije que imitara lo que hacía yo, es decir, que destrozara el trabajo de Helen. Sin embargo, descubrí que las pequeñas manos de Ginnie tenían destreza y agilidad, así que le acabó dando una forma ovalada al queso que me pareció casi apetitosa.

—¿Pretendes quitarme mi puesto? ¿Cómo lo has hecho tan bien?

Puede que exagerara un poco, sin embargo, la forma en la que se sonrojaron sus mejillas y su risa ingenua hicieron que valiera la pena.

Pero el humor le cambió poco después, sin explicación aparente.

—Si la abuela me ve, se enfadará. Será mejor que vuelva a mi sitio.

—Ginnie...

Intenté retenerla donde estaba.

—¡No! —Se escabulló—. Voy a lavarme las manos y a sentarme en mi silla.

—Está bien, perdona.

Volvió a irse como había hecho antes, pero ahora apagada. Se me hundieron los hombros y lo poco que creí haber hecho bien se disipó. Alguna que otra vez había tenido ese mismo sentimiento, sin embargo, por algún motivo, ese día se me hizo difícil de soportar. Me pareció insoportable. Sería porque ella me parecía indefensa o porque a mí me habían hecho sentir así cuando tenía su edad; tan insignificante como Ginnie se sentía.

—¿Estás bien? —Escuché que me preguntaban desde la entrada.

Miré hacia allí y encontré a Clark, que, en vista de la expresión de su cara y la postura de su cuerpo, estaba agotado.

—Intento congeniar con tu hermana —miré el recipiente— y con los quesos.

Se le torció la sonrisa, la primera que me pareció amable de verdad.

—¿Y con cuál de los dos tienes mejores resultados?

Hice una mueca y estiré la espalda.

—Por extraño que parezca, con el queso. Y eso que la mitad del trabajo no lo he hecho yo. Es que no coge forma...

Dio unos pasos hacia mí y miró mi intento de óvalo. Se mordió los labios para no reírse.

—Parece un huevo de dinosaurio.

Puse los ojos en blanco.

—¿Quieres que sea tu Patrick Swayze? —preguntó con los brazos en jarras.

—¿Cómo dices?

Cogió el taburete de Helen y lo colocó justo detrás de mí, puso sus manos a mi alrededor sin decir nada y comenzó a tararear la canción de *Ghost*. Cerré los ojos y, sin embargo, no pude luchar contra el subconsciente. Agradecí que él no me viera cuando se me empañaron los ojos.

—Te voy a enseñar una sola vez cómo se hace. Tienes que dejarlo compacto, así que es importante que repitas siempre los mismos movimientos, es como hacer mayonesa, si cambias el sentido en el que mueves la batidora, se corta.

Cogí aire.

—¿El queso se puede cortar?

Se le escapó un chasquido con la lengua.

—Atenta, ¿vale?

Lo estuve, miré sus manos amasar la bola de queso. Lo hizo rápido y sin interrupción. Me di cuenta de que tenía algunos arañazos en las manos y unos cuantos moratones en los antebrazos.

—¿Por qué se te da tan bien?

Lo estaba redondeando de tal forma que empezó a recordarme a los de los comercios.

—A mí todo se me da bien, Carlota —anunció.

—Excepto la modestia.

Me ignoró.

—¿Por qué quieres venir al club de lectura? La gente suele aprovechar sus ratos libres para hacer turismo.

—¿Es relevante la respuesta para que el queso quede bien?

Se acercó a mi oído.

—Es imprescindible.

Sentí un cosquilleo por todo el cuerpo y me estremecí. No entendí cómo alguien a quien no conocía era capaz de ponerme tan nerviosa. Allí estaba, moviéndose lento, con algo de elegancia incluso, y regresaban los olores de la mañana.

Olía a manzanas al horno. Olía bien.

—Porque he descubierto que me gusta Dickens y porque el autobús a la ciudad tarda más que el tiempo libre del que dispongo.

—Son buenos motivos —se puso en pie—, aunque puede que sea también porque no quieres estar sola.

—¿Qué?

—Inténtalo tú ahora.

Se alejó de mí poco después de ponerse en pie y se fue hacia la puerta mientras Ginnie regresaba.

—Espera, ¿qué has querido decir? —seguí hablándole en español.

No se paró para contestarme, se fue sin decir nada. Me dio la sensación, aun así, de que tenía por costumbre hacer todo lo contrario y decir lo que pensaba. La sinceridad era una virtud, y a veces un defecto, como en ese momento, cuando regresó el tarareo de la banda sonora de la película favorita de mi hermana y esa soledad de la que quería huir.

Sorprendida, comencé a llorar, con las manos sumergidas en el suero que desprendía el queso. Ginnie me vio en cuanto entró por la puerta e intenté apartar la cara de inmediato.

Se acercó a mí y me limpió las mejillas.

—¿Echas de menos a tu hermana? El otro día parecías triste al hablar de ella.

Me sorprendió y aterrorizó la pregunta.

—¿Cómo?

—Cuando paso tiempo sin ver a Clark, también lloro.

Sonreí.

—Sí, la echo mucho de menos.

Me apartó el pelo de la cara.

—No llores, aquí no lloramos nunca. A la abuela no le gusta.

Fruncí el ceño.

—¿Por qué?

—Porque somos valientes y fuertes. Eso le dijo a mi mamá durante mucho tiempo. Ella lloraba mucho.

—No lloraré más.

—Puedes hacerlo, yo tengo un lugar secreto. Detrás de los cerezos del jardín. Rock me acompaña a veces. Puedes llevarlo contigo.

—¿Y por qué vas allí, Ginnie?

—Porque a veces no soy valiente.

Escuchamos los pasos de Helen y ella fue corriendo a su asiento.

—¿Cómo marcha ese queso?

Miró el resultado final y pareció bastante satisfecha, aunque el mérito no era mío. Se volvió a acomodar en su sitio, y, por un momento, tuve la sensación de que seguía ausente pese a haber regresado. Me sorprendió contemplándola. No sé si mi expresión era de preocupación o disgusto, pero, en cualquier caso, debió de provocar en ella el mismo efecto, porque se tensó y no volvió a mirarme.

¿Qué estaba pasando en esa casa?

—Tendré que estar fuera un par de semanas —dijo unos veinte minutos después.

No tenía muy claro si tenía permiso para preguntar las razones que la hacían irse, pero ella las ofreció igualmente.

Excusatio non petita, acusatio manifesta.

—Negocios. A veces hay que estar pendiente de que todo se haga como uno quiere.

Ginnie no abrió la boca y yo menos. Movimos ambas la cabeza de arriba abajo, en un asentimiento pausado, y Helen siguió hablando.

—Decidme qué queréis que os traiga del viaje. ¿Hay algo que os apetezca?

No hablamos, yo porque acababa de llegar y no necesitaba ni quería nada; Ginnie porque parecía nerviosa por haber intentado hacer algo para lo que su abuela no le había dado permiso.

–¡Qué calladas que estáis! ¿Cansadas?

Sonreímos, pero creo que fueron las sonrisas más forzadas de la historia.

–Anda, id a asearos.

No nos hicimos de rogar. ¿Por qué se me estaban haciendo tan largas las horas allí? Cada minuto parecía una semana. Analizaba cada movimiento y cada rincón. Supongo que las novedades causan ese tipo de sentimiento encontrado entre sentirte a gusto e incómoda.

Me fui junto con Ginnie y dejamos a Helen a solas. Tal vez se trató de una impresión equivocada, sin embargo, creo que se relajó cuando nos vio marchar. La soledad, a veces tan odiada y otras tan perseguida…

–¿Se lo dirás? –me preguntó Ginnie cuando estuvimos a solas.

–¿Qué?

–Que me has dejado hacer queso. Si se lo dices, no le gustará.

–Tu secreto está a salvo conmigo, ¿vale?

Me ofreció su mejor sonrisa. La vi desaparecer como un rayo por la escalera.

Yo fui al cuarto de baño, donde me di una más que necesaria ducha y me quedé un buen rato sentada en el borde de la bañera. Era uno de esos cuartos de baño angostos, con una bañera de mármol blanco y un viejo espejo moteado por el desgaste. Las baldosas del suelo eran de un color verdoso y las paredes amarillas. No eran mis colores favoritos, porque lo hacían parecer incluso más antiguo de lo que de por sí era, pero aun así me transmitieron calma.

Cuando al fin comenzaba a sentir un poco de alivio entre los recuerdos que me habían estado visitando desde primera hora de la mañana, alguien llamó a la puerta.

—Adelante.

El pequeño inconveniente era que no había pestillo, así que tendría que acostumbrarme a eso de llamar.

Helen hizo acto de presencia. Asomó la cabeza.

—¿Te importa si entro a lavarme las manos?

—No, claro, perdone. Ya iba a salir, me he quedado ensimismada.

Me levanté del borde de la bañera y fui recogiendo mis cosas poco a poco. La señora Robinson comenzó a enjabonarse las manos. Lo hacía repitiendo de forma incesante los mismos giros de muñeca. ¿Durante cuánto rato más haría eso? Solo se lo había visto hacer a un primo mío que tenía trastorno obsesivo compulsivo.

—¿Se encuentra bien?

Se apoyó en el lavabo y me sonrió a través del espejo.

—Sí, no te preocupes.

Coloqué la ropa en una pila y la recogí.

Antes de salir del cuarto de baño, me cogió de la mano.

—Carlota, ¿podrías hacer algo por mí?

Quedé a la expectativa.

—¿Podrías tocar el piano un rato? Me relaja mucho, sin embargo, hoy estoy demasiado cansada para hacerlo yo.

Me soltó con cuidado. Pese a que a mí también me pesaba el cansancio, acabé cediendo.

Dejé en mi habitación la ropa y me dirigí al comedor en pantuflas y con un pijama de cuadros escoceses que me había regalado mi abuela, quien no había entendido a dónde me iba exactamente.

Ginnie y Rock estaban sentados en una esquina comiendo almendras. Ella se levantó y me ofreció unas cuantas. No tenía hambre, pero las acepté igualmente. A continuación, me senté en la banqueta del piano. Miré las teclas con tanta intensidad que poco después olvidé dónde estaba. Me pareció, incluso, que aquel instrumento era el mío.

Estiré los brazos, coloqué las manos sobre el teclado y comencé a tocar una pieza musical suave, que se formaba debajo de las yemas de mis dedos y desaparecía por las ventanas abiertas.

Fuera se escuchaba el verano. Se sentían el calor y la noche, y los momentos previos de otra tormenta. Se anticipaban la madrugada y la respiración de los animales, el susurro de los árboles enraizados en lo profundo de la tierra, el viento bailando. El aire tenía un regusto a naturaleza que me hizo cerrar los ojos y alejarme. Me llevé conmigo el estremecimiento que me causaba el ritmo frenético que había tomado la composición. Dejé que me arrastrase a muchos kilómetros de distancia y vuelta al principio. Una y otra vez, contemplando aquella puerta barnizada en un color cereza intenso.

Esa puerta, que era un *collage* de muchos momentos...

Abrí los ojos al tiempo que mis dedos se detenían en las últimas notas. Al mirar a mi izquierda, vi que Ginnie y Rock se habían acercado y ahora estaban sentados muy cerca de mí. Helen se encontraba en el sillón, junto a la chimenea, y a su lado, apoyado en la repisa de la ventana, Clark, que no me miraba. Había algo más interesante en el suelo.

—Magnífico —dijo Helen.

Me levanté antes de que pudieran pedirme otra. Ya había perdido el humor.

Tomé asiento en una esquina del sofá y Ginnie vino a sentarse junto a mí. Le pasé un brazo alrededor de

los hombros y se acercó hasta apoyar la cabeza en mi hombro. Tanto Helen como Clark parecieron sorprendidos. Rock siguió a la niña y se hizo un ovillo a mis pies. Estaba, no obstante, tan cansada que no podía extrañarme más de lo que ya lo estaba.
—¿Hace mucho que tocas?
—Desde los cinco años —contesté.
—Tienes talento. ¿Estudias música?
Volvió una vieja imagen a mi memoria:

—¿Cuándo les vas a decir a mamá y a papá que te han dado la beca? —me había preguntado.
—Haz el favor de no gritar, podrían escucharnos.
Yo cerré la puerta y ella se tumbó en mi cama.
—No se lo he dicho.
—Pero ¿por qué?
—Porque aún no lo he decidido, ¿vale? —contesté de la peor manera posible.
—¡No puedes dejar escapar una oportunidad así!
Sus ojos negros me hicieron sentir pequeña e idiota. Yo sabía que ella tenía razón, sin embargo, entonces, como ahora, tuve miedo.
—¡Déjalo ya, Candela! Ocúpate de tus cosas.
Ocúpate de tus cosas...

—¿Carlota? —dijo la voz cantarina de Ginnie al ver que no contestaba.
—Ya no.

Capítulo 8

DE ESTRELLAS Y DONES

Clark

No podía aguantarla. Había algo en Carlota que me ponía de muy mal humor. Me molestaba su presencia, su silencio, cómo se quedaba mirando al infinito y que pareciese que no pertenecía a ningún jodido lugar. Y lo que más rabia me daba era no intuir siquiera en qué podría estar pensando. Aparecía y desaparecía como una sombra. Hablaba poco, no contaba nada, y parecía que tuviera las sonrisas contadas. La mayoría eran para mi hermana, algunas para Helen, muy pocas para mí. No es que las quisiera, pero era una extraña, vivíamos bajo el mismo techo y me contrariaba que su presencia me hiciera sentir que el extraño era yo.

Desde que se había colado en mi habitación sin permiso, no la había vuelto a ver rondando mi puerta, lo cual a veces me hacía sentir culpable, quizá había sido demasiado imbécil echándola de aquella manera, o tal vez solo me había limitado a ser prudente. Quién sabe. Lo que tenía cada vez más claro era que mi prudencia se estaba idiotizando, porque al menos un par de veces al día pasaba por delante de su dormitorio y la veía sentada en el borde de la cama o en el suelo. Nunca me veía, pero ese día, que estaba más cansado de lo normal después de llevar sacos de un lado a otro, sudado y sucio y con la guardia baja, me pilló infraganti.

—¿Quieres algo? —Enarcó las cejas.

Apreté las mandíbulas.

—No —contesté.

Pareció sorprendida por la rotundidad de mi respuesta. Lo que ella no sabía es que solía ser así la mayor parte del tiempo, estaba a la defensiva, y con ella todavía más, ¿me caería bien alguna vez? Por el momento, tenía una necesidad constante de ser borde.

—Helen se acaba de ir. Me ha dicho que ha dejado pollo descongelándose en la cocina y que no se te olvide lo de los tarros de mermelada, no me ha dicho más —me explicó con el ceño medio fruncido, seria como siempre.

—Bien.

Estar a la gresca con ella me divertía. Era, de hecho, la única cosa divertida que le veía a hablar con Carlota. Todo lo demás me daban ganas de tirarme desde el tejado. Le gustaba demasiado el drama y a mí muy poco. Aunque teníamos algo en común: el sarcasmo.

—¿Quieres que cocine yo? —indagó.

No se había levantado del suelo y yo no había cruzado su puerta. Estábamos a varios metros el uno del otro, me sentía cómodo.

—¿Qué te hace pensar que quiera morir intoxicado?

—Qué gracioso —susurró al tiempo que hacía una mueca de disgusto.

Parecía que el aborrecimiento era mutuo. Eso logró

hacerme sonreír. Un poco masoquista sí que era, después de todo.

—Cocinaré yo. Tú puedes cambiar la bombilla del baño.

—Claro, su majestad, lo que vos ordenéis.

Puso los ojos en blanco y se levantó a regañadientes. Se acercó a la ventana y la abrió. Estaba anocheciendo. Las estrellas que habían moteado el cielo le resplandecieron en las pupilas. Podía percibir el brillo en sus ojos, el que se queda después de que alguien haya llorado.

—A ver, si ves que no eres capaz de sacar la bombilla de la caja y enroscarla, ya lo hago yo.

—Claro, se me olvidaba que tú tienes un don para hacerlo todo bien —añadió entre dientes.

—Sobre todo tengo un don con las manos.

Se me torció una sonrisa involuntaria en los labios cuando se giró en mi dirección y se quedó observándome con la boca entreabierta. Cogió la chaqueta que había encima de la cama, caminó en mi dirección y cuando se colocó frente a mí me dijo:

—Ya me imaginaba que no sería con la boca —dejé de respirar— porque solo la utilizas para decir tonterías.

Me tembló parte del cuerpo, no obstante, esa fue la primera vez en la que, por un momento, dejó de ponerme de mal humor, quizá porque me pareció divertida o porque me gustó que me mirase sin sentirse intimidada por lo idiota que yo podía llegar a ser. Sea como fuere, me sentí tentado a seguir tirando de la cuerda, estábamos luchando como dos leones por el poder.

—Puedo callarme, si quieres, aunque no sé si podrías soportarlo.

Intenté provocarla con la manera en la que me apoyé contra la pared, crucé los brazos sobre mi pecho y le sonreí. Al principio, vi que me recorría con los ojos desde los pies hasta la boca. Mentiría si dijera que sus ojos claros y sus labios carnosos no me hicieron sentir desnudo, envuelto por una sacudida que despertó mis instintos más bajos. Después, intenté serenarme.

—Para que quisiera que tú me enseñaras tus dones – puso especial énfasis en esta palabra– tendría que estar muy desesperada.

—Tiempo al tiempo. ¿Una granja? ¿Los dos viviendo solos? Las noches en verano pueden ser calurosas, y largas. —Fui acercándome poco a poco a ella. No apartó la mirada en ningún momento—. Tendré que echarle el pestillo a la puerta de mi habitación.

Cruzó los brazos detrás de su espalda, se puso de puntillas y me sonrió.

—Échaselo —susurró con tono seductor. Al momento borró la sonrisa de su cara y se le quedó una expresión impertérrita—. A ver si así te quedas dentro y dejas de rondar mi dormitorio.

Lo sentí como un golpe en el estómago, supongo que merecido, pero inesperado.

—Y ahora voy a poner esa bombilla. No quisiera que tropezaras y te cayeses en la bañera —apuntó con sarcasmo.

Se dio media vuelta y fue hacia las escaleras.

Mientras la escuchaba bajar los escalones, me di cuenta de que volvía a estar de mala leche.

—Joder, con la cría.

Capítulo 9

DE SÓTANOS Y SECRETOS

Helen llevaba cuatro días fuera de casa cuando se nos inundó la cocina.

Pasadas las dos de la madrugada, escuché un sonido metálico que me hizo saltar de la cama. Bajé la escalera a tientas y llegué hasta el origen de la rotura. Una cañería se había hecho añicos y el agua salía a borbotones. Miré a un lado y a otro sin saber qué hacer. Subí hasta el último piso y entré en la habitación de Clark.

Dormía boca abajo, plácidamente. Sigo sin saber cómo no había escuchado un ruido como aquel. Cuando le rocé la espalda, después de mirarlo más rato de la cuenta, agradecí que llevara la ropa puesta y no tuviera por costumbre dormir desnudo.

–Clark –susurré.

Me acerqué un poco más.

–Oye, ¿estás dormido?

Menuda pregunta, ¡pues claro que lo estaba!

Me aparté el pelo de la cara y coloqué los mechones detrás de las orejas. Mientras intentaba despertarle, en nuestra cocina estaba teniendo lugar el segundo hundimiento del *Titanic*, pero esta vez con sartenes y cazos.

Al final coloqué las dos manos en su espalda y le sacudí con vehemencia.

—¡Eh! —grité—. Despierta de una vez. ¡Despierta te digo!

Puede que me venciera ligeramente el pánico.

Se asustó. Despertó de golpe, aturdido, me cogió de las manos y me tumbó en la cama, bajo todo su peso.

—¿Qué demonios…? ¿Quién…?

—Soy Carlota…

Tardó un poco en recuperar el sentido común. Lo mismo que tardé yo en dejar de jadear.

Frunció el ceño, sin soltarme.

—¡Tú estás loca! ¿Cómo se te ocurre despertarme así?

Sí, puede que se me haya olvidado mencionar que desde que la señora Robinson cogió las maletas y se fue, no habíamos hecho otra cosa que discutir. Él conmigo porque decía que no hacía nada bien; yo con él porque no me dejaba hacer nada.

—¡Suéltame ya! —Me revolví, nerviosa y con un cosquilleo incesante en el vientre—. Ha explotado una cañería, así que levántate de una vez.

Me soltó y se incorporó corriendo.

—¿Qué has hecho ahora?

—¿Dormir? —le pregunté mientras me seguía en dirección a la cocina.

Se llevó las manos a la cabeza al ver el desastre y suspiró.

Entré. El agua me llegaba ya por los tobillos.

—¡¿Qué haces?! —gritó.

—Encender la luz, no vamos a ver mucho si…

—No toques ningún enchufe. Vuelve aquí y estate quietecita, ¿eh?

Me rasqué la frente porque no había pensado en ese pequeño detalle. Regresé sobre mis pasos.

—Deberíamos buscar la llave de paso y cortar el agua.

—No me digas —contestó sarcástico—. Primero vamos a buscar unas linternas al sótano y la caja de herramientas.

Asentí.

—¿Podrás arreglarlo?

—¿Y tú? —Se paró frente a la puerta del sótano y me encaró—. ¿Podrás estarte callada?

Se dio la vuelta de nuevo y bajó la escalera.

—Joder, ¡qué mal despertar! —susurré, pero, por desgracia, me escuchó.

—Sí, y me los provocas tú. Ahora busca las linternas y deja de molestarme.

Encendió una vieja bombilla que alumbraba bien poco. Busqué en algunos rincones. Él estaba moviendo unos baúles antiguos. Poco después encontró la caja de herramientas y yo un par de linternas que debían de ser, por lo menos, de la II Guerra Mundial.

—¡Las tengo! —anuncié.

—¡Qué bien! —imitó mi voz—. ¡Ojalá te den un premio!

—Capullo —dije entre dientes.

También lo entendió.

—Lávate la boca, Carlotita.

Me arrebató una de las linternas y se fue escaleras arriba. Yo fui tras él, sin embargo, choqué con la esquina de una de las estanterías y se me vinieron encima una decena de carpetas. Inundaciones, avalanchas… ¿Qué sería lo próximo?

Las recogí y las fui amontonando para volver a colocarlas en el último estante. Entonces lo vi, un sobre amarillento, grande, a nombre de la señora Robinson. De él sobresalían dos cartulinas negras, plastificadas. Sé que no estuvo bien lo que hice a continuación, y no lo hubiera hecho de no haber visto el destinatario.

Encendí la linterna e iluminé el contenido del sobre. Contenía dos radiografías abdominales.

–¿Vienes o qué haces?

La voz repentina de Clark me asustó y volvió a caérseme el sobre. Debía de tratarse de unas pruebas rutinarias. A esa edad siempre se hacen. Las coloqué de nuevo en su sitio, apagué la bombilla y fui de regreso a la cocina.

–Alumbra la parte baja del fregadero, ¿crees que podrás?

Dejé la linterna sobre la mesa.

–Creo que no podré.

Me crucé de brazos y él suspiró.

–Hazlo –ordenó sin inmutarse ante mi huelga.

–Me parece que puedes pedirlo mejor.

–Me has llamado capullo. –Sonrió.

Volví a coger la linterna, más que nada porque el agua seguía saliendo.

Clark parecía saber lo que estaba haciendo, pese a no dirigirse a mí. No era digna de él, por lo visto. ¿Podría haber alguien más antipático en ese pueblo? Pensé en alguien. Edward y él parecían cortados casi por el mismo patrón. A fin de cuentas, Dios los cría y ellos se juntan.

–Ya he encontrado la llave.

Estaba empapado, dado que el agua le caía a chorro cada vez que metía el cuerpo debajo del fregadero.

–¿Puedes cortar el paso?

—Eso intento, Carlota, no estoy jugando a los fontaneros —sentenció irónico.

—Eso hazlo mejor cuando no esté de cuerpo presente.

Lo escuché reír. El cubículo provocó que saliese el eco de sus carcajadas. De reírse más, me hubiese parecido un chico más afable de lo que dejaba entrever.

El agua cesó.

—Ya está, de momento.

—¿Lo has arreglado? —pregunté ansiosa cuando se puso de nuevo en pie.

Le acerqué un trapo de cocina para que se secase al menos la cara.

—Digamos que esa tubería es como una pierna a punto de ser amputada. Le he hecho un torniquete para salir del paso, ¿entiendes?

—Muy ingenioso. Pero ¿podremos dormir tranquilos?

Se echó el trapo al hombro, colocó los brazos en las caderas y miró hacia la cañería, muy serio.

—Yo creo que, mientras tú estés por aquí, no volveré a dormir tranquilo.

—Eres tan gracioso que no puedo contener las ganas de reírme. ¿Oyes cómo me río?

Se colocó detrás de mí, puso sus manos sobre mis hombros y comenzó a empujarme hacia la salida.

—Será mejor que vayamos a dormir.

Me masajeó un poco.

—Estás tensa, ¿no te relaja la naturaleza?

Nunca sabía si hablaba en serio o simplemente pretendía agotar mi paciencia y mi ánimo.

—¿Y a ti?

Enarcó las cejas.

—A mí sí.

—Pues en ese caso no quiero imaginar cómo debes de ser en la ciudad.

Puso fin al contacto y, sin darme las buenas noches, se fue. Miré el agua, y ya que no podría volver a dormirme, me quedé a limpiar y a recoger el desastre. Más de una hora y media después, se me atragantó el pensamiento que intentaba ignorar, sobre todo porque no tenía derecho a inmiscuirme en él, no era mío, nadie en esa casa era nada mío. Y, aun así, me dirigí al sótano.

Encendí la bombilla, que se balanceó de una forma más que tétrica. Ahora era cuando iba a encontrarme el cadáver en el refrigerador que había al fondo. Me acerqué por mero morbo. Tragué saliva antes de abrirlo y lo hice sin pensármelo demasiado. Ahogué un grito al ver que no había nada.

¿Y qué esperabas, Carlota?

Lo cerré y volví a por el sobre. Lo cogí y me acerqué con él a la luz. Saqué las radiografías y miré a través de ellas. Al principio me costó discernirlo, porque la pálida iluminación amarillenta no me ayudaba, pero Candela me había enseñado las rarezas de algunas radiografías cuando estaba en primero de carrera.

Y, sin más, se iluminó como un neón. El hígado parecía estar plagado de cráteres lunares. Miré el matasellos de inmediato. La fecha era de hacía dos semanas, aproximadamente cuando la señora Robinson contactó conmigo por primera vez.

Cerré los ojos y me senté. Apoyé todo el cuerpo contra la pared y permanecí quieta durante más de un cuarto de hora. No estaba preparada para enfrentarme a eso, para encontrarme con la muerte una vez más. Las situaciones eran diferentes, pero podría despertar en mí viejos dolores que había logrado soterrar. En realidad, nunca fui capaz de hacerlo del todo, pero allí estaba, hurgando entre los secretos de la mujer que me había acogido con tanta bondad. Ya no tenía tan claros los motivos que la habían llevado a hacerlo. ¿La desesperación? ¿A quién tenía que ayudar y cómo? ¿Lo sabía el resto de su familia? ¿A qué había ido a la ciudad? Sospechaba hasta de mi sombra.

Lo dejaría en su sitio y nadie sabría nunca que lo había encontrado. Solo tenía que comportarme con naturalidad. Yo no era médico, puede que ni siquiera hubiese acertado en lo que creía haber visto. Además, no tenía que olvidar que me pagaban por hacer jabones y quesos, cuidar de Ginnie y de los seres vivientes del lugar. Me pagaban para hacer lo que debía, así que dejaría de tomarme libertades.

Me levanté y lo dejé todo como estaba en un principio. Solo eran unas radiografías... Y, aunque una parte de mí quería autoconvencerse de que no era necesario preocuparse, otra sí que lo hacía. Asimismo, se repetía en mi cabeza lo que Clark me había dicho unos días atrás: nadie quiere descubrir los secretos del resto porque eso implicaría revelar los propios. No estaba dispuesta a eso, dado que, si bien es cierto que al acabar el verano me iría, no quería soportar el peso que me provocaría que esas personas me conocieran de verdad.

Salí del sótano y me dirigí a la entrada, me coloqué unas zapatillas y caminé alrededor de la casa, dando pasos pequeños a ratos y zancadas en otros momentos. Mis dedos tecleaban sobre el aire.

En una de las vueltas divisé el piano a través de la ventana. No había vuelto a tocar desde aquella noche en la que Helen me lo pidió. Quizá me haría bien hacerlo al día siguiente, aunque fuesen unos pocos minutos.

Mientras me ocupaba en este y otros pensamientos, entre los que se encontraban no solo la señora Robinson y su secreto, noté una presencia detrás de mí. Si enfrentarme al congelador del sótano (sin cadáver, por fortuna) no me había puesto especialmente nerviosa, esto sí que lo hizo. No sabía si sería capaz de darme la vuelta y mirar hacia la oscuridad. A decir verdad, sí que lo sabía. No lo sería. No era muy miedosa, pero a veces los demonios nos ciegan, en la oscuridad y a plena luz del día.

Escuché una especie de ronquido. No esperé a pensármelo más de un segundo. Me giré y me encontré con una sombra grande, robusta. Suspiré aliviada cuando me di cuenta de que solo era Rock. Llevaba unos pocos días en esa casa y ya me había acostumbrado a su presencia. De hecho, era un compañero silencioso y amigable. Ginnie tenía sus días, a veces se animaba a jugar conmigo o a hablarme, otras simplemente hacía lo que le decía. Y Clark, ¿qué podía decir de él?

Rock, sin embargo, era la compañía ideal para cuando no necesitabas fingir nada.

—¿Damos un paseo, Rock?

Se acercó al reconocer mi voz y caminó a mi lado.

—¿Has visto el estropicio de la cocina?

Levantó la cabeza y me miró como si me entendiese.

—Pero se nos ha quedado buena noche.

Gruñó algo. El jabalí comprendía lo que le decía, no me cabía la menor duda. Eso o yo estaba tan cansada que malinterpretaba la situación.

—¿Quieres que te dé unas almendras?

Esa palabra sí que la reconoció.

Saqué algunas del bolsillo del pantalón. Siempre llevaba unas cuantas para él. Se las comió de un solo bocado.

—Me sigue pareciendo curioso que...

—¡¿Quieres hacer el favor de dejar de hablar con el jabalí debajo de mi ventana?!

Miré hacia arriba y vi a Clark asomado.

—Perdona no...

—¡Vete a dormir ya! Vas a despertar a todo el mundo —gritó.

—¿Yo o tú?

—Cállate y vete a tu habitación. Por ese orden.

No hubo lugar a discusión. Cerró la ventana y yo me quedé junto a Rock. Se me escapó una risita. Sí, tenía mal despertar, y yo le había despertado dos veces en menos de tres horas.

—¿Vamos a la cama?

Y Rock me siguió.

Capítulo 10

DE CARAMELOS Y ENGAÑOS

—Coge el tractor. ¿No tienes carné de conducir?

No di crédito a lo que me estaba preguntando. No podía estar diciéndomelo en serio.

—Sí, pero no es como conducir un tractor.

—Tardarás menos y podrás cargar con las piezas.

Me crucé de brazos, jugando mi última carta.

—¿Por qué no bajas tú al pueblo? Sabes conducirlo y estarás de vuelta enseguida –dije, intentando halagarle.

A cambio, me tendió las llaves.

—Porque hay mucho trabajo aquí y al regresar me encontraría la granja patas arriba. Lo último que quiero es que a Helen le dé un infarto.

Se me cortó el aliento y se quedó estancando, como en un lodazal.

—¿Y no puedo ir andando?

—¿Y regresar mañana al atardecer? No, gracias. Hay que arreglar esto –señaló la cañería.

—¿Y lo harás tú?

—Dudo que tú seas capaz –rechistó.

—¿Y si bajo andando y luego…?

–¡Que cojas el maldito tractor, Carlota! No te lo voy a decir más veces. Te subes en él, colocas la llave en el contacto y conduces. El camino ya te lo sabes.

Se puso tan serio que ya no encontré fuerzas para rebatirle lo que me estaba pidiendo. Era consciente de que uno de los dos tendría que ir a por las piezas necesarias para arreglar la avería, pero había esperado que fuese él, no solo porque conocía el camino y había conducido el tractor, sino porque también sabría qué comprar. Aun así, me lo anotó todo en un pedazo de papel que guardé en el bolso.

Me acompañó hasta el tractor e ignoré las ganas que tenía de echar a correr y librarme de esa tarea. Podía haberme quedado con las vacas, preparar las cosas para el mercado del día siguiente, recoger la casa, darles de comer a los animales, preparar la comida y… ¡¿A quién pretendo engañar?! Eso tampoco lo habría hecho bien.

–Que no se te olvide nada.

–Si me extravío, será solo culpa tuya.

–¿Extravío? ¿En serio?

Arranqué a *Vic* y el rugido ya hizo que me pusiera nerviosa.

–Venga, estás más cerca del pueblo –se carcajeó mi cada vez más íntimo amigo.

Por favor, que alguien se compadeciera de mí.

–Ya has alcanzado los diez kilómetros por hora –seguía burlándose Clark, que iba caminando a mi lado.

Ginnie me despedía con la mano desde la entrada de la casa.

–¿Me la puedo llevar conmigo?

Clark miró a su hermana.

–¿Quieres ir? –le gritó.

Paré el tractor, para mi gran alivio. Si la niña venía

conmigo, tenía una excusa para circular a poca velocidad. Era por su seguridad, por supuesto.

Vi que Ginnie acudía corriendo. Se sentó a mi izquierda. Ya lo tenía todo: la primera vez que conducía un tractor, la primera vez que lo hacía por la derecha y la primera vez que llevaba a mi cargo a una menor. Comenzaba a costarme respirar y seguir poniendo cara de estar bien física y mentalmente.

—Pasadlo bien.

Y así fue como recorrimos el camino hacia el pueblo. Estuve a punto de perderme seis veces, y todas ellas Ginnie logró que no lo hiciera. Me explicó que solía ir con su abuela a menudo, así que se había aprendido cada árbol y cada giro. Se merecía un buen pastel de chocolate por tener un GPS en la cabeza, y yo pensaba comprárselo nada más pisar asfalto.

Lo hicimos media hora después. Si mi conducción hubiese estado a la altura de la de Helen, a lo mejor habríamos llegado antes, pero más valía llegar que no hacerlo.

—No se lo diré a Clark —me confesó Ginnie cuando aparcamos el tractor.

¿He dicho aparcar? Cuando lo dejamos en el primer hueco en el que pensamos que no molestaría a nadie.

—Gracias, de verdad. ¿Sabes dónde está la ferretería?

Con el paso del tiempo, me di cuenta de que había muy pocas cosas que la pequeña y callada Ginnie no supiese. Me guio con paso firme mientras saludaba a todos los que se encontraba por el camino y me presentaba. Eso ayudó a que me sintiese como en casa. Pronto, además, me encontré con un par de caras familiares: Edward y Luke.

—¡Las chicas de la granja! —exclamó el primero.

—¡El dueño del hostal! —contesté yo.

Levantó en brazos a Ginnie y ella rio encantada. No tardé mucho en darme cuenta de que debía de ser su amor platónico de niñez. Tampoco es que me extrañase lo más mínimo. Edward ganaba a plena luz del día, por lo menos físicamente. También es cierto que se me hacía menos antipático que Clark.

—¿Venís a por las piezas?

—¿Y cómo lo sabes? —pregunté yo.

—Aquí se sabe todo, tarde o temprano.

—Yo diría que más bien temprano, ¿no te parece?

Luke me guiñó un ojo.

—¿Dónde habéis dejado el coche?

Creí que me estaba vacilando, así que me reí.

—Hemos dejado el tractor allí, en la entrada del pueblo —señalé.

—¿El tractor? —me preguntó Edward—. ¿Por qué no habéis venido en el todoterreno?

—¿Todoterreno?

Edward miró a Luke y este procuró no reírse, me imagino que mi cara era toda una advertencia.

—No sé nada de ningún todoterreno. A lo mejor se lo llevó la señora Robinson.

—A Helen la recogí yo, ¿recuerdas? —dijo Edward, poniéndose un poco más serio de repente.

¿Lo sabía? Cabía una posibilidad, al menos eso era lo que sus ojos me decían.

No necesité mucho más tiempo para darme cuenta de quién era el artífice de esa broma pesada.

—Vayamos a por esas piezas, Ginnie.

La niña pidió bajarse de los brazos de Edward, aunque no fuese lo que más deseaba en aquel momento. Me tendió la mano y, después de despedirnos, echamos a andar.

–¿Estás enfadada?

Con un movimiento afirmativo de la cabeza contesté a su pregunta.

Ginnie no me preguntó nada más durante los siguientes minutos. Llegamos a la ferretería y le entregué el papel al propietario. Lo buscó todo, enérgico, y me lo empaquetó tan bien que tuve que agradecerle el tiempo que nos había dedicado, más de la cuenta. Pagamos la factura, y, a continuación, como era pronto, paramos en la panadería. Compramos unas magdalenas grandes, rellenas de mermelada de arándanos, y nos las comimos sin prisa.

–¿Sigues enfadada?

–Un poco sí.

–Pues cuando mis amigos se enfadan conmigo, dejan de hablarme.

Engulló un buen trozo de magdalena y yo dejé de comer.

–A veces los amigos se enfadan entre ellos.

–Yo no me enfado con ellos, aunque me escondan las cosas o no me dejen jugar.

–¿Por qué hacen eso, Ginnie? –pregunté, más que preocupada.

Se encogió de hombros.

–No lo sé. Pero los perdono. Son buenos.

Mi entrecejo se convirtió en un sinfín de pliegues.

–¿Y con los niños del pueblo juegas?

–No les gusta jugar conmigo. Ellos saltan a la comba, pero me dicen que soy torpe. Yo no sé.

Mientras me lo explicaba, nunca llegó a mirarme a los ojos. Creo que no habría podido resistir toparse con mi mirada confundida y a la vez severa.

–¿No sabes saltar a la comba?

–¡Sí sé! –Agachó la cabeza–. Lo que no sé es entrar

cuando se está moviendo. Siempre juegan cuando bajamos al mercado. Yo solo miro.

Le acaricié la espalda, sin embargo, no aceptó mi gesto de cariño. Se apartó.

—Ginnie, oye, se me ha olvidado comprar algo de la ferretería. ¿Podrías ir tú a por el aceite mientras yo regreso allí?

Aceptó enseguida. Tuve la sensación de que le gustaba que le encargasen tareas con las que sentirse útil.

En un santiamén estuve de vuelta en la ferretería y pedí una cuerda larga y gruesa que el hombre introdujo, tan amable como antes, en una bolsa. Volví a encontrarme con Ginnie enfrente de la panadería. De allí fuimos hacia donde habíamos dejado el tractor. Nos cruzamos con Edward de nuevo, quien nos dio un puñado de caramelos a cada una, como si tuviésemos la misma edad. He de decir que, pese a que eran mis favoritos, me molestó un poco que me tratase como a una niña más. Sin embargo, tenía asuntos más importantes de los que ocuparme.

Mis ganas de regresar a la granja hicieron que en el camino de vuelta acelerase un poco más. A ratos se me dibujaba una sonrisa de triunfo. Se estaba sorteando una venganza y Clark tenía todas las papeletas para ganarla.

Llegamos, y, antes de que él pudiese vernos, le pedí a Ginnie que no le dijese nada sobre el todoterreno. Ella aceptó sin hacerme preguntas. Me ayudó a descargar la compra y Clark apareció poco después.

—Veo que no os habéis extraviado.

Le di la tubería y el resto de bolsas.

—¿Qué hay aquí? ¿Una cuerda?

—Sí —contesté.

—¿Para?

Ginnie me estaba mirando.

−Te vamos a enseñar a entrar, ¿vale?

Se quedó muda y después se le iluminaron los ojos como dos faros.

−¡¿De verdad?!

Clark era el único que parecía no comprenderlo, así que, por fortuna, se limitó a callarse. Ginnie, por su parte, se fue hacia la casa, llamando a Rock, quien acudió a su llamada poco después. Formaban un buen equipo, de eso no cabía duda.

−¿Me van a aceptar ya en la hermandad?

−¿Cómo? −preguntó él.

No le contesté y eché a andar. Clark me siguió e insistió.

−¿Qué quieres decir?

−Creía que la novatada del tractor tendría algún buen motivo, o una razón por lo menos.

−No era una novatada −se rio−. Tenías que bajar al pueblo.

Lo encaré.

−¿Y si hubieras bajado tú, lo habrías hecho en el tractor o en el todoterreno?

Aunque pensé que se mostraría sorprendido por haberlo descubierto, cuando menos, me pareció ofendido. ¿Después de todo iba a ser él quien se sintiese víctima? ¿Yo era el verdugo?

−¿Por qué no me acompañas? −exigió más que preguntó.

Me gustaría decir que lo seguí por mera cortesía, pero la verdad es que una parte de mí comenzó a sospechar que, tal vez, me había precipitado.

Llegamos a un cobertizo en el que no había estado. Abrió las puertas y me entregó un manojo de llaves. De pronto, cuando la luz blanca de la mañana alumbró lo que permanecía bien escondido, pude divisar un coche grande, de un color burdeos brillante. Desde luego, a Helen le gustaban las cosas modernas, y dentro de ese conjunto había sitio para algo más que películas.

—Prueba a arrancarlo.

El tono con el que me hablaba no me gustaba. Era tajante y distante y cortaba el aire como un cuchillo jamonero.

Abrí la puerta del todoterreno y me senté en el asiento del conductor. Hice girar la llave varias veces, sin embargo, no logré que arrancase. Suspiré en el interior, sintiéndome avergonzada.

Salí del coche.

Clark estaba apoyado contra la puerta, la misma postura rígida de la primera vez que lo había visto. Los brazos cruzados sobre el pecho, los músculos tensados y la mirada fijada en mí.

—Perdona, pensé que...

—Ahórrate las disculpas, Carlota.

Me tendió la mano para que le entregara las llaves. Me acerqué como si se tratase de un león enfurecido y se las devolví sin tocarle siquiera.

—Tengo cosas más importantes en las que pensar que en hacerte la vida imposible. Así que, ¿qué tal si nos haces un favor a los dos y te concentras en hacer lo que has venido a hacer?

Hacía tiempo que nadie me hablaba con tanta indiferencia. Era una dosis suficiente para hacer resurgir sensaciones que no me hacía falta revivir, porque ya me habían anulado otras veces. Por eso tomé la decisión de irme sin decir nada. Él podría interpretarlo como una victoria. Desde luego, para mí no era, ni mucho menos, una derrota.

A veces huir es de valientes.

Además, con el paso de los días, descubriría que todos huíamos y, sin querer, lo hacíamos en la misma dirección, topándonos, chocando, descuidando nuestros temores ante los ojos confusos del resto. En ocasiones, si te quedas es porque buscas tu propia destrucción, y yo había ido a Castle Combe a conseguir todo lo contrario.

Por eso me fui del cobertizo y escapé de la dureza de Clark y sus palabras.

Capítulo 11

DE BOSQUES Y TREGUAS

¿Sabéis eso que dicen de que una pieza de dominó desencadena la caída del resto? Pues yo, sin saberlo, había contribuido a que en la casa se respirase un olor desagradable: el que en ciertas ocasiones provocan los silencios incómodos.

Aunque había intentado mantener una relación cortés con el chico que dormía a pocos metros de mí, no lo había conseguido. Habíamos aprendido, no obstante, a evitarnos, a no encontrarnos en los alrededores de la granja y a no hablar durante los desayunos, comidas y cenas. Clark y yo nos habíamos declarado una guerra sin saber muy bien por qué. Parecía que era inviable estar los dos juntos en una habitación sin que todo comenzara a arder. Lo que me preocupaba no era que no lográramos llevarnos bien, no, con eso podía vivir, lo que no comprendía era por qué también tenía otra sensación por todo el cuerpo.

Por eso procuraba ignorarlo.

Todavía no tengo claro cómo habíamos logrado enseñar a Ginnie a saltar a la comba u organizado las cosas para el mercado y arreglado la cañería. Habíamos sobrevivido a la granja y a todo lo anterior, sin embargo, supe que no lo haríamos al club de lectura, más que nada porque si tenía la oportunidad de no ver a Clark durante unas cuantas horas seguidas, iba a aprovecharla. Así que, fingí no encontrarme bien y dejé que se fuera en el todoterreno, que ya había arreglado.

Preparé una cesta de comida y junto con Ginnie y Rock, después de realizar las tareas convenientes, fuimos a perdernos por el bosque. Y no, no me refiero a algo metafórico, sino a que acabamos por perder el rumbo después de haber merendado.

Ginnie intentaba permanecer sosegada, pero al ver que yo, la adulta, no era capaz de encontrar una solución, comenzó a impacientarse. El único que estaba encantado era Rock, aunque tampoco tenía mucho mérito, él estaba en su hábitat natural, a pesar de que para el jabalí eso ahora fuese el sofá de los Robinson.

—¿Cantamos algo? –pregunté.

—Mejor no –contestó Ginnie.

Sí, la niña era un tanto más sensata que yo.

—Es por aquí –dije haciéndome la valiente.

—Carlota, nos hemos perdido.

Cogí aire. Quería admitirlo, gritarlo a viva voz. No estaba perdida solo en aquel bosque, sino, aparentemente, en todas las facetas de mi desordenada vida. Intenté relajarme, ya que en situaciones de estrés nunca pensaba con claridad. Había estado pendiente de la senda que habíamos seguido para llegar hasta allí, ahora solo necesitábamos recorrerla a la inversa. Tampoco debería haber sido tan difícil, pero al llenarme de confianza para regresar sobre nuestros pasos, y con el atardecer cayendo, debí de haberme equivocado en algunos desvíos porque, una vez más, continuábamos junto a un pino similar al primero del que nos habíamos alejado.

¿Y esa se suponía que era mi manera responsable de cuidar de una niña? Aún estaba a tiempo de renunciar, alegar motivos familiares e irme. Admitiría ante mis padres que no estaba preparada y...

Vi una luz entre los árboles. Le dije a Ginnie que echásemos a andar hacia ella. Dudaba mucho de que hubiese algún tipo de animal salvaje que portase una linterna. Fue la primera decisión acertada que tomé ese día.

Al salir de la espesura del bosque, divisamos las luces del granero. Habíamos estado todo ese tiempo al lado de casa. Clark debía de haber regresado y encendido las luces. Me detuve un segundo y me quedé mirando a lo lejos. Supe que palidecí de golpe porque la cabeza me daba vueltas. Esos vértigos y esa angustia de ver de refilón aquel sombrero azul...

Tenía que volver a respirar. Un ataque de pánico no era una buena idea.

Ginnie me cogió de la mano. Ni siquiera recordaba que estuviera a mi lado. Me hizo la pregunta sin hacérmela y yo se la contesté sin decirle nada. Los ojos de un niño son intensos. Te atraviesan y encuentran bajo los escombros lo innombrable. Ante ella me sentía expuesta por completo. Nunca me había gustado sentirme desposeída de recuerdos y sentimientos, sin embargo, en ese instante acepté la aprehensión de sus manos alrededor de las mías. Supongo que sabía que tenía miedo, aunque no fuera consciente de cuál era el motivo que me hacía temblar.

Llegamos a la casa y me prometí no volver a salir de ella si no sabía exactamente cómo volver, y menos llevando a Ginnie conmigo.

Clark debió de percibir nuestras pisadas, porque desde el otro lado del inmenso portón de entrada, escuché a alguien que se precipitaba hacia donde estábamos nosotras. Decir que abrió la puerta sería quedarme corta, porque pensé, por un segundo, que la arrancaría de las bisagras.

Nos descubrió allí, muy quietas. De habernos sacado una fotografía, habríamos parecido unos espantapájaros. Él tenía cara de preocupación: los ojos muy abiertos; la boca, sonrosada, entreabierta; las mejillas arreboladas, con ese rubor que provoca correr de un lado a otro; el aliento retenido y los hombros tensos.

—¿Dónde estabais?

Entendía su estado de agitación. Ya había anochecido y, al regresar, no había encontrado rastro de su hermana pequeña. Por lo que se refería a mí, seguía siendo una desconocida de la que no podía fiarse, ¿quién podía saber con certeza las espantosas ideas que podría llegar a tener? No podía culparle, dado que yo, en su misma situación, habría actuado de la misma manera o peor.

Decidí decirle lo que había pasado, tal vez así, me ahorraría el trabajo de irme por mi propio pie. Puede que me echara él de una patada y me prohibiese volver a pisar nunca jamás los alrededores de Castle Combe, y si me apuráis de Inglaterra.

Pero todos tenemos un ángel de la guarda que nos salva de vez en cuando. Surge como una voz vibrante que nos recuerda que, a veces, merecemos segundas oportunidades, no ya en esa situación, que se habría arreglado sin incidentes mayores, sino en otros aspectos de nuestra vida, en aquellos que escapan a nuestro control, que se adueñan de nosotros.

—Hemos ido a jugar —habló Ginnie.

—¿A jugar? —preguntó Clark, con desconfianza.
—Y a merendar.
—¿A dónde? Os he buscado por todas partes.
—Allí. —Señaló a lo lejos—. Hemos jugado a que éramos escaladoras.

Clark dejó escapar un suspiro.

—¿Es que no hay otra cosa más normal a la que jugar?

La interrogación me la dirigió a mí en esta ocasión. Era incapaz de decir una sola palabra. Siempre se me había dado muy mal mentir.

—Anda, entrad en casa.

Le hicimos caso. Pasamos por su lado y nos separamos en la escalera. Ginnie me sonrió antes de dirigirse a su habitación. Clark seguía en la puerta, pero creo que no le pasó inadvertido ese primer gesto de complicidad que nos dedicamos su hermana y yo. En algún momento, me sometería a un tercer grado y, a continuación, me mandaría directa a la guillotina, o al instrumento de tortura que hubiese en ese país.

—Más tarde, ¿podemos hablar un momento?

Yo ya estaba subiendo la escalera cuando me interpeló. Me di la vuelta al escucharle. Asentí. Y allí estaba lo que había esperado. La réplica a la mentira sería una amonestación en toda regla. ¿O estaba equivocada? Habría deseado estarlo, sin embargo, no quería hacerme falsas esperanzas.

Tardé todo lo que pude y más en cambiarme. No me apetecía bajar. En realidad, no me apetecía hacer nada. Seguía a la expectativa de muchas cosas, entre ellas devolverles a mis padres todos los mensajes y correos electrónicos que me habían enviado y que yo había contestado de forma escueta. No se lo merecían, y yo lo sabía de sobra. Ellos nunca deberían haber pagado mi negativa a ser la de antes, la de siempre. Pero era humana, era una grieta en la tierra, una muy profunda que necesitaría tiempo, aunque con ello les arrastrase también conmigo.

Descendí la escalera veinte minutos después, pese a haber invertido solo cuatro en desenmarañarme los cabellos y ponerme otra ropa que no oliese a musgo, vegetación, flora y fauna.

Me esperaba en la cocina y había hecho té.

Encima de la mesa, cubierta con un mantel rojo, había también un plato con galletas de chocolate. A mí, particularmente, no se me ocurriría nunca echarle la bronca a alguien con dulces de por medio, así que ese pequeño detalle me hizo recobrar un poco de esperanza sobre el asunto. Sea como fuere, en el tiempo que había pasado a solas en el dormitorio, había tomado la decisión de ser sincera.

Tomé asiento frente a él.

Me sirvió una taza caliente de té verde y se quedó en silencio durante un rato largo, mirando por la ventana entreabierta, alumbrado por la tenue y titilante luz del techo de la cocina. Aparté los ojos de él, porque seguía teniendo esas palpitaciones contradictorias que me provocaba el estar a solas con él.

Hablé yo.

–¿Ha gustado la novela?

Pareció regresar de donde había ido.

–Sí, en general sí, aunque muchos la habían leído ya.

Recordé las palabras de la señora Robinson. Por lo visto, querían algo novedoso, querían el ahora, en todos los sentidos. Tal vez porque no les valía aquello de que «cualquier tiempo pasado fue mejor». No tenían la certeza de hasta cuándo duraría el mañana. Ella más que nadie.

Sentí escalofríos por todo el cuerpo.

—Tenemos que hablar —dijo.

Estuve conforme. De hecho me prometí darle mi aprobación a todo. Era uno de esos días en los que prefería callar.

—Es imprescindible que solucionemos este problema cuanto antes.

Mi postura seguía siendo la misma. Bebí un trago de la taza de té.

—Ni siquiera sé de dónde ha surgido esta animadversión entre los dos, si no nos conocemos.

Entonces me di cuenta de que no hablaba en absoluto del asunto de esa tarde, sino que se refería a los malentendidos que había habido entre nosotros. También era un tema pendiente, así que acepté abordarlo con premura. Cuanto antes se solventara, antes podríamos hacer vida normal en la casa.

—Propongo que pongamos fin a nuestras diferencias y trabajemos en equipo, al menos hasta que regrese Helen, ¿te parece bien?

—Sí, creo que es necesario.

—Además —siguió él—, no era mi intención que te sintieses mal en la casa, ni mucho menos. Es mi forma de ser, nada más.

Omití cualquier broma o apunte que podría haber hecho al respecto. Si queríamos firmar una tregua, más me valía estarme callada y aceptar las condiciones de convivencia del acuerdo.

Cuando volví a levantar la cabeza de la verdosidad amarillenta del té, me sorprendieron los ojos de Clark. Tenía esa forma de mirar, la que te desvestía los sentimientos y la mente.

—¿Estás bien?

—Sí, ¿por qué lo dices? —intenté disimular.

—Porque has echado nueve terrones de azúcar al té y porque pareces preocupada.

Ni siquiera me había dado cuenta del detalle del azúcar.

—Hoy nos hemos perdido. Hemos salido a dar una vuelta y...

—Ya lo sé, Carlota —apuntó con calma.

Abrí mucho los ojos y eso debió de hacerle sonreír.

—Mi hermana te quiere, no sé por qué, pero esa es la verdad. Así que guardaremos este secreto y haremos como si no hubiese sucedido.

Así que no sabía por qué me quería, pues vaya alivio. Menuda forma de firmar la paz. Pero podía vivir con ese comentario. Por lo menos, había sido lo suficiente madura para decir la verdad.

—No quería que le pasara nada.

—Lo sé. No estaba preocupado por eso, sino porque otras veces se ha ido sola. Le gusta ir al bosque, por esos cuentos de hadas. Se cree que hay duendes y dragones.

—Tiene mucha imaginación.

Se apoyó contra el respaldo de la silla y siguió contemplándome con parsimonia.

—¿Te preocupa algo más?

«Demasiadas cosas», pensé, pero ¿cómo decírselo?

—¿Echas de menos a tus padres, a tu hermana? —inquirió.

Me mordí una uña. Desde luego, no era la imagen más sugerente que pudiera ofrecer de mí misma. De hecho, hacía muchísimos años que no lo hacía, desde que era pequeña. Cuando me preguntaban algo que no quería contestar, cuando estaba meditabunda, entonces, me mordía las uñas, y en ocasiones los dedos. Era una forma de distraerme no muy higiénica.

Me dio un manotazo.

—No hagas eso, es asqueroso.

Mi expresión no fue muy amigable.

—Ningún hombre va a querer besarte si te ve mordiéndote las uñas.

Crucé los brazos sobre la mesa.

—¿Tengo cara de que me importe lo más mínimo?

Si bien fui valiente al hacer la pregunta, lo cierto es que me había dejado desencajada su comentario. ¿Qué le importaba a él si alguien querría besarme o no?

—En absoluto.

Emitió dos o tres carcajadas seguidas. Tenía facilidad para reírse, aunque ya no sabía si de todo en general o de mí en particular.

Se sirvió otra taza de té y ofreció llenarme la mía, pero le dije que ya había tenido suficiente teína por ese día, y bastante azúcar. Era inviable beberse aquello.

—¿Has dejado muchos hombres a las puertas de tu casa?

—Decenas de ellos.

—Eso me parecía.

Me guiñó un ojo y, con toda la tranquilidad del mundo, buscó algo en su mochila, que estaba colgada en la parte izquierda de la silla.

Sacó una novela, algo que, por extraño que parezca, sospechaba.

—No sé si has acabado de leer a Dickens.

—Sí que lo he hecho. Tengo que devolverle la novela a Edward.

—Seguro que se alegrará de verte —manifestó con una sonrisa torcida.

Fruncí el ceño, confundida por lo que había dicho y por su expresión.

—*El nombre de la rosa* –me explicó cuando dejó el libro sobre la mesa.

Era lo último que me esperaba para completar el horrible día que había tenido.

—¿Qué pasa?

Intenté sonreír.

—Nada, solo que es la novela favorita de mi hermana.

Me costaba Dios y ayuda hablar de ella en presente, pero cuando lo hacía me invadía un alivio incomparable. Necesitaba el sosiego que me proporcionaba sentirla cerca, saberla viva, aunque se tratase de una mentira que, en vez de acercarme a ella, me alejaba a cada paso.

—¿Le gusta leer?

—Tiene una biblioteca impresionante. Mis tías la llamaban «la Ratita» cuando era pequeña, porque se pasaba allí la mayor parte del tiempo.

Me abracé a mí misma y sonreí de verdad por primera vez en mucho tiempo.

Se me quedó la mirada recorriendo los dibujos de la porcelana.

Ella leía, sentada en el sillón orejero de terciopelo rojo. Se sumergía en todas aquellas novelas y vivía con sus personajes de principio a fin, e incluso cuando terminaba la lectura seguía hablando de ellos como si estuvieran vivos. Cuando encontraba un fragmento o un capítulo que la había fascinado, me pedía que le prestara atención. Leía en voz alta para mí, y yo, que por aquel entonces tenía trece años y un interés creciente por los libros, la escuchaba y después componía algo para esa historia. Siempre estábamos juntas. De hecho, me costaba recordar un solo día en el que no estuviese conmigo.

Después llegó el silencio, en el que ya no hubo ni música ni cuentos. Ni un *juntas* ni un *conmigo* ni ganas de leer nada, porque ella se había leído, a mi parecer, todos los libros. Pero entonces, ese verano en Castle Combe, comencé a recuperarla sin darme cuenta. La reviví con la intensidad de quien no se ha ido nunca. Fue como si regresara. No había habido paréntesis. Hablar de ella en ese presente devastador me insuflaba un ápice de fe.

–Te gustará el ambiente del club de lectura –dijo–. Piénsate el venir a compartir alguna tarde con nosotros.

–Lo tendré en cuenta.

–Es una bonita forma de decir que no vendrás.

Se levantó, me sonrió y dejó la cocina un poco más vacía y mis latidos más llenos.

Capítulo 12

DE CONFESIONES Y CASUALIDADES

Nunca habrá calma tan poderosa como la tempestad de los secretos.

Los días siguientes fueron tan sencillos que caí en el equívoco de creer que era otra persona, que tenía una vida envidiada por cualquiera y que no había razón alguna para albergar tanta tristeza. Estaba decidida a confiar en que esas semanas podría hablar de ella sin que nadie me diera el pésame, sin que su luz, la de su nombre y su alma, se apagase de nuevo. Así que, si bien antes había querido permanecer en silencio, ahora hablaba de ella a cada momento.

Comenzaba las mañanas abriendo todas las ventanas de la casa, leía a ratos la novela de Umberto Eco, ordeñaba las vacas, alimentaba al resto de animales, recogía verduras y fruta para la comida, jugaba con Ginnie, ayudaba a Clark en la cocina, me sentaba con ellos al mediodía en el porche trasero, donde bebíamos limonada y contábamos leyendas antiguas, y por la noche, cuando el día llegaba a su fin, tocaba algo en el piano.

Aquella noche estábamos fregando y secando los platos cuando Clark sacó a relucir mi curioso, a la par que inexplicable, cambio de humor.

—Qué bien haber hecho las paces, ¿eh? Menudo ánimo.

Había cierto atisbo de ironía en su tono de voz.

—No soy ninguna borde, solo que los comienzos nunca son fáciles.

—Ni los finales, ni lo que hay en medio. Nada lo es.

Tenía que darle la razón, porque la tenía, sin embargo, no me apetecía en absoluto que echase por tierra la felicidad que había recogido esos días. Pensar en Candela libremente me hacía recuperar parte de la inocencia que se había llevado al irse. Me la estaba regalando, era su manera de cumplir la promesa que me hizo, y pensaba aferrarme a ella con uñas y dientes, si era necesario.

Al ver que no daba señales de alterarme lo más mínimo, sino que seguía sonriendo y fregando como si no hubiese dicho nada, decidió cambiar de tema. Y si lo anterior no había logrado desestabilizarme el ánimo, esto sí que lo hizo, porque todavía tenía que pensar en otras personas que aún estaban allí mismo y de las que me había olvidado.

—Helen vuelve en dos días, me llamó anoche.

Paré en seco.

—¿Sí? Eso es estupendo —dije, deseando verla para cerciorarme de que había habido un error en lo que había visto en aquellas radiografías.

—Parecía cansada —expuso, algo apesadumbrado.

—Habrá trabajado mucho, además, te recuerdo que no tiene veinte años.

Lo dije con la esperanza frustrada de creerme mi propia explicación, pero podía parecer y estar cansada por esa imagen negruzca que no se me iba de la retina.

—¿Estás preocupado?

Se lo pregunté porque, si en verdad lo estaba, a lo mejor debía plantearme contarle mis sospechas, aunque esa no fuera, ni mucho menos, una decisión que tomar a la ligera. Ni yo la persona indicada.

Tenía que hablar con mi padre y después con la señora Robinson. Quería saber a qué atenerme, y su familia merecía... Pensé en Candela. Sí, sus nietos merecían ser conocedores de su enfermedad, si era tal, porque así tendrían tiempo para asimilarla y prepararse.

Pero Clark le restó importancia.

—Debe de ser lo que tú dices, aunque no me guste darte la razón.

Sonreí y él me devolvió una amplia risotada.

—Esta noche voy a salir, no te importa quedarte con Ginnie, ¿verdad?

Era la primera vez que salía de noche, así que no fue raro, en absoluto, que me sorprendiera.

—¿Una cita? —pregunté, más por curiosidad que por celos, como él insinuó.

—Algo así, pero tranquila, también tengo para ti, si quieres.

La que se rio esta vez fui yo. Me limpié las manos enjabonadas y me recogí el pelo en una trenza.

—No eres mi tipo, gracias —contesté, con las manos de nuevo sumergidas en el barreño de agua.

—¿Y cuál es tu tipo? ¿Edward Michaelson?

—¿Tanto se me nota? —dije, siguiéndole el juego.

Me dio un ligero codazo.

—Le he sugerido que te lleve a cenar algún día, no creo que te moleste, ¿no?

—¿Qué te hace pensar que yo quiero ir a cenar con él?
—¿No quieres?
Sus cejas dibujaban dos arcos castaños gruesos y perfectos.
—No he venido a eso, Clark.
—¿A eso? —siguió interrogando sin abandonar ni un segundo la expresión anterior.
Le pasé un plato. Lo secó con cuidado. Me dio tiricia cuando el tejido del trapo resbaló sobre él.
—A ligar.
—¡Qué claro lo tienes! Eso es que me engañaste y has dejado a alguien esperándote —concluyó.
—Te puedo asegurar que no me espera nadie.
—¿Enamorada tal vez?
Coloqué los brazos en jarras sobre mis caderas, con las manos chorreando espuma.
—¿Y esa insistencia?
Su boca se curvó en una sonrisa inocente y los hombros se le encogieron, dándole una apariencia infantil que me obligó a abandonar mi pose de máxima autoridad y señora del fregadero.
—Te gusta hacer preguntas —añadí.
—Como a todo el mundo, Carlota. Tú también las harías si te atrevieras, pero te quedas con las ganas.
—Si no me lo cuentan, será por algo.
—Si no pruebas, nunca sabrás si te lo van a contar o no.
Entrecerré un poco los ojos y decidí aceptar su reto para demostrarle que, llegado a un punto, todos tenemos algo que no queremos que nos pregunten, o algo, en su defecto, que no sabemos cómo contestar sin que nos juzguen.
—Entonces, ¿has quedado con una mujer casada, con una jovencita o con un muchacho fornido?

—Con un muchacho fornido, por supuesto.

Cerré el grifo, sequé los rastros de agua y me senté en la encimera. Clark comenzó a guardar los platos, vasos y cubiertos en su sitio.

—Es una chica que veranea aquí desde hace tres años. Nos vemos cuando coincidimos.

—Un romance de verano.

Acabó de guardar los últimos tenedores, cogió una silla y la puso frente a mí, subió los pies a la encimera, junto a mi costado derecho, y me pidió que le lanzara una manzana del cesto. Lo hice, la limpió en la camiseta y le dio un mordisco.

—Yo no lo llamaría romance –tragó–. Me toca.

—Tú dirás.

—¿Por qué alguien como tú quiere venir a pasar el verano a una granja?

—¿Alguien como yo? –pregunté, recelosa.

—Se ve que no estás acostumbrada a la vida de campo.

Hice una mueca con la boca y sopesé la respuesta.

—En parte tienes razón, pero me está gustando estar aquí. Hay mucha tranquilidad.

—Y no te conoce nadie.

Se me borró la sonrisa de la cara.

—Tranquila, yo al principio venía exactamente por lo mismo –confesó–. Con el tiempo lo hice por Helen y Ginnie. Son mi familia.

—Yo he venido por lo contrario, en ese caso.

—¿Por tu familia?

La primera pregunta que me formulaba y ya me estaba costando contestarla.

—Sí, necesitaba estar un tiempo lejos. Quizá no lo entiendas, pero...

—Es lícito, no voy a dar opiniones que nadie me ha

pedido. Si algún día la quieres, la tendrás, pero lo cierto es que no me incumbe.

Lo que había de sosegado en su voz y en sus movimientos me calmó. No había confesado un asesinato, solo que, como a todos nos ha pasado alguna vez, necesitaba un tiempo para reflexionar, o para dejar de ser la chica que había sido detenida, pillada fumando marihuana, robando, emborrachándose a primeras horas de la mañana... Solo necesitaba ser alguien diferente y quería empezar en ese lugar, porque allí, de por sí, ya era una extraña.

Había ido allí por mi familia. Para dejar de hacerles daño con mi presencia y mi comportamiento. Estaba buscando la esperanza de redimirme. Y quizá, solo quizá, podría conseguirlo si me liberaba de mis miedos, si podía volver a dormir sin pesadillas, si encontraba el valor para gritar quién y cómo quería ser. Para renunciar a decisiones pasadas y tomar otras nuevas. Para sentarme de nuevo frente al piano y mirar el sillón de terciopelo rojo, ahora vacío; contemplarlo sin tener la necesidad de castigar a todas las personas que me rodeaban. A lo mejor, cuando eso sucediese, tendría la capacidad de volver a confiar en alguien.

—¿Y qué estudias? —pregunté sin darme cuenta de que todas las preguntas se podrían volver en mi contra en algún momento.

Terminó de masticar, en esta ocasión, antes de contestarme.

—Medicina.

El karma me apuñalaba lento. ¿Qué clase de broma era aquella?

—Acabo este año.

—Pero ¿cuántos años tienes?

—Veinticuatro.

Dos menos de los que tendría ella en ese momento de haber estado viva.

–¿No te gustan los médicos?

Parecía desconcertado.

–Mi padre es médico, mi abuelo era médico, mi bisabuelo era médico –expliqué.

Esperaba que con ello entendiese que no tenía nada en contra de los médicos.

–¿Y tú? ¿Vas a continuar la estela familiar?

–Estudio psicología.

No sé qué encontró tan gracioso en mi confesión, pero estuvo riéndose un buen rato. Era una carrera como cualquier otra, y no me parecía que tuviera, en absoluto, ningún chiste oculto tras el nombre.

–Perdona –se disculpó–, es que no entiendo por qué. No va mucho contigo, ¿no?

–¿Y qué va conmigo?

Sé que tenía dibujada mi habitual sonrisa melancólica.

–La música.

Lo había sido todo para mí desde que tenía uso de razón, y ahora me estaba reconciliando con ella. Llevaría tiempo hacerlo del todo, sin embargo, esperaba hallar la manera de retomar la estrecha relación que una vez tuvimos, porque entonces era mucho más feliz.

–Me gusta la psicología, me ayuda a comprender.

–¿A comprender por qué estamos locos?

–De momento, solo me autodiagnostico a mí misma.

–¿Y a qué conclusión has llegado? –me provocó.

–A que se trata de algo congénito. No creo que tenga cura.

Le dio otro mordisco a la manzana y el ligero cambio de su sonrisa me hizo sospechar que tenía pensado preguntarme algo que no me contentaría demasiado.

—Volviendo a lo de Edward, deberías considerarlo. Es un hombre interesante. Tiene sus demonios, como todo el mundo, pero te sorprendería.

Me apoyé en el borde de la encimera y me incliné hacia delante.

—Al final, voy a pensar que estás enamorado de él —susurré.

Se acercó un poco más a mí, hasta quedar a escasos centímetros de mi boca. No apartaba sus ojos de los míos y eso lograba ponerme muy nerviosa.

—Ojalá.

—Lo vuestro es un idilio en el que no voy a inmiscuirme.

Colocó sus manos sobre mis rodillas y permaneció cerca de mí. No me incomodaba su contacto, por eso estaba inquieta. ¿Cómo era posible estar tan cómoda con una persona que no conocía en absoluto? Tal vez allí se encontraba la respuesta, en el hecho de que no iba a juzgarme o en que no podría decepcionarlo.

—Me recuerdas a alguien.

Apartó un poco la mirada, pero no las manos. ¿A quién debía de referirse? Eso no me atreví a preguntarlo. No quería arriesgarme, porque algo me decía que no ganaríamos ninguno de los dos si entrábamos en una de nuestras habituales trifulcas verbales. Las aguas estaban apaciguadas, mejor dejarlas así.

Al fin, dejó de tocarme, se puso en pie y colocó la silla en su sitio. Me observó desde la mesa y volvió a sonreírme.

—No sé por qué de repente estás contenta, pero me alegro, si es bueno para ti.

—¿Si es bueno para mí? —pregunté mientras me bajaba de la encimera.

—Si es un buen motivo, uno constante, no algo que se evapore.

Procuré no reírme, pero contesté igualmente.

—La felicidad es efímera, Clark. A veces, es imprescindible aferrarse a esos momentos para compensar otros menos buenos.

—Estoy de acuerdo —confesó—, pero la felicidad nunca es corrupta, aunque dure un segundo. Debe ser auténtica. Y no es un consejo ni una opinión, solo es un pensamiento que dejo en el aire.

Hubo un momento de silencio en el que ambos nos miramos fijamente.

—Será mejor que vaya a cambiarme.

Asentí con un movimiento pausado de cabeza.

—Pásalo bien.

Y me pareció que no fui muy sincera al decirlo. No me gustó en absoluto no serlo.

—Os veo mañana.

Levanté la mano en un torpe intento de despedida. Clark salió por la puerta de la cocina y yo me quedé atrapada en ella, refrenando los impulsos que me empujaban a gritar y patalear, porque, de repente, me sentía más liberada. Ahora bien, habían surgido tantas dudas nuevas que volví a llenarme de inquietud.

Capítulo 13

DE CERVEZAS Y AMIGOS

Clark

No sé por qué me hubiese quedado con ella en la cocina durante horas. Se había detenido el maldito tiempo. Tampoco tengo muy claro en qué momento me gustó la idea de hacerle creer que iba a pasar toda la noche con una chica cuando solo iba a cenar con ella. ¿Había algo dentro de mí que intentaba poner a prueba a Carlota? ¿Y por qué?

Ahora estábamos bien. Cada momento que pasábamos juntos era un escalón que nos alejaba de herirnos con el sarcasmo. Sabía, no obstante, que cualquier paso en falso podría tensar tanto la cuerda que ya no podríamos arreglarlo. Supongo que por eso había procurado ser precavido y no darle consejos que no me había pedido. Tampoco era gilipollas. Si seguía haciéndole preguntas privadas, acabaría implicándome, y los veranos, por mucho que nos pese, no duran toda la vida.

—Entonces ¿volvéis a acostaros o qué?

La voz de Edward me sacó de mi ensimismamiento. Estábamos en el salón de su casa y él había traído unas cervezas y algo de picar. Le di un trago a mi botellín y me eché hacia atrás en el sofá. Le miré de reojo. Era como el hermano mayor que no había tenido. Me gustaba hablar con él porque llamaba a las cosas por su nombre, y, sobre todo, era capaz de decirme la verdad, por muy dolorosa que esta me resultase en ocasiones.

—¿Qué?

Enarcó las cejas e hizo un gesto con la cara que venía a decir algo así como «¿y bien?».

—No, no —contesté cayendo de pronto en lo que me estaba preguntando—. Somos amigos.

—¿Amigos? —El tono de Edward era incrédulo—. Tú y esa mujer no podéis ser amigos.

—¿Por qué cuando la llamas «mujer» logras que parezca que tiene una verruga en la nariz y la piel verde?

Cerré los ojos y coloqué un brazo sobre la frente. Estaba cansado, y también un poco confundido. Los días pasaban demasiado rápido y no sabía qué parte de mí quería que fuesen más lentos, que las semanas se convirtieran en años.

—Eso no lo consigo yo, Clark. —Echó el sillón para atrás y se tumbó—. Es tu subconsciente. Se portó mal contigo. No puedes fingir que no pasó, que no la quisiste y que acabó hiriéndote.

—Bueno, eso tampoco fue así.

—Venga ya —me cortó—. Tú te enamoraste y ella solo quería follar mientras estaba lejos de su marido. Asúmelo de una vez, joder.

No pude evitar mirarlo como lo hice. Sabía que tenía razón, pero dolía. ¿Por qué después de tanto tiempo seguía doliendo?

—Lo asumo —susurré.

—Pues deja de verla de una maldita vez.

Se acabó su cerveza y abrió otra.

Escuché pasos que llegaron hasta el salón. Era Sophie. Se acercó a mí, me sonrió y me dio un beso en la frente.

—¿A qué mujer estáis poniendo a parir ahora? –preguntó con su inocencia habitual–. Espero que no sea a Carlota porque la adoro.

—Estamos hablando de «la señora» –explicó Edward.

Sophie puso cara de pocos amigos. Ellos conocían muy bien la historia, bastante paciencia habían tenido conmigo dadas las circunstancias.

—¿Te estás viendo con ella otra vez?

No parecía contenta cuando lo preguntó.

—Solo hemos ido a cenar.

—Eso dice él, pero vamos a ver... –Edward se quedó en silencio–. *Donde hubo fuego...* Eso decís en español, ¿no?

—Dile a tu hermano que me deje en paz.

Sophie se sentó a mi lado y colocó las piernas sobre las mías. Pese a que estaba mucho mejor de lo suyo, a veces me daba la sensación de que era una niña pequeña, un pajarillo asustadizo.

—¿Por qué vas a cenar con ella? ¿Y Carlota?

—Pues Carlota está en casa, supongo que habrá visto alguna película con Ginnie y se habrán ido a dormir –pasé por alto la primera pregunta porque resultaba mucho más fácil así–. Además, es a tu hermano a quien le gusta Carlota, así que deberías preguntarle a él, no a mí.

Los ojos de Sophie se posaron en Edward, quien tragó con dificultad.

—Yo solo dije que es una chica muy atractiva, joder, Clark, que le saco dieciocho años.

—Pues para decir que está buena y que no le dirías que no a una proposición indecente no te importaba la diferencia de edad.

No me di cuenta de que era un tema que me molestaba hasta que lo dije en voz alta y me escuché. Los dos hermanos me miraron de hito en hito y yo suspiré.

—Perdona.

—Menos mal que me gusta a mí...

Sonrió con tanta maldad que hubiese querido pegarle un puñetazo en toda su cara de seductor, que fingía ser un caballero ante las mujeres y después era todo lo contrario.

Sophie tampoco me ayudó a cambiar de tema.

—¿Qué tal la convivencia?

—Mejor. Bastante mejor.

—Eso me gustaría verlo, la verdad. Podrías invitarme algún día, ¿no? Así veo a mi futura esposa, ¿le has dicho ya que planeas un matrimonio de conveniencia entre ella y yo? —siguió burlándose mi amigo.

Puse los ojos en blanco.

—Pues ven cuando quieras, trabajo nos sobra, si te apetece echarnos una mano.

—Te tomo la palabra —apuntó antes de que me diese tiempo a decir nada más.

Aunque tampoco sabía qué más decir. Estaba a caballo entre mi pasado y mi presente, y no quería pensar ni en uno ni en otro, pese a que, visto lo visto, no se me daba demasiado bien evitar enfrentarme a las cosas, a las personas, a lo que me estaba pasando.

A lo que, por desgracia, volvía a sucederme.

Capítulo 14

DE PÁLPITOS Y ESCALERAS

Mi padre confirmó las sospechas que yo tenía con un diagnóstico preciso. No había podido estudiar las radiografías, pero bastó describirle lo que estaba viendo y buscar en ellas lo que me pedía. Con eso fue suficiente para empezar de la peor manera posible el penúltimo día antes de la llegada de Helen.

Eran las seis de la mañana y estaba tomando café en el bordillo de la casa con la cabeza puesta en demasiados problemas. Saqué la fotografía de Candela del bolsillo y estuve mirándola mientras veía amanecer. Parecía que estuviese justo allí, analizándome, serena, pidiéndome que no renunciara a los recuerdos que había aceptado recuperar.

Escuché un coche y levanté los ojos. El todoterreno venía por el camino. No me moví del sitio, pero fruncí el ceño. Menudas horas de volver. Había pasado toda la noche fuera de casa, lo cual no contribuyó a que mejorase mi mañana, sin embargo, no dejaría que eso me influyera. Tenía algo más importante en lo que pensar.

Guardé la fotografía y me quedé justo donde estaba, tomando café sin leche.

Vi cómo iba a aparcar el coche y aproveché estar lejos de su mirada para levantarme y regresar dentro. Preparé el desayuno para Ginnie, quien se despertaba a las siete en punto todas las mañanas. Ella me juraba y perjuraba que no tenía puesta ninguna alarma, pero a mí me costaba creerlo. Era demasiado puntual, incluso para la vitalidad habitual de los niños.

Ese día haría tortitas, era una de las pocas cosas que siempre se me había dado bien preparar. Me puse manos a la obra. Saqué todos los ingredientes y en menos de dos minutos ya estaba batiendo la mezcla. Me gustaría decir que estaba sonriendo, alegre, con un delantal de cuadros rojos y blancos y con el pelo perfectamente repeinado, pero era más bien una imagen para echar a correr colina abajo.

Lo escuché antes incluso de que entrara. Ya no sabía con certeza si estaba mosqueada por su salida nocturna o era un malestar conmigo misma por lo que sabía y no podía contarle sobre Helen. Pero ¿y si provocaba que fuese él quien encontrase las radiografías?

Cuando llegó junto a mí, me puso las manos sobre los hombros, como solía hacer desde hacía unos días.

–Huele bien. ¿Has descansado?

Le eché un vistazo rápido.

–Más que tú, seguro.

Metió el dedo dentro de la mezcla y después se lo llevó a la boca. No era la primera vez que lo hacía. Me había dado cuenta de que era una costumbre suya probar las cosas cuando aún estaban crudas.

–Hoy tenemos bastante trabajo. –Pasó por alto mi comentario, un tanto inapropiado, quizá–. Hay que hacer limpieza en los establos, preparar las cosas para hacer el jabón, recoger parte del maíz...

Mientras hablaba, yo seguía cavilando sobre las posibilidades que tenía de hacerle saber lo que había bajo los cimientos de la casa. Mi subconsciente, que en algunas ocasiones era más sabio que yo, me recordó que ya había tomado una decisión al respecto, que consistía, básicamente, en mantenerme al margen. Aunque supiese que, tarde o temprano, acabaría salpicándome. Haciéndome daño.

—Ayer le pedí a Edward que viniera a echarnos una mano. Si no, dudo que demos abasto.

Encendí los fogones y coloqué la sartén en su sitio. Él se sirvió una taza de café. Parecía estar distraído, pensando en algo que se resistía a revelársele. No insistí en eso, pero sí que me surgieron otras preguntas, que no dudé en exponer.

—¿Por qué Helen no contrata a alguien que la ayude?

—Eso tendrás que preguntárselo a ella, aunque yo sigo esperando a que me conteste a eso mismo.

—O ¿por qué no renuncia a alguna cosa? ¿Para qué quiere tantos animales y terreno para cultivar?

—No lo sé, Carlota.

Así estaban las cosas ese día, sombrías y poco dispuestas a darme contestaciones firmes y contundentes. Todo era «no lo sé». Si a eso le sumábamos que yo también ignoraba muchas cosas, la conclusión que sacaba de todo ello era que, al margen de las determinaciones que tomara la señora Robinson, yo estaba en esa casa para ocuparme de otras cosas, entre las que no se encontraban organizarle la vida.

Ginnie apareció poco después, nos dio los buenos días y desayunó tarareando la pieza que había tocado para ella el día anterior. Estaba contenta, y pude imaginarme por qué cuando preguntó si era cierto que vendría Edward. Las paredes de esa casa tenían oídos, habría que ir con cuidado.

Mientras cortaba una de las tortitas, noté que alguien me daba una patada por debajo de la mesa. Levanté los ojos del plato y observé a ambos hermanos. No me costó encontrar al culpable, ya que Clark no me quitaba los ojos de encima. Entendía lo que me estaba preguntando, pero volví a centrarme en la comida.

Antes de terminar el desayuno, Edward ya había llegado a casa. Lo escuchamos llamar a voz en grito desde la entrada. Apareció en la cocina con pan recién hecho y un termo con café, y con ese gesto laxo y a la vez amenazador que definía los rasgos de su cara. Otro misterio sin resolver.

—¡Qué madrugadores sois en esta casa! —exclamó al ver que estábamos más que despiertos. Yo desde hacía bastante; Clark puede que desde la noche anterior, ya que lucía unas ojeras profundas y estaba un poco más pálido de lo normal.

Clark se me adelantó, se puso en pie y cogió una taza y un plato para Edward. Lo invitó a sentarse y a desayunar tranquilo. Aceptó más que encantado y ocupó el sitio que había quedado libre entre Ginnie y yo.

—Así que me vais a sobreexplotar, jovencitas.

—¿Por qué lo dices? —pregunté.

—Porque tanta amabilidad solo puede significar que voy a trabajar todo el día.

Tenía razón, pero no había sido yo la que le había rogado que viniese a tendernos una mano. El anfitrión era otro, por lo que me limité a quedarme callada. Además, tampoco tenía ánimo de hablar de banalidades cuando Helen volvería al día siguiente. Por mucho que me pesara, no sabía hasta qué punto podría comportarme con normalidad en su presencia. Como ya he dicho, no se me daba bien mentir, y menos aún disimular.

Empecé a recogerlo todo en cuanto acabaron. Los chicos habían estado hablando de cómo nos organizaríamos, sin embargo, a decir verdad, no les había prestado demasiada atención. ¿Qué habría hecho Candela de haber estado en mi situación? De poco me iba a servir pensarlo, porque la que estaba allí era yo.

Rocé el bolsillo del pantalón y noté el tacto de la fotografía debajo de la tela. Demasiado tarde.

Me asignaron bajar del trastero todos los ingredientes y materiales necesarios para fabricar jabón. Fui hacia allá de inmediato. Fue la mejor noticia de la mañana: saber que no habría nadie pendiente de mí. Mejor así, a veces vale más pasar inadvertido. Por otro lado, no era un buen día para mostrar lo agradable que podía llegar a ser. Y por si con eso no hubiera suficiente, me asomé a la ventana y el cielo clamaba lluvia. ¿Era martes y trece?

Una hora después de concentrarme en desembalar y organizar las cosas, me topé con Edward en la escalera. Me sonrió de refilón e intenté imitarle, pero creo que el resultado dejó mucho que desear. Supongo que por eso me pidió que me sentase con él en los escalones. Por lo visto, tenía cara de no encontrarme bien, es decir, una expresión horrible, o eso entendí por sus propios gestos.

—Se te ha comido la lengua el gato.

Fue una afirmación contundente.

—Si no puedes decir nada bueno, mejor estar en silencio, ¿no crees? —repliqué yo.

—¿Tan malo es?

Apoyé los codos en las rodillas y me froté la cara con las manos, nerviosa. Ese tipo de situaciones me provocaron, en otro tiempo, ataques de ansiedad, por lo que estaba haciendo un esfuerzo sobrehumano para resistirme a uno en ese preciso instante. Entonces, recordé que en el pueblo me había dado la sensación de que Edward sabía algo, puede que así fuese, puede que él tuviera muchas más respuestas y que alguna me aliviara un poco.

–No –sonreí–, solo que, al irse la señora Robinson tan de repente, ha sido mucha más responsabilidad de la que esperaba. ¿Siempre se va durante periodos de tiempo tan largos?

El hecho de que se pensase tanto la respuesta que me dio a continuación, me hizo sospechar.

–Solo cuando tiene trabajo.

–Los negocios son los negocios –apunté, sin apartar los ojos de él.

Al final fue Edward el que esquivó mi mirada.

–Menos mal que vuelve mañana. A ver si me contagia algo de su energía.

Edward hizo un amago de sonrisa y siguió contemplando la pared.

–La vi un poco decaída cuando se fue.

Seguí haciéndome la tonta.

–Es una persona mayor, Charlie, es normal que, de vez en cuando, esté más cansada.

–Por supuesto, sí –murmuré.

–Apenas has salido de aquí, tú tampoco tienes mucho ánimo –manifestó–. Ven al pueblo cuando estés libre, mi hermana se encuentra mejor, seguro que le encantará enseñártelo todo.

Me había olvidado por completo de su hermana. Ese detalle hizo que llevase, una vez más, la mano hasta el bolsillo del pantalón. También recordé, por enésima vez en esos días, lo que Clark me había dicho sobre los secretos. Empezaba a pensar que, a lo mejor, tenía razón. Los secretos se pagan con otros secretos.

—Me alegra que se encuentre bien. Iré a verla en cuanto todo esté en orden por aquí.

—¿En orden?

Asentí sin decir nada más. Era evidente que sabía algo, pero no quería hacerme partícipe de ello, por lo que yo tampoco compartiría con él lo que había descubierto.

—Será mejor que sigamos —dije, al tiempo que me ponía en pie—. Va a ser un día muy largo.

Me cogió de la mano, con mucha suavidad. Esperé a que dijera algo, sin embargo, se limitó a mirarme como si no me hubiese visto hasta ese momento. Torció la cabeza hacia un lado, entrecerró los ojos, frunció el ceño y negó con la cabeza, mientras se le escapaba una sonrisa irónica.

—No sé cómo lo sabes.

—¿Qué se supone que sé?

Fui tan convincente con mi pregunta que se relajó. Había algo que todavía se me escapaba. No sabía qué, no obstante, empezaba a temerme lo peor.

—Que a Clark se le ha caído café sobre el piano.

Me di cuenta al instante de que era una mentira (otra) en toda regla, pero fingí asustarme, como si eso fuese, a esas alturas, lo más importante. Sí que lo habría sido en otra época y si se hubiese tratado de mi piano mucho más. En cualquier caso, no había sucedido nada, así que antes de irme, para darle énfasis a mi falsa indignación, lo señalé con el dedo índice y dije:

—Ni se os ocurra acercaros a él, ¿entendido?

Se me antojó tan ridícula la situación, dado el resto

de preocupaciones, que apreté los puños hasta sentir las uñas clavándoseme en las palmas de las manos. Lo que más rabia me daba era no entender por qué me estaba afectando tanto. ¿Por qué, de repente, era incapaz de ser ajena a los demás como lo había sido durante los últimos años?

Puede que se debiera a ese curioso, y también detestable, pálpito.

Capítulo 15

DE LLAMADAS Y CLAVOS

Aunque lo había estado intentando desde la noche precedente a la llegada, no conseguí que Clark me dejase ir a recoger a Helen al pueblo. Así se me escapaba la oportunidad de hablar con ella, o al menos de intentarlo, de tantear el terreno. Si le miraba el lado bueno, lo único que podía sacar de ello era que, tal vez, me ahorraría la confesión hasta que avanzase el verano, incluso, si tenía un poco más de suerte, quizá pudiese irme antes de que se desencadenara la sucesión de problemas que estaba intentando evitar.

Las vacas me entretuvieron mientras llegaban. Estaba inquieta, ya que, cualquier cambio físico que pudiese advertir en Helen, supondría una prueba más que añadir a la lista. Allí, apoyada en la valla, me imaginé lejos. Pero ¿cuánta distancia tenía que recorrer para liberarme de mí? Ese era el problema principal: no se puede escapar cuando eres tú mismo quien se da caza.

Sonó el móvil en mi bolsillo y la melodía hizo que la veintena de vacas que me rodeaban me mirasen. Observé la pantalla. El nombre de mi padre parpadeaba en ella. Contesté después de pensármelo mucho. Debía de estar intranquilo tras la conversación del día anterior.

—¿Ha pasado algo? —Fue lo primero que pregunté.

Lo hice en el mismo tono y con semejante angustia a la madrugada de hacía unos años. Aunque la respuesta fue diferente.

—No, solo quería saber cómo estabas.

Miré hacia el final de la pradera, donde Ginnie jugaba con unas viejas muñecas que había encontrado en el trastero. Solo tenía un par de ojos y demasiadas cosas de las que estar pendiente.

—Estoy bien —afirmé sin saber a ciencia cierta cuánto había de verdad en ello.

—Ayer no te lo dije, pero te echamos de menos por aquí.

Presentí que la llamada tenía su razón de ser en mi madre, porque, que yo recordase, el tiempo escaso que pasaba mi padre en casa no le permitía darse cuenta de si estaba o no. Así que, recurría a mí para que yo siguiera haciéndome cargo de una coyuntura que yo ni sabía ni quería manejar.

—¿Habéis hablado ya? —pregunté.

Ni siquiera eran conscientes de que conocía de sobra lo que pasaba. De haber estado Candela, seguramente jamás me habría dado cuenta. Ella hacía lo imposible por mantenerme al margen de los problemas, fuesen pequeños o grandes.

—¿Hablar de qué?

—De vosotros, papá. De lo que está pasando. Aunque bien mirado, ¿cómo ibais a hablar sin hacerlo?

Hubo un breve silencio al otro lado del auricular.

Tenía el don de la intromisión.

—Carlota, no creo que ese sea un tema del que hablar por teléfono. Estamos bien, como siempre.

—Tú lo has dicho, estáis como siempre. —Suspiré, y lo escuché imitarme—. ¿Cómo está mamá?

—Trabajando, a eso se dedica desde...

—Hace bien.

No me arrepentí de decirlo, pero la voz de mi padre originó en mí un ligero reguero de culpa.

—¿En serio lo crees? Porque a mí me parece que se está equivocando. ¿Cómo puede alguien desentenderse así de lo que nos ha pasado?

—¿Por qué no se lo preguntas a ella? Ya han pasado cinco años —insistí.

No me contestó, volvió al tema inicial.

—Solo quería saber si estabas bien. Llámame cuando lo necesites.

—Lo haré.

—Por cierto, el otro día, haciendo limpieza, encontré algo de Candela que...

—Déjalo donde estaba y parad de tocar sus cosas.

Soné tan cruel que no hubiese encontrado forma de disculparme por la dureza de mis palabras y mi tono. Pero solo les había pedido eso, una sola cosa: que no tocasen sus cosas y las dejasen tal y como ella las guardó. Y, sin embargo, estaban constantemente rebuscando entre ellas, supongo que intentaban encontrarla. Yo no me había atrevido a desenterrar sus secretos ni su intimidad. Ni siquiera había tenido la determinación de volver a sentarme en su cama, en esa esquina que se había hundido tantas veces bajo mi peso, mientras le confesaba algún secreto y ella me hacía trenzas.

—Tienes razón, no quería... —comenzó a decir mi padre—. Pero deberías echarle un vistazo porque...

—Porque nada. Por favor, no hagáis eso, papá.

—No es lo que tú te imaginas, Carlota, es que...

—Por favor, basta ya. —Sacudí la cabeza y me bajé de la valla de un salto—. Tengo que dejarte —anuncié al ver el todoterreno al otro lado del camino—. Y perdona.

Colgué sin darle tiempo a decir nada más. Ya no sabía cómo hacerles entender que me habían obligado a sentir las cosas a su manera. A despedirla a fuerza de guardar sus cosas o sacarlas y exponerlas, siempre antes de estar preparada. Un constante recordatorio; uno que no me hacía ningún bien.

Clark aparcó el coche frente a la valla, donde Helen se bajó casi de un salto. La miré atónita. Estaba llena de vitalidad, había engordado al menos tres o cuatro kilos y tenía las mejillas sonrosadas. En lo que se refería a su físico, estaba mejor que cuando se había ido, pero la tristeza de sus ojos borró toda esperanza.

Pasé por debajo de los barrotes de madera y me acerqué a ella. Ginnie venía corriendo por la hierba, dando saltos y gritando de felicidad. Como llegué antes que la niña, fui la primera en recibir un fuerte abrazo de la señora Robinson. Y se lo devolví, porque me alegraba muchísimo que estuviera allí.

—¿Estás bien? —me preguntó.

Noté que tenía los ojos húmedos, pero el motivo no era Helen, sino el nudo de angustia que se me había quedado en el pecho después de hablar con mi padre.

Asentí con un torpe movimiento de cabeza y me dio un par de palmadas sonoras en el brazo.

Clark sacó las maletas del coche antes de llevarlo al cobertizo. Después, me echó una mirada antes de volver al interior del vehículo. No entendí qué podía significar, sin embargo, el nudo se hizo más grande.

Abuela y nieta se abrazaron entre efusivas carcajadas que me hicieron sonreír.

—Os he traído muchas cosas. ¡Ya veréis! —nos informó Helen.

La ayudé con las maletas y nos dirigimos al interior de la casa. Se dejó caer con cuidado en el sofá. Ginnie tomó asiento a su lado. Poco después llegó Clark, que fue a sentarse al otro costado de la mujer. Él sabía algo —por lo visto todos lo sabían menos yo— que aumentaba mi habitual intranquilidad.

Me quedé de pie, apoyada en una esquina de la puerta. Convivir con alguien no significa que lo conozcas. Aunque me sentía mucho mejor en esa apartada montaña, aún no había encontrado mi lugar. Puede que en aquella banqueta de piano, ya que allí no invadía el espacio vital de nadie.

Se despistaron, hablando de cosas que no tenían nada que ver conmigo, así que aproveché para escabullirme e ir a ocuparme de esas otras labores para las que me habían contratado. No me interesaban lo más mínimo, sin embargo, eran una distracción sana y efectiva con la que se me pasaban los días, y con ellos parte de la congoja de mi insomnio y mis noches en vela.

Pude perderme durante unas cuantas horas. Entre unas cosas y otras, adelanté trabajo que ni siquiera era preciso hacer ese día. Lo hice para olvidarme de la duda: ¿qué habría encontrado mi padre? ¿A qué se debía esa obstinación?

Seguí colocando los montones de heno y obvié mi obsesión. Dispuse el último montículo sin percatarme del saliente de un trozo de hierro oxidado, que se me clavó en el lateral de la mano. Maldije cuando vi la sangre resbalar por mi brazo. Se me humedecieron los ojos. Escocía.

Comencé a marearme poco después, así que decidí sentarme antes de caerme redonda. Envuelta en ese mareo, solo me venía a la cabeza la cara de Candela en el último cumpleaños que compartimos juntas. Y eso, si cabe, escoció incluso más que la herida. Me escoció las entrañas, la pérdida, el miedo a renunciar a ella.

Cerré un instante los ojos y cuando los volví a abrir todo estaba borroso. Permanecí así un rato.

Nunca me había alegrado tanto de ver a Clark como cuando, cinco minutos después, se asomó por el portón y me encontró sujetándome la mano envuelta en una vieja manta marrón.

—Pero ¿qué ha sucedido?

Se acercó corriendo. Pasó ante mis ojos como una ráfaga, se arrodilló frente a mí y yo le expliqué, de forma poco clara, lo ocurrido.

—Tendremos que ir a que te pongan la antitetánica.

Bufó y se llevó una mano a la cabeza.

—No hace falta.

Ignoró mi sugerencia por completo. Al darse cuenta de que por mi propio pie no llegaría a ninguna parte, me cogió por la cintura y me alzó.

—Vamos a casa a limpiar la herida y después bajaremos al pueblo.

—¿Hay hospital?

—Un pequeño consultorio. Tiene lo básico para situaciones de emergencia como esta.

Entramos en la cocina. Helen casi se desmaya al ver cómo manaba la sangre a borbotones de mi mano. Creo recordar que se santiguó dos o tres veces. Después se centró en pasarle a Clark todo lo que solicitaba, desde un barreño con agua tibia hasta el botiquín con esos medicamentos que olían tan mal.

Me echó, con mucha delicadeza, algo que me perforó la carne. Parecía que me estuviese introduciendo un centenar de agujas, pero descubrí que solo era alcohol. Era una buena paciente, porque no me quejaba. Eso sí, el dolor que estaba sintiendo era desmedido. Lo que puede provocar un clavo...

¿Eso se sentía cuando perdías mucha sangre o cuando perdías a mucha gente?

—Le van a tener que dar puntos.

Hablaba con Helen. Ginnie estaba en la puerta, diría que asustada. No pude, sin embargo, decirle nada para tranquilizarla. Tenía la sensación de estar drogada. Así me había sentido otras veces, aunque en esta ocasión era diferente.

—¿Me voy a morir? —pregunté.

Escuché a Clark reírse y supuse que la respuesta era negativa.

—¿Vas a poder llegar al coche?

Parpadeé un par de veces y me froté un ojo con la mano que tenía libre.

—Si el coche está cruzando la puerta, sí.

—Lo dejaré en la entrada y vendré a por ti, ¿vale?

—Mi héroe.

Se fue y me quedé al cuidado de Helen, que se acuclilló frente a mí. Oí cómo crujieron todas sus articulaciones y huesos. Me dio un beso en los nudillos y, de repente, la vi mucho más joven, o me la imaginé. Me apartó el pelo de la cara y me pasó un trapo húmedo por la frente. Debía de estar sudando, aunque yo no me daba cuenta.

—Te pondrás bien, solo es un corte.

—No me van a amputar la mano, ¿verdad?

Helen evitó reírse, aunque vi en su cara que hacía un gran esfuerzo.

—Pues claro que no, Carlota. Menudas cosas dices.

Le toqué la mano con ternura.

—No estés preocupada, todo irá bien —le dije.

Ella debió de pensar que estaba hablando de mi accidente, sin embargo, mi pensamiento era bastante diferente y muy poco tenía que ver conmigo.

—Mañana mismo te pongo a hacer jabón. Para que veas lo preocupada que estoy.

Rio y me dio un par de sus palmadas, esta vez en el muslo.

—Te ayudaré en lo que me digas.

Clark regresó con las llaves del coche en las manos.

—Está confundida, se ha mareado mucho —le dijo Helen—. No creo que pueda ni ponerse en pie. Hay que ver, levanta todo ese peso y luego un poco de sangre la deja K.O.

—Ha sido más que un poco, me temo.

Él vino junto a mí.

—¿Crees que podrás subirte? —Me señaló su espalda.

—Clark, no sé si… —dijo Helen.

Le hizo un gesto con la mano que no comprendí.

Me reí a carcajadas hasta que me devolvió a la realidad al chasquear los dedos ante mi cara. Con torpeza, logré agarrarme.

—Te tengo —me avisó.

Apoyé la frente sobre su hombro y, en las alturas, me sentí incluso más mareada.

—Hueles a fruta.

—Y tú a fertilizante —contestó él.

No tenía fuerzas para arrearle un guantazo.

—Con comentarios como esos, me cuesta no quererte.

—Pues que te cueste —susurró cuando llegábamos al coche—. Solo me faltaba que me dejaras notas de amor en la puerta de mi habitación.

A continuación, me depositó en el asiento del copiloto con cuidado. Me colocó el cinturón de seguridad y le echó otro rápido vistazo a la mano. Aunque ese gesto no curase el malestar que tenía ni el dolor punzante, sí que me aliviaba y proporcionaba seguridad.

Tras ello, me quedé dormida.

Capítulo 16

DE SECRETOS Y NOMBRES

—¡Ocho puntos! ¿Ocho puntos? Pero doctora… Me parecen demasiados —sentencié, como si alguien me hubiese pedido mi opinión en aquel asunto.

La mujer, bastante joven y jovial, me cogió la mano con delicadeza e intercambió una extraña mirada con Clark. Él le guiñó un ojo y yo, aún mareada, no pasé por alto el ligero rubor que cubrió las mejillas de ella.

—¡Así que es usted! —señalé.

Clark había abierto mucho los ojos, advirtiéndome de que me callara antes de que lo hiciese él mismo y de mala manera. Pero yo tenía ganas de hablar y preguntar. Quizá también de meter la pata y vengarme de la curiosa sensación que se me había quedado en el pecho.

—¿Quién?

Tardé un momento en tomar la decisión definitiva. Al final convine que sería más divertido si no le decía lo que sabía.

—¡La doctora del pueblo!

Emma, que así era como se llamaba, se giró hacia Clark, quien estaba justo detrás de ella, y le dijo:

—Si le doy más medicamentos, se pondrá peor que ahora.

—Doctora, ¿y trabaja en Castle Combe desde hace mucho? —seguí yo, ignorándolos a los dos por completo.

Aprovechó mi perorata para volver a centrarse en la herida y en los puntos que tenía que darme.

—Lo cierto es que solo trabajo aquí en verano. Desde hace unos tres años, aproximadamente.

—¡Vaya! No me diga. ¡Qué cosas! —exclamé, con cierto sarcasmo.

—Es un sitio muy agradable.

Sonreí de oreja a oreja, con tirantez.

—Sí, hay muchas cosas agradables por aquí.

Me dio el primer punto y se me quitaron las ganas de meter cizaña, pero regresaron en el intervalo de tiempo que tardó en darme el siguiente.

—¿Y está usted casada? —indagué porque antes de que se pusiera los guantes de látex había visto el anillo.

—Pues sí, desde hace un par de años.

—¿Qué me dice? ¿Tan joven y casada?

Se rio.

Parecía una mujer encantadora, la verdad. Una adúltera, pero buena gente. Una cosa no quitaba a la otra.

—Mi enhorabuena.

—Dale los puntos, Emma, que va a acabar con mi paciencia.

Empezó a coserme con mucho cuidado. Sentía la aguja atravesándome la piel, sin embargo, era un pellizco que podía soportar. No como otros que tenía cerca del pecho, esos que me impedían respirar.

Aparté la vista del corte, solo así sería capaz de mantener la mirada fija en un punto sin que se moviera todo a mi alrededor. Diez minutos después, estaba vendada, vacunada y medio sedada, en definitiva, preparada para volver a casa.

—Ha sido un placer, Carlota. Ojalá te quedes una buena temporada.

Me tendió la mano y se la estreché con la que estaba en condiciones de hacerlo.

Clark se colocó detrás de mí y me empujó hacia la salida. Cuando estuvimos en la calle, me señaló con un dedo acusador y tajante que logró ponerme tensa.

—¿Cómo se te ocurre?

—No he dicho nada —aclaré.

—Menos mal que se habrá pensado que ha sido por la pérdida de sangre, o que estás loca, porque de otro modo...

Echó a andar y yo intenté alcanzarle.

—Pero ¿es tu amante? —pregunté alto.

—¿Cómo va a ser mi amante, inconsciente?

Me entraron ganas de reír por la manera en la que lo dijo, así que acabé estallando en carcajadas en medio de la plaza. La gente se volvió a mirarme y Clark se tapó la cara con una mano.

—¡Qué paciencia, Señor! Vamos al coche. No quiero escuchar ni una palabra más, ¿entendido?

—Pero...

—Ni una palabra más —pronunció, sílaba a sílaba.

Aceleró el paso hacia el todoterreno. Le pedí que me esperase, sin embargo, pasó por alto mis súplicas. Cuando llegué, él ya estaba sentado frente al volante. Ocupé mi lugar en el asiento del copiloto y me quedé mirando a través del parachoques.

—Oye, no se lo diré a nadie.

Echó la cabeza para atrás y puso los ojos en blanco.
—¿Decir qué?
—Que Emma y tú os veis.
—Pues claro que nos vemos, Carlota. No es ningún secreto —me explicó.
—¿No lo es? —pregunté confundida—. ¿Y a su marido qué le parece?
—Te dije que no era nada romántico, pero entendiste lo que te dio la gana —expuso, más que molesto.
—Y te pasaste la noche entera fuera de casa porque no era nada romántico.

Introdujo la llave en el contacto y arrancó el motor. Me echó una última mirada, y si me habían quedado ganas de indagar, se evaporaron enseguida. En momentos como ese era cuando sentía ese vacío entre el esternón y el hueco que ocupaba Clark en mí.

—No tengo que darte explicaciones. Harías bien en centrarte en tus cosas. Empiezo a creer que me equivoqué al creer que podríamos ser amigos. Te comportas como una cría, no tengo otra explicación a cómo te comportas a veces.

Estaba cabreado, había que ser imbécil para no darse cuenta, sin embargo, eso no le disculpaba. Puede que yo hubiese tirado demasiado de ese hilo, que en apariencia era más frágil de lo que había creído, pero, aun así, no me valía de excusa para que me dijera que no podíamos ser amigos.

—Pues no podemos serlo, porque los amigos se dicen la verdad.

Apareció una sonrisa sarcástica en su boca.
—Claro, la misma verdad que tú me cuentas todos los días, ¿no?
—Por eso mismo.

Apoyé el brazo en la ventana y me quedé mirando

el camino, y el cielo y los árboles. Simplemente estaba dándome cuenta de que la persona que una vez fuimos se viene con nosotros hacia el futuro. Y eso seguía doliendo, aunque en los últimos días había empezado a pensar que, a lo mejor, me estaba doliendo más no ser sincera. La maldita sinceridad, que te arranca de cuajo todo el vacío.

En Castle Combe no era en absoluto una desconocida, era la nueva Carlota y la antigua al mismo tiempo, y la una sin la otra no podía concebirse. Necesitaba que ambas se quedaran; desnudarme, pero no solo a mí, sino también a la persona que me había llevado conmigo en aquel viaje. Sin embargo, ¿quién era yo para desvelar sus secretos? Candela nunca me lo hubiese perdonado.

No podía hacerlo, no lo haría. No había viajado hasta allí para hacer amigos. No me hacía falta en absoluto la confianza de Clark. Como él mismo me había dicho, no tenía por qué darme explicaciones, por mucho que yo las quisiese. Al pensar en ello, me di cuenta de que, tal vez, cabía la posibilidad de que él se encontrase en la misma tesitura que yo: quería saber y yo me empeñaba en callar. Él necesitaba algo de mí, aunque fuese mínimo. Un pedacito de sinceridad. Era lo único que me pedía, eso y no entrometerme en asuntos personales que, por lo que se evidenciaba, tenían que resolver ellos dos, ya fuesen románticos u otra cosa bien distinta.

Saqué la fotografía del bolsillo. Hacía días que no me desprendía de ella. Vi cómo él desviaba la mirada para centrarse en el pedazo de papel arrugado. Cogí aire y la coloqué en el soporte inalámbrico del teléfono. Clark la observó un segundo y luego detuvo el coche.

Me contempló. Yo seguía mirando los ojos cándidos de mi hermana.

—Candela.

Empezaba a tener la impresión de que lo único verdadero que había dicho de ella en aquel lugar era su nombre.

—Os parecéis —señaló.

Que estaba confundido era una realidad. No sabía por qué se la enseñaba, podía percibirlo en sus ojos.

—¿La echas de menos?

Me mordí los labios y expulsé el aire que había retenido poco antes. Volví a respirar con cierta normalidad. Si es que alguna vez había habido ápice de esa cualidad en mí.

—Todos los días desde hace cinco años.

Hice una breve pausa. Necesitaba quitarme el cinturón. Sentía de nuevo esa presión. Revelar la verdad era comenzar a aceptarla, y yo no quería admitir parte de ella.

—Siempre estábamos juntas, ¿sabes? No había un solo día en el que no fuésemos a alguna parte o compartiésemos un momento de complicidad. Era maravillosa, y sí, la echo de menos tantísimo que ni siquiera soy capaz de hablar de ella.

Apreté, sin querer, la mano que me había lastimado, y sentí un pinchazo que me distrajo un segundo.

—Vine aquí para no pensar en ella, y, sin embargo, está en cada rincón. Tú no haces más que recordármela, y eso es injusto. No quiero leer su novela favorita, ni escuchar la banda sonora de una de las películas que más le gustaban, ni saber que estudiáis lo mismo. Me parece todo una broma de mal gusto.

Me di cuenta de que Clark se hundía en el asiento del coche, pero yo seguí.

—Así que perdona que no te cuente la verdad, pero a veces preferimos no saberla, porque deja a su paso demasiadas preguntas sin contestar.

Recuperé la fotografía y recorrí con el pulgar las líneas de la cara de Candela.

—Tenía casi veinte años y toda la vida por delante. Absurdo, ¿no te parece? Siempre pensamos que a nosotros se nos resiste lo que al resto no, la muerte. Será cosa de la estupidez humana, o de la esperanza, a veces demasiado grande para ser real. Hasta para eso somos insensatos. ¿Dónde está la fe, Clark? ¿Fe en qué? ¿En que nunca perderemos a nadie que nos importe?

No hice la pregunta para que me diese una respuesta, así que no lo hizo. Permaneció a la espera, como había hecho hasta el momento. Ni siquiera le había mirado a la cara desde que hube comenzado a hablar; no lo había hecho porque todavía me quedaban cosas por decir, esas que se me resistían. Tampoco me atrevía a enfrentarme a su mirada, porque por muy a la defensiva que habíamos estado el uno con el otro, en los ojos de Clark siempre encontraba un atisbo de debilidad que mostraba lo que procuraba ocultar.

—Y por si no fuera suficiente con haberla perdido para siempre, mis padres se encargan de recordármelo cada día. Rebuscan entre sus cosas y las colocan cada vez de una manera distinta. La casa parece un altar. No lo quiero, en absoluto, porque eso significaría aceptar que está muerta. Y no puedo. —Negué con la cabeza varias veces, hasta que se me empañaron los ojos—. No puedo porque no tengo una justificación para su muerte.

Me limpié las lágrimas de las mejillas con brusquedad.

—Ni siquiera se molestó en explicármelo. En ese momento no se acordó de mí. Le dio igual todo. No le importó nada ni nadie. Estuve tan cabreada con ella... Durante años no refrené mi rabia. Esa soy yo, me temo, y probablemente ahora te arrepientas de haber preguntado, como me arrepentiré yo de contártelo. Pero si querías la verdad, aquí la tienes.

Respiré hondo.

–Mi hermana es la persona a la que más he querido nunca, Clark. Pero a la hora de la verdad, ella no me quiso lo suficiente. Cambió de repente. Se convirtió en una persona diferente. Pasó a ser una sombra, siempre distraída, encogida en algún rincón. Como si lo supiese, como si intuyese que se diluía. Debió de llegar el día en el que ya no se negó lo que para ella era inevitable.

Me ladeé para quedar frente él, apoyé la mejilla en el respaldo del asiento y seguí hablando un poco más, continué diciendo en voz alta las palabras que me había repetido a mí misma en tantas ocasiones y que ese día, ya fuese por el susto o por la medicación, me había atrevido a pronunciar.

–Aún la recuerdo como si el tiempo no hubiese pasado. Un día en concreto. Era su cumpleaños. Cumplía diecinueve años. –Sonreí y cerré los ojos para verla, una vez más–. Paseábamos mucho en aquella época, y en uno de esos paseos, varios meses atrás, había visto un ridículo sombrero azul que le encantó. Me acuerdo de que no me gustó nada, me parecía feo –me reí–, pero ella era peculiar.

Volví a abrir los ojos y miré a Clark. Colocó su palma abierta sobre la rodilla, doblada bajo la otra pierna. Acerqué mi mano y la dejé allí, mientras él la acariciaba con la calma que a mí me faltaba.

–Trabajé tres días enteros para mi padre, ordenándole el despacho, para conseguir el dinero. De haber sabido para qué era el dinero, él me lo hubiese dado, sin embargo, yo preferí que me costase algo de esfuerzo. Las cosas fáciles siempre se me han resistido.

Clark me apretó la mano.

—Y compré el sombrero. La mañana de su cumpleaños, me colé en su dormitorio con la sombrerera en las manos. La coloqué con cuidado en la esquina de la cama en la que solía sentarme. Ese era mi sitio favorito en aquella habitación. Entraba una luz preciosa por la ventana. Era cálida, como ella. Dejé que siguiera durmiendo. Había empezado a dormir mucho. Supe que se había despertado en cuanto la escuché gritar. Vino corriendo a la azotea, en pijama y con el sombrero puesto. Nunca la había visto tan feliz.

Me enjugué los ojos con la mano que había quedado libre y las vendas absorbieron todos los recuerdos que estaba compartiendo, ese pálpito inhumano que no me abandonaba ni un solo segundo.

—Lo llevaba puesto casi a diario, y aunque en la tienda no me había gustado, a ella le quedaba genial. Esta fotografía se la saqué ese día. No sé por qué no puedo quitármelo de la cabeza. —Le di la vuelta para ver la fecha que había escrito detrás—. Estar aquí me hacía poder hablar de ella como si estuviese viva. Me hacía sentirla tan cerca... Sentir a mi lado a la persona que me ha hecho más feliz y que, al mismo tiempo, me ha destrozado la vida.

Guardé la fotografía en el bolsillo.

—Era una chica fantástica, pero algo fue más fuerte que ella. Pasó de ser mi hermana mayor, la que se supone que tenía que cuidarme, a ser la chica que vivía enfrente. Todavía solía ponerse el sombrero azul. Yo la miraba desde el borde de mi cama, con la puerta entreabierta. Siempre me descubría observándola, entonces se daba ligeramente la vuelta y me sonreía por encima del hombro. En esos momentos, no hacía más que preguntarme quién era esa chica que ahora cerraba la puerta, que ya no leía en voz alta, no paseaba, no salía, no hablaba.

Me llevé una mano a la boca para retener el llanto, sin embargo, esa vez no pude. Me eché a llorar como nunca antes. Clark me liberó la otra mano y se bajó del coche. Dio la vuelta por el camino de tierra y abrió la puerta. Le hice un hueco, se sentó a mi lado, me pasó el brazo alrededor de la espalda, colocó mis piernas encima de las suyas y me dejó quedarme cerca de su pecho, en silencio.

Me aparté un rato después, cuando me escocieron los ojos y lo más profundo del alma.

–Por eso no hablo de ella, porque esa chica sigue viviendo enfrente de mi habitación. Sigue allí a la espera de que averigüe quién es y por qué se suicidó.

Capítulo 17

DE CASTLE COMBE Y EDWARD

A la confesión de mi gran secreto le siguieron días de silencio.

Clark y yo hablábamos lo imprescindible cuando estábamos en las zonas comunes o cuando me curaba la herida. No era algo que me hubiese propuesto, y dudo mucho de que él fuese el culpable tampoco. Solo que, a veces, es difícil volver a comportarse de una determinada manera cuando todo lo que hasta el momento había parecido importante pasa a ser irrisorio.

No nos estábamos castigando, solo nos dábamos tiempo para ver qué pasaría a continuación, para olvidarnos, en parte, de lo que le había confesado, con mucho dolor y miedo, o para fingir que nada de aquello era verdad. A lo mejor, todavía podríamos seguir hablando de Candela sin que la muerte se nos cruzase, sin que volvieran a mí ni sus objetos personales, ni su voz, ni su risa.

Sea como fuere, aún estábamos lejos de conseguir un punto neutral en el que abordar un tema como aquel sin temor. Por eso, una vez que me quitaron los puntos, aproveché el primer fin de semana que tenía libre para conocer el pueblo, sus angostas y pedregosas calles, sus casas, sus plazas y sus muros.

Crucé el puente a las once de la mañana. Había bajado andando desde la granja y sentía que, a cada paso, recobraba algo de vitalidad. Era tan pintoresco que, por un segundo, tuve la sensación de que atravesaba la frontera entre lo que era real y lo que no. Eso provocó que me detuviera a contemplar cada esquina, cada ladrillo de las casas, y esa quietud propia de un lugar habitado por menos de cuatrocientas personas.

Su arquitectura fantasiosa, a la par que cinematográfica; y el bosque, verde y frondoso, que había tras el pueblo, conseguían erizarme la piel. Puede que se tratase de esa belleza extraña que no contemplaba desde hacía tiempo.

Paseé por Karen Roe sin prisa. La calle era extensa y las casas no tenían más de dos plantas. En sus ventanas había unos farolillos y macetas con flores silvestres y enredaderas. Allí todo me parecía un reclamo excelente para que vinieran los turistas. Y, por lo que tenía entendido, lo hacían. De hecho, ese día tuve la impresión de que había bastante más gente en derredor.

Me detuve frente a una cafetería y decidí sentarme en una de las mesas que había en la terraza. Hacía un día radiante y preferí disfrutar del cielo, de un azul intenso, sin una sola nube. Me recliné en la silla y me acaricié la recién estrenada cicatriz. Poco después apareció una camarera que me ofreció té y galletas. Los acepté de buena gana. No me duró, sin embargo, mucho ese tiempo de silencio y descanso que había reservado para mí.

Levanté la cabeza cuando una sombra cubrió el sol de mi mesa. Me quité las gafas y me encontré con Edward, que llevaba entre sus brazos una maceta inmensa repleta de lilas. La dejó en el suelo y me saludó pletórico. Lo invité a sentarse, no solo por educación, sino porque pensé que podría contagiarme un poco de su ánimo y buen humor. ¡Qué distinto que estaba a la noche en que lo conocí! Algo bueno debía de haber pasado en ese lapso de tiempo.

—¿Cómo está esa mano? —señaló.

—Aún funciona, así que no me preocupa.

La camarera le trajo un café. Era evidente que sabía de antemano lo que iba a pedir. Debía de ir con frecuencia.

—¿Y cómo es que estás sola?

Me encogí de hombros. Fingí desconocer la respuesta y, acto seguido, me inventé una razón aceptable.

—Un rato libre, para descansar.

—Podrías haber avisado, te habríamos enseñado esto.

Sonreí, sin embargo, no le dije que, en realidad, no lo había hecho porque mi intención era estar sola. Pensar en mis cosas o no pensar en nada, pero, en cualquier caso, estar conmigo misma. Aunque agradecía su amabilidad.

—Te veo bien —dije para cambiar de tema.

—¿Tanto se me nota? —preguntó, con una sonrisa inmensa atravesándole la boca.

—No —dije con ironía—, solo es intuición.

Me dedicó varias carcajadas por mi acertado comentario y después habló a medias, claro, porque allí tenían por costumbre no revelar más de lo justo y necesario. No era la más indicada para dar ejemplo, no obstante, era incapaz de comprender por qué, a veces, ni siquiera somos capaces de compartir las buenas noticias, hacerlo a bocajarro, gritarlas a viva voz.

—Voy a ver a una persona con la que hace demasiado tiempo que no coincido.

—¿Un antiguo amor? —pregunté, casi bromeando.

—Eso me temo.
—A lo mejor no es tan antiguo, si te provoca tanta alegría, ¿no? —insinué yo.
—Para mí no, habrá que ver qué supone para la otra parte.

Agachó un poco la cabeza y estuvo un buen rato dándole vueltas a la cucharilla.

—¿Cómo os conocisteis? —me atreví a preguntar.

No pareció molestarle que lo hiciera. En realidad, diría que se le iluminaron los ojos ante la posibilidad de poder hablar de ella.

—En un concierto benéfico. Vivian era una de las organizadoras. Siempre estaba mandando y marcando el ritmo de trabajo con los tacones.

Se rio al recordarlo.

—Estuvimos juntos seis años.

Se dio cuenta de la manera en la que abrí los ojos.

—Casi nada, ¿eh?

—Más de un lustro —dije yo, como una idiota.

Aún estaba en ese momento de mi vida en el que no sabía muy bien cómo dos personas podían estar tanto tiempo juntas. Puede que se debiera a que en mis veinte años no había tenido una relación como Dios mandaba. En realidad, ninguna relación. No me había enamorado, ni como en las novelas que solía leerme Candela, ni como en la vida, donde el amor te atravesaba, o eso al menos pensaba yo. Pero, quizá, enamorarse era más, era el tiempo que compartías con alguien que ni siquiera pensabas que...

Tragué saliva.

Edward siguió hablando sin imaginarse que yo estaba pensando en mis propias cosas.

—Pero siempre hay épocas de vacas flacas, y cuando llegó la nuestra, se nos acabaron por morir de hambre.

Se entristeció un poco. Conocía esa mirada de sobra, pese a no saber demasiado de Edward. En ese instante, se convirtió en el hombre que había estado distraído, que miraba por la ventana en mi primera noche en Castle Combe. Quizá ese día ya sabía que volvería a verla, que Vivian iba a aparecer en su vida de nuevo. Tal vez no, puede que solo pensara en cómo se había ido diluyendo su nombre con los años, por no pronunciarlo, por desahuciarlo.

—Pero no te voy a decir que no sé por qué. Sería estúpido deshacerme de la culpa, porque fui yo quien nos llevó hasta el límite —me explicó, aunque no se lo había pedido—. Tenía que elegir entre demasiadas cosas, y pensé que ella siempre estaría allí, ¿sabes? Fui escogiendo a todos menos a Vivian, hasta que, un día, sin más, se fue. Sin adioses ni cartas de despedida.

Fue instintivo. Estiré la mano y le di un ligero apretón que volvió a hacerle sonreír.

—Entonces, me mudé a Castle Combe. Siempre estaba yendo y viniendo, por mis padres y mi hermana. Vine a quedarme. Volví a casa por las personas que más quería y no fui capaz de darme cuenta de que sin ella nunca volvería a tener una casa.

Se apagó como una luciérnaga que se asusta bajo la luz.

—¿Y ahora te irías de aquí?

—Tendría que elegir otra vez.

—Siempre estamos en ese punto, Edward, intentando saber qué es lo mejor, pero nunca estaremos del todo seguros, ¿verdad?

Asintió de manera sosegada.

—¿Cuándo la vas a ver? —proseguí con mi tercer grado.

—En un par de días. La he invitado a pasar unos días. Me arriesgué después de mucho tiempo sin hablar. Me sorprendió que dijera que sí, de hecho, todavía no lo he asimilado. No puedo creerme que vuelva, he sido un gilipollas, y ella...

La sorpresa fue evidente, porque aún era capaz de percibirla en su cara.

—Por algo será, ¿no te parece? Si de verdad crees que hiciste algo mal, este es el momento de intentar explicárselo. —Hice una pausa al darme cuenta de que estaba hablando de cosas que no conocía, y que no me incumbían—. O no —añadí.

Se tomó un momento para cavilar, imagino, sobre lo que le había dicho. Parecía que se me daba bien dar consejos al resto del mundo. Consejos que, por otra parte, más me valía poner en práctica conmigo misma. No me aplicaba, como se dice popularmente, el cuento.

—Tienes razón, Charlie. —Sonrió—. Me gustaría que la conocieras.

—Deberías aprovechar el tiempo con ella. Es una oportunidad excelente para ver si el contador sigue avanzando o si has de ponerlo a cero otra vez.

Fue él quien cogió mi mano en esta ocasión. Me dio un beso suave en los nudillos. Pese a todo, parecía que era un caballero. Es probable que Clark tuviera razón en lo que había dicho, sin embargo, había algo que no entendía, ¿por qué había insinuado que fuese a cenar con Edward cuando él debía de saber de sobra cuáles eran sus sentimientos?

Aunque no lo sabía, y tampoco podía apartar esa pregunta de mi cabeza, no tenía la más mínima intención de preguntárselo. No ahora.

—Ya me lo dijo.

Puse cara de no comprender qué quería decir.

—Clark —aclaró—. Ya me dijo que eras una chica especial.

Me asombré ante ese comentario. No quería dejarme influir por una ilusión sin fundamento. Ser especial también podía tener connotaciones negativas. Desconocía el contexto en el que se había producido esa conversación, por eso decidí tomármelo con filosofía, como habría dicho mi padre, e ignorar cualquier cosa que no fuese racional.

Sin embargo, en algunas ocasiones es más fácil decirlo que hacerlo.

—No te creas nada de lo que te diga, es todo mentira.

—Pues sus mentiras, a mi parecer, tienden mucho a la verdad.

Me sobrecogieron las confesiones de Edward.

—¿Y qué más verdades dice?

—Que haces muchas preguntas —dijo, jovial.

Él sí que hacía demasiadas preguntas, y yo, que había sido débil, se las había contestado. Incluso las que no habían sido pronunciadas en voz alta. Todos y cada uno de los interrogantes que nadie se había atrevido a insinuar siquiera. Me había desnudado ante Clark y no había recibido nada a cambio, salvo silencio.

Eché un rápido vistazo por encima del hombro de Edward y la vi. Él siguió mi mirada y supo enseguida a quién estaba mirando.

—Es Emma —explicó, como si yo no lo supiese ya.

—Sí, me curó…

Levanté la mano para enseñarle a qué me refería, sin apartar los ojos de la mujer. Edward tardó poco en percatarse de que había algo extraño en la forma que tenía de observarla. Frunció un poco el ceño, y, al fin, desvié mi atención hacia él. Intenté sonreír, pero creo que el resultado fue nefasto.

—Es estupenda.

—Sí, es muy amable. —No tenía ganas de hablar de

ella, pese a que hiciera ese comentario, casi calculado.

Algo en mí se resistía a decir cosas buenas de esa mujer.

—No tiene que caerte bien.

Eso, en vez de liberarme de cierta culpa, hizo que incrementara.

—Yo tampoco la aguanto.— Me sorprendió su confesión—. Pero, la verdad, es que lo ha ayudado mucho.

—¿A quién?

—A Clark, ¿a quién si no?

Mis ojos se empequeñecieron ante las dudas que estaba dejando Edward de propina.

—¿En qué?

—Venga, ya lo sabes. Disimulaste aquel día, pero, aunque no sé cómo, lo sabes.

A continuación solo hubo desaliento. Podía haber seguido tapando lo que había encontrado en el sótano, sin embargo, creí que era más maduro por mi parte enfrentar las cosas. Últimamente se me daba demasiado bien ser honesta.

—Sí, lo sé. Encontré unas radiografías, pero esperaba que no fuese verdad.

—Aunque no me guste ser yo quien te lo diga, es verdad. Ha vuelto a reaparecer.

—¿A reaparecer?

—Sí, se han regenerado los tumores que los médicos quitaron hace un par de años. Ahora parece que...

Hizo un gesto de desesperación y le crujieron los dedos de una mano.

—Han estado buscando otras posibilidades para no recurrir a la quimioterapia. Ya sabes, otros doctores, hospitales...

Pensé en las dos semanas que había estado fuera

Helen. A eso debía de haber ido, a que la viesen otros especialistas.

—Pero, ¿se puede curar?

—Sí, hay muchas posibilidades. Lo más fácil sería una operación para extirpar todo el tumor y no dañar el resto de órganos.

—¿Y yo qué puedo hacer para ayudar, Edward? Me siento fatal, porque parece que haya estado rebuscando en los cajones de una casa que ni siquiera es mía, y fue una mera casualidad.

Me apretó el brazo para insuflarme un poco de ánimo.

—Estar allí. Aquí. Creo que sabes a qué me refiero.

—No lo tengo tan claro.

Edward negó con la cabeza y después miró el reloj.

—Se me ha hecho un poco tarde. ¿Te molesta si te dejo acabar el té sola?

—En absoluto. Gracias por la compañía.

Hizo ademán de pagar la cuenta, pero negué. Todavía le debía el alojamiento que no quiso cobrarme. Recogió la maceta del suelo y se colocó las gafas de sol que llevaba colgando del cuello de la camiseta.

—Edward, otra cosa.

Esperó a que hablara.

—Gracias por estos minutos, los necesitaba.

Sonrió y me revolvió el pelo como lo hubiera hecho con Ginnie.

Confirmadas mis sospechas, y habiéndome quedado una vez más sola, me pareció que el cielo volvía a estar encapotado, dispuesto a venírseme encima. Por eso pagué la cuenta y regresé a la granja antes de que comenzase a llover. Antes de que pudiese admitir que volvía a estar asustada.

Capítulo 18

DE TEJADOS Y CITAS

Ginnie me había enseñado a subirme al tejado sin resbalar. Decía que era otro lugar donde nadie podría encontrarme si me colocaba frente al cedro de la derecha. O me engañó o no era, desde luego, el mejor sitio para esconderse.

El reloj había dado las dos de la madrugada y escuché pisadas sobre las baldosas de cerámica. Eran demasiado robustas como para tratarse de Helen o de Ginnie. Descartadas ellas, no fue difícil adivinar de quién se trataba. La última persona con quien me apetecía hablar, y menos aún después de lo que había pasado entre nosotros hacía unas pocas horas.

Estaba sentada en la banqueta del piano, escogiendo un repertorio que interpretar aquella noche. A la señora Robinson le gustaba quedarse dormida con la melodía del piano acompasando sus sueños. Su dormitorio estaba a pocos pasos del salón, así que, con ambas puertas entreabiertas, podía seguir la música desde la comodidad de su cama, donde nadie pudiera interrumpir su reposo.

Había empezado a tocar una pieza de Bach, cuya partitura recordaba de memoria, cuando Clark entró en el salón. No es que en los últimos días hubiese estado muy alegre, sin embargo, esa noche en concreto se encontraba ausente, con la sonrisa apagada y la mirada vacía.

Sentí un pequeño pellizco en el pecho al que le puse remedio cambiando el ritmo musical. Me evadí del lugar, porque ya había notado cómo me quebraba. Me había equivocado varias veces en la misma nota.

Al final, decidí detenerme. Ya que tenía por costumbre ir diciendo que hacía muchas preguntas, ahora sí que las formularía. Me senté junto a él en la repisa de la ventana. Era su lugar, nadie lo invadía cuando Clark estaba cerca, porque sabíamos que acabaría, tarde o temprano, sentándose allí.

—¿Ha pasado algo?

—Nada que deba quitarte el sueño a ti —contestó enseguida, seco.

No me intimidaron los gruñidos que había emitido entre palabra y palabra.

—¿Es por Emma? ¿Quieres hablar?

Lo último que me apetecía era que me hablase de lo maravillosa que era esa mujer que, por otro lado, estaba casada. ¿Tenía de verdad una vida a dos bandas? Tampoco sería la primera persona en tomar una decisión como esa, pero me parecía cruel, sobre todo por él, porque, por mucho que nos gritásemos y nos tirásemos los trastos a la cabeza, sabía que Clark era un buen tío.

—Lo tuyo es obsesivo. ¿Qué te pasa con ella? Es una chica…

Levanté una mano para interrumpirle.

—Fantástica, lo sé —preferí añadir yo, porque escucharlo de su voz me hacía sentir idiota—. Y no es obsesivo. Es lo único que sé de ti, por eso pregunto. Pero es evidente que te molesto.

—Hoy sí, Carlota.

No esperaba que mostrase tanta vehemencia en su respuesta.

—Tampoco es necesario que seas tan desagradable —señalé.

Arqueó las cejas. Me pareció que con ello intentaba decirme que la culpa la tenía yo. La hubiese aceptado de haber sabido por qué. ¿Qué se suponía que había hecho mal? ¿Entrometerme? Él me había incitado a hacerlo, desde un primer momento, ¿y de nuevo pretendía que volviese a ser la chica callada de los primeros días? No, ya no podía. No era capaz de quedarme al margen.

—¿Y qué quieres? Dímelo.

Me apoyé contra la pared y me separé un poco de él. Ya no me sentía tan cómoda a su lado. Su postura a la defensiva me hacía sentir que no era bien recibida. Me acordé de mí en mis épocas malas. Tenía la misma actitud. Conseguía con ella alejar de mi lado a todas las personas que me importaban. Él pretendía hacer eso mismo conmigo. Habría funcionado de no ser porque sabía de sobra qué tácticas estaba empleando para agotar mi paciencia.

—¿No dices nada?

Acabó de beberse el contenido del vaso de plástico y lo arrugó de golpe. Me asusté y pegué un salto sin moverme del sitio.

—¿Quieres que te sonría, te coja de la mano y, tal vez, que te la bese?

Perplejidad es poco en comparación con lo que sentí en aquel instante. Ni siquiera me lo pregunté, porque estaba segura de que me había visto con Edward. A eso se debía su comentario. Habían pasado varios días, pero estaba aprovechando su frustración, la que fuese, para volverse contra mí con un argumento tan absurdo como aquel.

–¿Ahora te dedicas a seguirme?

–¿Piensas que no tengo nada más interesante que hacer que andar detrás de ti?

Crucé los brazos sobre el pecho y sonreí.

–Por favor, no te cortes, cuéntame esas cosas tan interesantes que sueles hacer.

Se puso en pie, furioso. Parecía, además, bastante cansado. Se había pasado todo el día descargando camiones con provisiones para abastecer el granero y a los animales.

–No voy a seguirte el juego, Carlota –escupió, más que dijo.

–Soy yo la que te está siguiendo el juego a ti, Clark. Estás enfadado, lo entiendo. Quizá más tarde lo veas de otra manera.

Ignoró lo que le dije y se fue.

Y ahora volvía, a lo alto del tejado, con una manta a cuestas y con la misma cara de hacía unas horas. No se inmutó al encontrarme allí, lo que significaba que sabía de antemano dónde estaba. Eso o había estado buscándome. Ambas opciones eran complementarias.

–¿Me puedo sentar? –preguntó.

Estaba bastante más calmado, aunque seguía habiendo cierto resquemor en su voz.

—Haz lo que quieras —contesté sin mirarle.
Se colocó a mi lado.
—Te he visto subir hace un buen rato, y como no bajabas...
—¿Qué quieres?
Cogió aire y suspiró. Ya no estaba de buenas, como antes. No iba a bailarle el agua solo porque se le habían bajado, por fin, los humos.
—Discúlparme —susurró.
—Si ni siquiera sabes por qué.
—Por hacerte pagar a ti mis problemas personales. No tiene nada que ver contigo, de verdad. Siento haber dicho algunas cosas —continuó.
Cogí la manta, al ver que no la utilizaba, y me la eché por encima de los hombros.
—No era asunto mío, como bien me has dicho. Solo quería saber si estabas bien.
—Lo sé, Carlota —dijo, pausado—. Pero no había nada que pudiese decirte y que lograse hacerte sentir mejor.
—No tenías que hacerme sentir mejor a mí, solo pretendía que te desahogaras. No soy tu amiga, lo entiendo. Pero, al menos, habla con alguien que sí lo sea.
Asintió, sin mucha convicción, eso sí.
—Hablando de amigos, Emma lo es. Una cosa es que bromeara sobre la supuesta cita, y otra que lo fuera. Además, se ha portado siempre bien con mi familia.
Edward me lo había dicho, sin embargo, disimulé lo mejor que pude, es decir, evité mirarle para no revelar nada de lo que escondían mis ojos. Me había convertido, sin desearlo, en una chismosa de mucho cuidado.

Me tendió la mano para firmar la paz. Me quedé mirándola de reojo. Se puso algo nervioso al ver que no tenía intención de estrechársela. Estaba, tal vez, algo más seria de lo normal. Se debía a que había tomado una decisión: hablar con Helen cuanto antes.

Finalmente le tendí mi mano.

–Puedes besarme los nudillos y quedaremos en paz.

Se rio tan alto que pensé que despertaría a toda la casa. Le hice una señal para que se callase. En vez de eso, logré que riera todavía más fuerte.

Me cogió la mano, me dio un beso sonoro y volvió a reírse, pero no la liberó, la conservó entre las suyas, más cálidas, menos suaves.

–Cuando estuviste en el pueblo, no llegaste a ir a Saint Andrews, ¿verdad?

–¿A la iglesia? No, me volví cuando empezó a nublarse. Parecía que fuese a llover –declaré.

–¿Es que te asusta la lluvia?

–Digamos que no me encanta.

–¿Quieres que vayamos a Saint Andrews un día de estos?

Pensé en ello con tranquilidad. No ayudaba que estuviera acariciándome la mano de aquella manera. Me gustaba estar en contacto con él. Era extraño comprobar cómo dos personas podían hacerte sentir, con el mismo gesto, cosas distintas.

–Pero ¿es una cita?

–No.

Lo dijo en un tono que me hizo sentir tan mal como antes.

–En ese caso, mejor no –contesté yo.

Lo desconcerté, lo supe en cuanto dejó de pasar sus dedos serpenteantes por la cara interna de mi brazo.

–¿Por qué?

—Porque puedo ir a verla sola o con la hermana de Edward. Incluso con Ginnie.

—¿Y con ellas vas a tener una cita o solo vas a ir a ver la iglesia?

—Por supuesto que voy a tener una cita, con flores y velas.

—¿Por qué quieres tener una cita conmigo?

—¿Por qué no? Eres un chico atractivo y yo tampoco estoy nada mal.

Se quedó callado y yo evité reírme. Quería ver qué reacción tendría, aunque ya había demostrado, por la forma de contestarme, que no se plantearía tener una cita conmigo bajo ningún concepto.

—¿Me estás tomando el pelo?

Hice un movimiento de balanceo con la cabeza y al fin me reí.

—Más o menos.

Respiró aliviado.

—Menos mal, por un momento creí que te gustaba.

—¿Eso sería demasiado duro para ti? —pregunté, con un nudo en la garganta, pese a intentar hacerme la graciosa.

—Sí, sería una situación muy incómoda. ¿Y si sale mal? Vivimos bajo el mismo techo.

—Sí, y como tenemos una convivencia tan buena, no me puedo imaginar que algo pudiese acabar con ella.

Clark se rio, y aunque yo le imité, lo cierto es que estaba un tanto desanimada.

—Iremos a Saint Andrews. Podríamos decírselo a Edward y a Vivian —apunté, para evitar quedarme a solas con él.

—¿Edward te ha hablado de Vivian?

—Sí, el otro día. Sigue aquí, ¿verdad?

—Eso tengo entendido. Parece que la cosa marcha bien...

Una vez más, me acarició la mano y depositó sobre ella un beso menos sonoro y rápido que el primero. No me gustó que hiciese eso, precisamente porque era una sensación agradable que no me apetecía experimentar. No sabía cuáles eran las costumbres por allí, pero mis amigos no solían comportarse así.

Retiré la mano con cuidado y ajusté la manta alrededor de mi cuerpo. Si se dio cuenta del más mínimo cambio en mí, lo disimuló muy bien.

—Voy a ir a España en tres semanas. Solo durante unos días. Tal vez te apetezca venirte conmigo y ver a tus padres.

Me volví hacia él en cuanto acabó de hablar.

—No creo que pueda hacer eso.

—He hablado con Helen, no le molesta.

—¿Has hablado con Helen?

—Sí. Está de acuerdo. Además, coincidirían con tus días libres, así que tampoco supondría nada malo que nos fuéramos.

Me rasqué la frente.

—Pero ¿tú a qué ciudad vas? —pregunté.

—Pues voy a mi pueblo natal.

—Que es...

—Camprodón, en Gerona. Tú a Barcelona, ¿no?

—¿Cómo lo sabes?

—Me lo ha dicho Helen.

Parecía que la señora Robinson no mantenía tantos secretos como yo suponía. Aunque este no lo fuera, claro.

—Lo pensaré.

Clark no pareció muy conforme con mi intervención. Todavía tenía capacidad para tomar decisiones por mí misma. No esperaba que las aceptase nadie, de otro modo, nunca habría sido capaz de dar un solo paso en falso.

Ahora quería respuestas, pero no solo a lo que estaba por pasar en Castle Combe, sino también a lo que había traído conmigo.

Capítulo 19

DE SAINT ANDREWS Y MIEDOS

Los ventanales de Saint Andrews hacían que te asomases al paraíso, que estaba al alcance de la mano, pese a no poder tocarlo. Sin opción a saborearlo y desmenuzarlo en pequeñas fracciones de paz, era una mera espectadora de sus bondades, pero aún no había alcanzado a percibir más allá de él, es decir, no atinaba a ver el camino.

Desde la ventana, divisé a Vivian y a Edward paseando. Había habido un motivo de reconciliación más fuerte que cualquier resquemor que hubiese quedado enquistado. Creo que ni siquiera ellos fueron capaces de verlo en ese momento, de saber que, tarde o temprano, aceptarían que las miradas furtivas que compartían cuando no sabían que los observaban eran más que eso. Eran un todo frágil que les pertenecía y la señal de que hay trenes que vuelven a pasar, en otra estación, con otro billete.

—¿Espiando un poco?

La intromisión de Clark en mis pensamientos hizo que me sobresaltara.

—Solo pensaba.
—¿En qué?
—En el tiempo. Es sabio.
—A veces; otras es odioso.

Comenzó a pasearse entre las banquetas. Con lentitud, a varios pasos de distancia, fui tras él. No tardé en darme cuenta de que aún estaba meditabundo. Si bien es cierto que no habíamos vuelto a tener ningún encontronazo, sí que había estado atenta a sus cambios de humor; a esas horas que pasaba quieto, contemplando algo que el resto del mundo era incapaz de ver. Me pregunté qué habría en su cabeza, seguía sin saber de él, sin descubrirle ni descifrarle. Tampoco sabía si quería que eso sucediese.

—Últimamente te noto extraña —dijo al poco rato.

¿Por qué veía en mí todo lo que yo percibía en él? ¿No se daba cuenta, acaso, de que él era el libro cerrado en esa ecuación? Además, no es que lo notase extraño, empezaba a creer que en realidad lo era. ¿De qué otra manera podía explicarse su actitud?

—Es por algo que me dijo mi padre —expuse.

¿Ya no podría quedarme callada nunca más en su presencia? ¿Por qué tenía, de pronto, la necesidad de buscar consuelo en esas confesiones? A decir verdad, estábamos en una iglesia, ¿dónde si no podría atreverme a decir todo cuanto quisiera sin ser juzgada?

Clark se apoyó en el respaldo de una de las banquetas y cogió una pequeña *Biblia* con cubiertas de cuero negro y letras doradas.

—¿Qué te dijo?

No habíamos vuelto a hablar de Candela desde aquel día. Él no había dicho nada, ni siquiera un «lo siento» inaudible, ninguna pregunta.

—Mis padres tienen por costumbre a rebuscar entre las cosas de mi hermana, ya te lo conté. Mi padre me explicó que había encontrado algo que debería ver, pero...

—No quieres —concluyó él.

Me senté frente a él. Clark estaba a más altura, así que yo lo miraba desde abajo, en busca de algo de compasión.

—Sí que quiero, ese es el problema.

—¿Y qué te asusta, entonces? ¿Descubrir la verdad? ¿Piensas que no serás capaz de soportarla?

Fueron tantas preguntas seguidas que no supe cómo abordarlas todas sin ese traqueteo estresante que invadía mi cabeza.

—¿Descubrir la verdad? —me limité a decir.

—Sí —asintió—. Dijiste que, al final, ya no conocías a la chica que vivía enfrente. A lo mejor, eso que ha encontrado tu padre te muestra quién era. La pregunta es: ¿quieres tú conocer a esa persona o prefieres guardar el recuerdo de la otra Candela?

No había pensado que, tal vez, mi subconsciente pretendía alejarme de cualquier revelación que anulara a Candela. Yo la quería mía, como antes. Los mismos ojos clandestinos, la infinita sonrisa aterciopelada, las mejillas redondeadas, sonrosadas. Eso podría seguir conservándolo, sin embargo, había algo que desapareció incluso antes de que ella muriera: la transparencia, la alegría, el entusiasmo, la protección.

—Quiero saber qué pasó y cuándo. Pero no quiero hacerlo sola.

Le dio un par de vueltas a la *Biblia* entre las manos. Dibujó la cruz dorada con el dedo índice, varias veces, casi como si se santiguase. Por último, elevó la mirada y me contempló.

—Pues hagámoslo juntos.

—¿Qué?

—Cuando vayamos en un par de semanas a España. Puedo ayudarte, si me dejas.

—¿Por qué querrías hacer eso?

—Porque puedo.

Dejé de mirarlo para centrarme en mis pies y en las uñas de color azul oscuro. Me las había pintado Ginnie el día anterior, con un pulso envidiable. No sé por qué me pareció más interesante que lo que él me estaba diciendo. Comienzo a creer que hacía lo posible por no delatar otros sentimientos que estaban surgiendo.

—Tal vez podrías venir a casa… –indiqué.

—Si tú quieres, iré.

—Avisaré a mis padres de que vamos.

—Ya has tomado una decisión, entonces.

Me levanté del banco y me sentí vacía por ignorar eso a lo que no había tenido que enfrentarme antes. Una amalgama de abismo y cosquilleo en la apertura de la caja torácica. Una pulsión, una grieta en medio de una seguridad. No sentir. No hacerlo por no dilatar la brecha.

—Creo que necesito perdonarla, y no lo haré si no estoy dispuesta a escucharla. Y ahora, por desgracia, solo tengo sus cosas para hacerlo.

Se incorporó y me tendió la mano después de colocar el libro en su sitio. Acepté el contacto con cierta resistencia. Él no se dio cuenta, así que, una vez más, decidí centrarme en ser racional. No habría nunca, jamás, posibilidad de que ocurriese algo. No podía permitirme empezar a quererlo. No ayudaba demasiado, sin embargo, ni esa confianza que había cogido con él ni la forma en la que me había pasado el brazo por encima de los hombros.

—Lo importante es que lo tengas claro, que sepas lo que es mejor para ti, ¿sabes?

Asentí. Seguimos caminando por Saint Andrews. No había nadie ese día, teníamos la iglesia para nosotros. No esquivé su abrazo, me quedé cerca de su olor, que ya se me hacía familiar.

—Lo he pensado mucho. Nos la merecemos las dos. Mis padres también merecen una disculpa —susurré.

—¿De tu hermana?

—Sobre todo mía. Yo no soy como tú crees, Clark.

En otra circunstancia no lo habría hecho, sin embargo, algo en mí me hizo pensar que se alejaría por sí solo. Una responsabilidad que yo me quitaría de encima.

—¿Y cómo eres?

—¿Cómo crees que soy?

—Una chica con determinación —contestó sin pensárselo demasiado. Era una respuesta neutral que no llevaba a equívocos.

—Para cometer delitos —expuse.

—¿Delitos?

Se paró un momento, pero no me apartó de él.

—Me detuvieron una vez por tenencia ilícita de drogas. En otras ocasiones me libré.

—Todos tenemos rachas mejores que otras. Disculparse es bueno, sobre todo porque hemos aprendido algo, ¿no?

—Pero ¿tú de dónde has salido?

—¿Tengo que explicártelo a estas alturas? —Alzó las cejas, divertido.

Se me escapó una sonrisa.

—No puede ser que le veas el lado bueno a todo. Siempre tienes algo positivo que decir del mayor de los desastres. Te estoy diciendo que estuve en un calabozo. No una, sino varias noches, porque mis padres dijeron: hasta aquí.

—Hicieron muy bien. Solo tengo una duda: ¿el aseo estaba a las vistas de todo el mundo?

—Por supuesto, faltaría más —me burlé yo.

Se rio y me dio un pellizco en la cintura, justo donde tenía la piel más sensible.

—Mira, Carlota, lo que digo es que no te aferres a eso si no te va a hacer mejor. Si a lo único a lo que contribuye es a que te sientas como lo haces ahora, a que pienses que eres peor por eso que hiciste una vez..., ¿te merece realmente la pena?

Me encogí de hombros, dudando.

—Sabes que no, hace mucho que has decidido cambiar. Sé quien quieres ser, no quien deberías ser.

—¿Y eso qué significa?

—Pues que no dejes que tu pasado te obligue a tener un presente y un futuro con los que no te identificas.

—Quiero volver a ser la de antes, pero me parece una persona tan diferente...

—No tienes que volver a ser nadie, Carlota. Sé una mejor proyección de ti misma. De lo que siempre has sido y nunca dejaste de ser.

—Qué filosófico moral...

—Será por el lugar —rio—; siempre me ayuda a pensar con más claridad.

—Vendré a menudo, en ese caso.

—Y espero que también vengas mañana al club de lectura. Te has escabullido todas las semanas, pese a haberle prometido a Edward que irías.

—No creo que se hayan echado en falta mis conocimientos literarios.

—¿Por qué te empeñas en negar que te gusta leer? ¿Es por Candela?

—Sí, la lectora inagotable era ella.

—Creo que tú también quieres leer, pero crees que es algo que le pertenece en exclusiva, y no es cierto. Así que, por favor, ven.

Dudé un segundo.

—Vendrá alguien que te cae muy bien —musitó, riéndose.

Arqueé las cejas.

—Emma estará allí. Hace unas galletas muy buenas, otro motivo más para que la odies.

—No la odio, me cae bien.

«Joder, qué mala suerte», añadí mentalmente.

—Eso espero.

—¿Por qué?

—Porque es una buena amiga, y ahora que tú y yo también lo somos, me gustaría que os llevaseis bien.

Le acaricié, sin pensar, los nudillos de la mano que descansaba sobre mis hombros, y dado que mi don del disimulo era inexistente y que, asimismo, parecía que en las últimas semanas había adquirido el privilegio de la sinceridad, dije:

—Lo entiendo, pero tampoco es tan importante. Cuando acabe el verano, yo volveré a casa.

Al principio, abrió un poco más de lo normal los ojos. Tuve la sensación, por extraño que pueda sonar, de que se había olvidado de ese insignificante detalle. No había ido allí a vivir, sino a poner en orden mis ideas, a trabajar para despejarme y a olvidar. De momento, el fracaso estaba un tanto asegurado. Se estaba rifando una catástrofe y estaba comprando papeletas de dos en dos. Oportunidades tenía, desde luego, para que me tocase esa lotería.

Al poco tiempo, se relajó y me apretó un poco más contra su costado.

—Yo también volveré a casa, ¿recuerdas?

Eso era algo que no había pensado. No se me había ocurrido la posibilidad de volver a verle una vez que llegara septiembre. Quizá esa era una de las razones principales que hacían que no quisiera que avanzase el tiempo. Por eso había tenido, por otro lado, mis dudas sobre el viaje. Verlo en mi casa y con mi gente, moviéndose con tranquilidad, como si nunca hubiese estado en ningún otro sitio, haría que, al volver un tiempo después, lo recordara más de lo que podía permitirme.

—Venimos y vamos hacia el mismo lugar, por lo visto —apunté.

—Ojalá que sí.

Su respuesta me trastocó una vez más la idea inicial que tenía. Quería que mi ilusión, por entero, estuviese lo más lejos posible de cada una de sus palabras, de sus, bajo esa luz, oscuros ojos azules, de la curvatura de sus pómulos, de la sombra que dejaba su barba incipiente sobre la cara, rodeando su boca acorazonada y acorazada a veces. Quería eso, pero hacía lo contrario. Lo miraba de esa manera que había visto en otras personas.

Mi hermana, sin ir más lejos, contemplaba así a su primer novio. Yo le pregunté por qué miraba hacia arriba siempre que él estaba cerca, y ella me contestó algo que tardé en descifrar: «Porque nos queremos, y cuando alguien te quiere de verdad nunca hará que agaches la cabeza». Mi yo de trece años le dijo que él sí que la agachaba, porque ella era más bajita. Candela se rio durante un buen rato. Se había tumbado en mi cama y se rodeaba el estómago con las manos. La recordé así y, por un segundo, dudé acerca de la decisión tomada. Aunque, una parte mucho más valiente de mí, me recordó lo que necesitaba en realidad.

—Vuelves a estar distraída.

—Tú siempre lo estás, ¿ves cómo no es agradable no saber qué le pasa al otro?

—¿Qué quieres saber?

—¿Vuelven a estar permitidas las preguntas? –inquirí.

Clark descendió el brazo en una caricia por mi espalda hasta llegar a mi mano izquierda. Me cogió con gracia y me hizo dar dos vueltas sobre mí misma. El vestido amarillo que llevaba aquel día giró conmigo.

Volví a quedar frente a él, observándole y preguntándome por qué hacía eso y qué pretendía conseguir con ese arrebato romántico, o a mi parecer romántico, qué le había dado de pronto, qué lo impulsaba a apartarme los cabellos de los ojos e inclinar la cabeza hacia un lado.

—Nunca han dejado de estar permitidas, pero a veces no he estado capacitado para contestarlas, lo reconozco.

—Aunque no me creas, lo entiendo.

—Sé que lo haces.

Mientras hablábamos, sin decirnos nada, llegamos hasta el centro del altar. El órgano se encontraba a la izquierda. Majestuoso en su belleza y su silencio. Me entraron unas ganas inexplicables de acariciar sus teclas y sumergirme en el eco amplio y vibrante de su garganta musical.

Me limité, no obstante, a levantar los ojos hacia la inmensa bóveda azulada que había sobre nosotros. El intenso color contrastaba con las paredes y los arcos de ese blanco marmóreo desgastado. También con las flores, colocadas con sensibilidad en puntos clave, a derecha e izquierda del pasillo, donde la iluminación afloraba sus colores naturales y aterciopelados.

Entonces me di cuenta de que Clark había querido llevarme justo hasta ese punto desde el principio, porque lo que estaba observando allí, no había sido capaz de vislumbrarlo antes. En silencio, escuché el *Nocturne nº3* de Chopin, con los ojos bien abiertos para percibir cada secreto del lugar. Mis dedos reproducían las notas del piano en el lateral de mis dos piernas. ¿Cómo había sido capaz de ir tantas veces al mercado del pueblo, que estaba justo a la salida de la iglesia, y ser incapaz de entrar una sola vez?

Se me empañaron los ojos de lágrimas y recuerdos. El latido se me aceleró porque al mirar hacia la puerta la vi, de nuevo. La encontré allí, serena e incansable, con sus sandalias rojas favoritas y la magia de sentirse plena. Me ofrecía su mejor sonrisa, se desprendía de su sombrero azul, me saludaba con la mano y avanzaba hasta la sexta banqueta. Yo ya no temblaba cuando al fin se sentó. Dejó el sombrero sobre sus piernas y me guiñó un ojo.

No era una alucinación, simplemente era Candela un día, hacía ya muchos años, en la iglesia del pueblo de la abuela, esperando a que yo empezase a tocar. No había sido capaz de hacerlo hasta que al fin la encontré a pocos metros de mí, entre la multitud.

Cerró los ojos en cuanto toqué la primera nota.

—Volverás. —Escuché de pronto.

Me giré hacia él. Había estado observándome, comedido.

—Volverás —repitió.

Me costó entenderlo. Como en la mayoría de las ocasiones, mi tiempo de reacción era mayor que el del resto. En ese caso, ese volverás significaba mucho más de lo que me atreví a evocar. Era una promesa que me había hecho a mí misma, sin quererlo, y que Clark, por algún motivo que no alcanzaba a comprender, había descifrado sin mapa ni brújula.

Yo seguía perdida, sin embargo él había logrado encontrarme. O, al menos, una parte de mí, quizá la más importante. ¿Cuánto tardaría yo en llegar a ella? ¿O ya lo había hecho y ni siquiera me había percatado?

Dejé que aquella pieza siguiese sonando durante un par de minutos más en mi cabeza y en mi corazón.

Permití que Candela volviera.

Capítulo 20

DE LIBROS Y VALIENTES

Emma había horneado las mejores galletas que iba a probar en toda mi vida. Se movía entre la veintena de asistentes al club de lectura, ligera. Era una bailarina envuelta en un halo estampado de verde y naranja, en ese vestido sedoso que la rodeaba sin tocarla, a milímetros de su piel. De haber sido más perfecta, no habría sido capaz de encontrar calificativos para definirla con justicia.

Se acercó a mí y me ofreció un vaso de zumo y una *cookie* de chocolate y avellanas que acepté sin oponerme en absoluto. Si tenía aquella batalla perdida, por lo menos que me dejasen disfrutar de la merienda. Pensé que se iría a su asiento o a hablar con Clark cuando yo me entretuviese en mordisquear la galleta, pero permaneció a mi lado. Se apoyó contra la pared. Colocó su cuerpo, pequeño y en apariencia frágil, junto al mío, y vi que, sin mucho disimulo, le echaba un vistazo clínico a mi cicatriz.

—Me molesta de vez en cuando.

Abrió los ojos, un tanto distraída.

—Es normal. El mal tiempo hará que te sientas incómoda una temporada. Perderá ese color intenso también, no te preocupes.

—No lo hago —contesté—. Solo es piel —añadí.

Le pegué un buen bocado al dulce. Hubiese sido un momento estupendo para decirle lo exquisito que estaba, sin embargo, decidí aplazar un poco más mi confesión. ¿Había algo que aquella mujer no hiciese bien? ¿Y por qué me preocupaba? ¿Eso que sentía eran celos?

—Me alegra mucho que hayas venido —me dijo poco después, como si el éxito de aquel encuentro semanal dependiese de mi presencia—. Sé de alguien a quien le apetecía que estuvieses aquí.

Pensé en Edward. Eché una mirada por la sala hasta localizarlo. Hablaba con una señora mayor que me habían presentado y cuyo nombre no recordaba. Lo noté taciturno. Vivian se había marchado ya, y yo seguía sin saber si habían quedado en volver a verse o se habían despedido definitivamente, hasta que el tiempo los apremiara de nuevo y los obligara a darse cuenta de lo que ellos no querían ver.

—Hacia el otro lado —apuntó Emma.

La miré sin entender.

—No es ese alguien —señaló a Edward con la barbilla—. Más bien ese otro.

Me indicó con la mirada el lado contrario de la estancia. Clark sonreía, contento, a un par de hombres que gesticulaban con ansiedad mientras le daban golpes a la solapa del libro de Stephen King. Por algún motivo, habían querido hacerme caso y escoger una lectura mucho más actual, que había gustado y sorprendido a los más ancianos.

—¿Clark? —susurré en voz alta, sin querer.

—¿Quién si no? ¿Por qué iba a ser Edward?
—Porque él me invitó —contesté.
—Pues Clark parecía entusiasmado con la idea.
Fruncí el ceño y dejé de comer.
—¿Por qué me cuentas esto, Emma?
—Porque él no lo va a hacer —respondió como si se tratase de algo evidente y yo fuese incapaz de entender lo que sucedía a mi alrededor.
—Pues aquí estoy —fue lo único que dije.
—Parece que no lo estés, en realidad.
Giré la cabeza para contemplarla. ¿De qué me estaba hablando? Me daba la sensación de que lo hacía en clave. No tenía las ideas muy despiertas ese día. Además, estaba algo nerviosa. Por primera vez, los niños del pueblo habían invitado a Ginnie a jugar con ellos. Quería que fuese un buen día para ella, que disfrutara. Esa era mi mayor preocupación en aquel momento.
—Tengo muchas cosas en la cabeza.
—Ya me ha contado que eres una chica con muchas inquietudes.
—¿Eso te ha dicho?
—Y más cosas.
De pronto, me sentí idiota siendo el objeto de conversación entre ellos dos. ¿Por qué le hablaría Clark de mí? ¿Qué le había contado exactamente? Pensé en que aquella mujer de mirada atrevida sabía todo lo que yo le había contado a él y me sentí desprotegida. Puede que me estuviera equivocando, pero, en ese caso, ¿de qué otra cosa hablarían?
—¿Qué cosas? —pregunté, atreviéndome a entrar en la mismísima boca del lobo.
—Por ejemplo, que eres una buena lectora que nos ha hecho el vacío durante las últimas semanas.
Respiré aliviada. La forma en la que me observaba

escondía algo, sin embargo, empezaba a sospechar que no tenía nada que ver con Candela ni con su suicidio. Sí conmigo, puede que también con él, no obstante, se trataba de algo que me afectaba en una medida que no sabría cuantificar, ni entonces ni ahora.

—También me ha dicho que eres callada.

—Cuando no estoy bajo los efectos de analgésicos, sí.

Se rio al recordar de qué hablaba.

—Aunque, por lo visto, empiezas a sentirte mucho más cómoda aquí —siguió hablando.

¿A dónde quería llegar con esos comentarios? ¿Qué esperaba que le confesara entre galleta y galleta? ¿Pretendía que una extraña fuerza sobrenatural nos uniese y fuésemos amigas del alma?

—Estoy a gusto, la verdad. —Sonreí.

—¿Cómo no estarlo? Es un lugar tranquilo, y, aunque no está bien que yo lo diga, somos bastante simpáticos, ¿no te parece?

Lo eran, por eso asentí con media sonrisa. Eran encantadores, pese a todas las preguntas que les gustaba hacer y de cuya energía me habían contagiado. Ahora, yo también las hacía y esperaba que me las contestasen.

—Se nota que le tienes mucho cariño, por la manera en la que hablas de él —dije.

—Es un buen chico, Carlota. Merece más de lo que tiene.

Pensé que hablaba de la señora Robinson y su callada enfermedad, por eso se me escapó un comentario que, de otro modo, habría mantenido a raya.

—Lo sé. Ojalá pudiera hacer algo para ayudarlo.

Su gesto fue rígido.

—¿Ayudarlo?

Cogí aire y lo expulsé poco a poco.

—Sé lo de los tumores, Emma. Aunque en la casa nadie sabe que lo sé. Fue una mala casualidad, me encontré unas radiografías y…

Me puso una mano sobre el hombro.

—No te preocupes, no diré nada. Aunque, deberías hablar con Helen primero, creo que ella podría explicártelo mejor.

Miré a Clark y Emma se dio cuenta.

—¿Cómo está él?

—A veces preocupado y otras con mucha esperanza. Las probabilidades de que todo salga bien son elevadas.

—¿De verdad? —pregunté con un ápice de alegría en la voz.

—Sí, aunque ya sabes que los médicos suelen tener opiniones diferentes —apuntó.

—¿Qué me vas a contar? Siempre he vivido rodeada de ellos. Vine aquí pensando que no oiría hablar de cirugía ni medicina, y fíjate.

Colocó su mano boca arriba frente a mí. Pensé que era algo que había aprendido de Clark, o él de ella. Coloqué mi mano sobre la suya y me sentí reconfortada.

—Hubo cura una vez, la habrá esta vez también.

Tiró de mí, a continuación, para que la siguiera. No opuse resistencia e hice lo que me pedía. Fuimos a ocupar dos sillas del círculo que habíamos formado. Después de la pausa, seguiríamos hablando sobre el terror escondido entre las páginas del escritor estadounidense.

Tomé asiento a su lado. Ella, como el resto de las personas que había a mi alrededor, seguía siendo un misterio, pero me di cuenta que una parte de mí no necesitaba resolverlo. Por el momento no.

Noté el teléfono vibrar en el bolsillo del pantalón vaquero. Lo extraje y vi un número desconocido en la pantalla.

–Disculpa –le dije antes de alejarme un poco para contestar. Lo hice en inglés, por el prefijo–. ¿Sí?

–¿Carlota?

Era la voz atenuada y un poco angustiada de Ginnie. Se me puso un nudo en el estómago de inmediato. Sentí vértigo. ¿Cómo podía preocuparme tanto por esa niña? Quizá influía en algo el hecho de que había comenzado a quererla.

–¿Ginnie? ¿Estás bien?

Tardó más de lo normal en contestar.

–¿Puedes venir a buscarme?

–¿Por qué? ¿Te encuentras mal? ¿Aviso a tu hermano?

Las preguntas se me escapaban sin filtro. Me había puesto nerviosa la tristeza percibida en su tono.

–No, ven tú. Te esperaré en el bordillo de la casa.

–Pero Ginnie, ¿qué ha pasado?

–Por favor, ven pronto, ¿vale?

–Vale, pequeña, en diez minutos estoy allí. No te muevas, ¿me lo prometes?

–Sí. Te espero.

Colgué el teléfono. Miré hacia donde estaba el resto de los asistentes. Emma, Clark y Edward me miraban con un gesto circunspecto en sus caras. Me acerqué a Clark y me acuclillé frente a él.

–Me tengo que ir.

–¿Adónde? ¿Qué ha pasado?

Me cogió con calma por los brazos y nos obligó a los dos a ponernos de pie con ese apacible gesto.

–Es Ginnie, necesita que vaya.

–¿Por qué? –dijo, lleno de preocupación.

—No lo sé, pero tengo que irme. Confía en mí, por favor.

—Voy contigo.

—No. —Puse una mano sobre su pecho—. Deja que me encargue yo. Recógenos cuando acabéis, ¿te parece?

Asintió sin tenerlo del todo claro. Su ansiedad estaba justificada, al igual que la mía. Lo último que necesitaba Ginnie en aquel momento era ser rechazada de nuevo. ¿Por qué nadie era capaz de ver la bondad y alegría que había en ella? ¿Por qué nos empeñábamos en rechazar a las personas diferentes?

Clark me dio un beso en la frente que me desconcertó más de lo que ya lo estaba. Después me fui, con mucha prisa, hacia la casa donde habíamos dejado a Ginnie hora y media antes.

No me fijé en nada ni en nadie. Seguí el rumbo fijo, sin ser capaz de recuperar la calma. Pensé en si eso era lo que había sentido mi hermana cuando, a los seis años, había ido a recogerme a la salida del colegio y me había hecho aquella brecha en la frente. La vi llena de pánico y rabia. Un niño me había empujado al grito de «idiota».

El último tramo lo recorrí casi corriendo, giré la esquina y la encontré justo allí, en el bordillo de la calle, con la cabeza apoyada entre las palmas. Ni siquiera había sido capaz de esperarme dentro. Había querido alejarse a toda costa de lo que sea que hubiese pasado en el interior.

Llegué a su lado y me arrodillé.

—¿Estás bien?

Me miró un segundo y después se abrazó a mí.

—¿Podemos irnos de aquí?

—¿Qué ha pasado? Cuéntamelo.

—Da igual —contestó.

—No, tienes que contármelo.

—Estábamos jugando.

—¿A qué? —seguí preguntando.

—A mamás y papás. Yo era una de las hijas.

Hasta allí todo parecía normal.

—Me dijeron que tenía que ser muda y tonta.

Fruncí el ceño con tanta rabia que sentí un pinchazo en las sienes.

—Jugué un rato, pero al final me dijeron que no lo hacía bien, que otras veces había sido más tonta.

Le acaricié ambas mejillas, me puse en pie y la cogí de la mano. Subí el bordillo y los escalones de la entrada. Llamé a la puerta.

—¿Qué haces, Carlota?

Abrió una mujer de mediana edad a quien conocía del mercado. Ella me sonrió, pero yo no hice lo mismo. También recordaba a su hija, una niña que incordiaba a menudo a Ginnie, quien la defendía diciendo que eran amigas.

—Carlota —bien, recordaba mi nombre—, ¡qué bien que hayas venido a por ella! Le dolía la tripa y no paraba de preguntar la hora para que vinieses a recogerla.

—Pues, como ve, ya estoy aquí. ¿Puede salir Meg un segundo? Nos gustaría despedirnos.

—Claro, voy a llamarla.

La escuchamos volver al interior de la casa y subir la escalera.

—Carlota, no quiero despedirme.

No le hice caso y esperé a que llegaran la mujer y la niña.

Cuando estuvieron frente a nosotras, les sonreí ampliamente. Ginnie me apretó la mano. Había plantado cara, una vez, a un chico del barrio siete años mayor que yo. Me había enterado de que había llamado a mi hermana una palabra muy fea. Le estampé cinco huevos en la cara en cuanto abrió la puerta.

La niña se cruzó de brazos, desafiante.

—Meg —dije—, solo queríamos darte las gracias por la invitación de hoy.

Su madre sonrió encantada. Ahora su hija era un ejemplo más de niña educada y amable.

—De nada. Me cae bien Ginnie —susurró, más falsa que un billete de trescientos euros.

—Sí, hablando de eso... —comencé mi discurso—. Es que no sabíamos cómo decírtelo, pero será mejor que lo sepas.

—¿Qué? —rebuznó.

—Es que a ella no le caes bien.

Ginnie me apretó la mano con tanta fuerza que logró hacerme daño.

La madre de Meg se alteró.

—¿Cómo dices? —me preguntó.

Asentí con tranquilidad.

—Lo que ha oído. No la aguantamos.

Miré a Ginnie y fui yo la que le devolvió el apretón esta vez. Quería que fuese valiente y sincera, porque no tenía nada que perder. El resto de niños, además, estaba asomado a la ventana, escuchando cada una de las palabras.

Ginnie me observó con cautela, pero al final asintió.

—Es verdad, eres mala —escupió.

No podía sentirme más orgullosa de ella.

—Ni siquiera sabes saltar bien a la comba. ¡Y no soy ninguna muda ni ninguna tonta! Eso lo serás tú.

La madre se llevó una mano a la boca, escandalizada.

—Muda y tonta no, dijo, pero maleducada un rato —comentó la madre de Meg.

Sonreí con tanta afabilidad que dio un paso atrás.

Ginnie no me había soltado, sin embargo, ya no temblaba.

–Para eso tendría que haberla educado, y no es el caso.

–Pero ¿cómo te atreves?

La ignoré. Miré a Meg y a ella me dirigí.

–La próxima vez que quieras burlarte de alguien y decirle que sea el tonto o la tonta del juego, enséñale primero a serlo.

–Pero... ¡serás descarada! Fuera de mi casa. No quiero volver a veros por aquí, ¿me he explicado?

–Sí, ha graznado de una manera muy apropiada –apunté.

–¡Hablaré con la señora Robinson! Ya veremos si aprueba la forma en la que cuidas de su nieta.

–Lo aprobará. ¿Quién se cree que me dijo que le diera los peores tomates y las cebollas pochas los días de mercado?

Se llevó una mano al pecho, a punto de sufrir un ictus.

–Buenas tardes –dije.

Estaban a punto de cerrar la puerta cuando puse una mano sobre la madera para detenerla.

–Y, por cierto, hace una compota de manzana asquerosa. Ni los cerdos se la quisieron comer. Ahora, vaya con el cuento a todo el pueblo. Dígales que somos unas malhabladas –grité bien alto, sabiendo que había gente en la calle escuchando desde hacía rato. Bajé un poco la voz y colé la cabeza en el interior de la casa–. O puede decir que ha sido un malentendido y venir a comprar el día de mercado, como si nada de esto hubiese sucedido.

–¡Ni en tus mejores sueños!

Me reí de forma escandalosa. Se asustó.
—Curioso —susurré.
—¿Qué?
—¿No estaba el otro día comprando loción para piojos en la farmacia?

Abrió mucho los ojos, como un lémur. Miré a Meg, que había enrojecido por la rabia.
—¿Tienes piojitos, cariño? ¿Te pica la cabeza?
—¡Es mentira! ¡Mamá!
—Calla, Meg —bramó la madre entre dientes.
—Eso, calla, Meg —añadí yo.
—¡Estúpida! —gritó mucho más fuerte la niña—. ¡Estúpidas las dos! Granjeras asquerosas.

La gente, que se había aglomerado a nuestro alrededor, deseosa de chismes, generaron un sonoro «oh». No daban crédito a lo que había dicho Megan, la bondadosa y educada niña del pueblo. Véase la ironía, claro.
—Entonces, la veo en el mercado, ¿verdad?

Me cerró las puertas en las narices. Mi sonrisa era equitativa al enfado de la mujer. Había mentido en algunas cosas, como en el asunto de las cebollas y los tomates. Me iban a despedir, lo tenía claro, pero la forma de mirar de Ginnie, ese sentimiento de libertad que vi en sus ojos, me bastaron para saber que había hecho lo que debía. Quizá no eran las mejores formas, no le había enseñado una lección magistral de moral y ética a una niña de ocho años, pero la había alejado del miedo. Nunca más necesitaría la aprobación de nadie para ser quien quería.
—Vámonos —dije.

Las personas que habían estado escuchando hasta el momento, se disiparon poco a poco. Vi a Sophie, la hermana de Edward, entre la muchedumbre, acompañada de Luke. Los dos nos guiñaron el ojo. No sé por qué, pero tuve la ligera sensación de que habían querido, en más de una ocasión, plantar cara a esa mujer y a su hija.

Los saludé con un rápido aspaviento de la mano. Ginnie iba a mi lado, mirando al frente y sonriendo, sin vergüenza alguna.

La detuve. Me acuclillé frente a ella y le dije:

—Nunca dejes que nadie te diga quién eres. No eres muda, Ginnie. Habla, di lo que tengas que decir. ¿Me lo prometes?

—Te lo prometo.

Me dio otro abrazo, más fuerte que el anterior.

—Te quiero, Carlota.

Me sorprendieron sus palabras, por eso no pude evitar que unas lágrimas furtivas me delatasen.

—Y yo a ti.

Capítulo 21

DE PESADILLAS Y CALABAZAS

—Y entonces, Carlota le dijo que se callase —contaba Ginnie, entusiasmada.

La señora Robinson nos miraba sin pestañear. Clark estaba en su sitio habitual, en la repisa de la ventana. Se mordía el labio para no reírse. No le habíamos contado nada en el camino de vuelta. Yo estaba de pie, unos pasos por detrás de Ginnie. Tenía miedo a sentarme. Sabía que no había hecho bien, y ahora que la razón volvía a adueñarse de mí, también lo hacía la certeza de que en unas pocas horas estaría en el avión, camino a Barcelona.

—Le dijo: «Eso, Meg, tú calla». ¡Abuela, y no se calló! Nos gritó: «Granjeras asquerosas».

Clark no lo aguantó más y comenzó a reírse a pleno pulmón. Se ahogaba entre carcajada y carcajada. Las tres lo mirábamos y solo Ginnie reía con él. Corrió a abrazarle y este la cogió en brazos para colocarla a su lado, en la repisa.

La señora Robinson me miró, impertérrita. La había avergonzado, a ella y a toda su familia. No había actuado como cabía esperar. Yo me iría, pero ella tenía que seguir viviendo allí, hablando y saludando a esas personas. Y yo, desde mi inconsciencia, le había complicado más, si cabía, la vida.

–Lo lamento mucho, Helen. Estaba muy enfadada por lo que había sucedido. No es excusa, lo sé, pero...

La señora Robinson miró a Ginnie.

–¿Qué fue aquello que le dijo de la compota?

–Que estaba tan mala que no quisieron comérsela ni los cerdos.

Tragué saliva. Clark seguía riéndose, ¿acaso no veía la gravedad del asunto?

La señora Robinson se puso en pie y vino hacia mí. Agaché un poco la mirada y apreté las manos una y otra vez.

Negó con la cabeza cuando estuvo a mi altura.

–La próxima vez –me señaló con el dedo índice– dale también las peores peras.

–¿Qué? –pregunté.

Comenzó a reírse tan alto como lo había hecho Clark poco antes.

–¿No está enfadada?

–¿Por qué? Yo hubiese hecho exactamente lo mismo, de haber sabido qué estaba pasando aquí.

Contempló a Ginnie. No era una mirada de aprobación, pero sí de apoyo.

–Quieres a mi nieta, sé que lo has hecho por eso, Carlota.

Abrió los brazos y me acerqué. Me relajó saber que no estaba enfadada. Sumar otro disgusto a su lista no le habría hecho ningún bien.

–Ahora, id a descansar.

Nos fuimos los tres, cada uno a nuestros dormitorios. Me puse un camisón vaporoso y me dejé caer en la cama. Había sido un día intenso y largo, así que, me quedé dormida poco a poco. Me pesaban los párpados y todo el cuerpo.

Al principio, estuve inquieta. Soñé con Megan y su madre, aunque esta vez les decía cosas mucho peores de lo que en realidad había pronunciado. Después, fue Emma la que se coló en mi cabeza.

–Él no te lo dirá.

–¿Qué?

–Él no lo hará –repetía, mientras me ofrecía otra galleta.

–¿Qué no me dirá, Emma?

–Ya lo sabes. Hace mucho que lo sabes.

–¿Es por vosotros? Dímelo.

Cogía la bandeja y se perdía entre la gente. Yo la seguía, empujando a quien encontraba a mi paso.

–¡Emma! –gritaba.

Pero no me escuchaba ni se detenía.

Saltaba a otro recuerdo. Al beso en la frente y la manera de mirarme, esa que me decía que confiaba en mí. Sin embargo, seguía escuchando una voz.

–Él no te lo dirá.

Miraba de un lado a otro y todo se movía muy rápido, giraban incesantes el sueño y mi mente. Tenía miedo de aquella frase y también de esa muestra pública de cariño.

–Él no te lo dirá.

–Carlota...

–No te lo dirá.

–¡Carlota! Despierta.

Alguien me zarandeaba.

Abrí los ojos. Una tenue luz invadía la habitación. Alguien había encendido la lámpara de la mesita de noche. Di un brinco y me incorporé de manera tan precipitada que me mareé.

Era Clark quien me miraba, sentado en el borde de mi cama. Pestañeé un poco y me froté los ojos.

–¿Estás bien? –preguntó.

Me llevé las manos a la cabeza. Me dolía.

–Una pesadilla.

Colocó su mano sobre mi frente.

–Tienes fiebre. Iré a por un paño húmedo y algo para el dolor de cabeza.

Salió del dormitorio y me quedé allí, empapada en sudor, pensando en esa frase. ¿Hasta qué punto puede obsesionarse una persona con algo? No había querido decir más de lo que había hecho. Tenía que hacerme a la idea. No era necesario buscarle siempre la interpretación, a veces, las cosas eran claras. Sin embargo, en ese caso, tenía la premonición de que había más.

Clark regresó con agua, una pastilla y una toalla pequeña. Me tomé la pastilla y bebí todo el vaso de agua. Después me recosté sobre el almohadón. Él abrió la ventana. Se sentó a mi lado en la cama y me pasó el trapo por la frente y las mejillas. Poco después, bajó por el cuello hasta las clavículas, los hombros y los brazos. Se me erizó la piel ante sus ojos soñolientos. Creo que fue el primer buen despertar que le vi.

–Estabas gritando. Me has asustado.

–No era mi intención.

Me escocían los ojos. Necesitaba cerrarlos, pero tenía miedo a quedarme dormida. No ya por las pesadillas, sino porque me gustaba que Clark estuviera allí. Si me dormía, perdería el contacto con sus ojos y sus manos, y algo en mí no quería que eso pasase.

—¿Qué hora es?

Se encogió de hombros. Parecía cansado. Tenía la tez de un color enfermizo.

—¿Tampoco te encuentras bien?

Sonrió.

—Debe de ser algún virus —explicó.

—¿Te hago un hueco?

No sé por qué lo dije, tal vez porque la fiebre eliminaba cualquier filtro que habitualmente tuviese encendido. Él no se alteró, no obstante.

—Por favor.

Me moví hacia la pared y se tumbó a mi lado. Ocupaba casi toda la cama. Se colocó de costado para seguir mirándome. Hice lo mismo. A veces, era ese chico, otras era uno mucho más fuerte y distante.

Le aparté un mechón de pelo que le había caído sobre la frente. Hacía corriente, porque tanto la ventana como la puerta estaban entreabiertas. El aire me relajó. Ya no sentía el agobio de unos minutos atrás.

Sin pensármelo más de lo debido, y tal vez porque la noche siempre es algo más confusa que el día, me acerqué y lo besé en los labios. Se apartó apresuradamente y me hizo un gesto de advertencia.

—Carlota...

—Perdona, no sé por qué lo he hecho.

—No te encuentras bien, estás febril. Después te arrepentirás.

—Lo dudo.

No se esperaba mi respuesta. Me di cuenta por la forma en la que me miró.

—Será mejor que te vayas a dormir. Estaré bien.

Hice un ademán de girarme hacia la pared. Me había rechazado de plano y ni siquiera podía irme, porque esa era mi habitación. Tan solo quería que fuese él quien se marchase y me dejase a solas con la poca dignidad que me quedaba.

—Pero no te enfades —dijo, sin moverse.

—No me enfado.

La respuesta por excelencia de las mujeres que están enfadadas. Ahora, debería decir que lo estaba conmigo misma, por dejarme llevar por el sentimiento, pero la verdad es que lo estaba con él, por ese comportamiento que me hacía sentir contrariada. Porque una parte de mí seguía diciéndome que aquella relación que Clark denominaba amistad, yo no la había visto nunca entre dos amigos. Y tenía amigos. En masculino.

—¿Entonces? —preguntó.

—¿Qué? —me giré.

—Si no estás enfadada, cosa que dudo, ¿por qué te comportas así?

—Daré por sentado que es tu forma de ser, que eres afectuoso por naturaleza y que no me has dado pie a nada, en ningún momento. Solo necesito que me dejes. Ve a tu habitación.

—A ver...

Se apoyó en un codo y me miró. También me incorporé, hasta quedar con la espalda apoyada contra el cabecero de la cama. Sentía los hierros clavándoseme en las vértebras. Eso me distrajo de la forma tan exhaustiva en la que me miraba. Sobre todo los pechos, ya que la tela, empapada, se había adherido a mi piel hasta marcar cada curva de mi cuerpo.

—No digo que, tal vez, en algún momento te haya dado a entender que...

—¿En algún momento? ¿En serio?

Crucé los brazos sobre el pecho y me arrepentí inmediatamente. Clark echó otra mirada y medio sonrió. Estiré la sábana y me tapé.

—Pensé que necesitabas cariño.

—Ah, que lo hiciste por pena. Mucho mejor, desde luego.

—Pues claro que no lo hice por pena, Carlota.

De pronto, parecía enfadado. Lo ignoré, ya que si alguien tenía razones para estarlo en esa cama, esa era yo.

—Lo entiendo, ¿vale? Parezco una pobre idiota cuya hermana ha muerto. Y entiendo también que no te guste. Así que, no finjas más. Es lo último que necesito y merezco ahora mismo. Sobre todo porque yo he confiado en ti y he sido sincera.

Dejó caer la cabeza sobre la almohada.

—Yo no he dicho ninguna de esas cosas. Ni que me des pena, ni que no me gustes, ni que no confíe en ti. Ni siquiera me has dejado acabar lo que había empezado a decir.

—Pues habla, porque no creo que vuelva a estar dispuesta a escucharte.

—¡Eres increíble, de verdad!

—¿Vas a decir algo sensato?

—Cuando te calles, tal vez.

Me callé y esperé a que hablara de una vez. Se me estaba agotando la paciencia, y eso, sumado al malestar general producido por la fiebre y el cansancio que acumulaba en general, provocaba que empeorase mi humor.

—Lo que digo es: si sabemos que esto no va a llegar a ninguna parte, ¿por qué estropear la amistad?

—Tienes razón, no va a llegar a ninguna parte —admití—. Durmámonos y olvidémonos del tema de una vez.

—¿Te pones así porque te he negado un beso? —insistió.

Lo fulminé con la mirada y despertó el genio que había estado dormido hasta el momento.

—No, porque me lo has negado cuando estás admitiendo que no querías negármelo. Y me haces sentir a mí como una estúpida que cree ver cosas donde no las hay.

—No eres ninguna estúpida, Carlota. No te enfades, por favor. Es lo último que necesito ahora mismo...

—Ya te he dado la oportunidad de que nos olvidemos de esto. Vete a dormir.

—¿Esa es tu manera de solucionar las cosas? ¿Enviándome a mi habitación? ¿Por qué no puedo quedarme aquí?

Me restregué los ojos con los nudillos.

—Porque no creo que sea lo más apropiado después de que me hayas dado calabazas. Puedo montar una franquicia y decorar todos los establecimientos en Halloween con tantas que me has dado.

—No quiero discutir contigo, no lo entenderías.

—Si te molestases en explicármelo, a lo mejor podría comprenderlo.

Fue él quien se dio la vuelta en la cama, apagó la lámpara y se durmió, o simuló que lo hacía. Eso era increíble. ¡Joder, su actitud era increíble! No diré que esa era la primera vez que un chico me rechazaba, porque ya he comentado que no sé mentir, pero al rechazo siempre le había seguido la desaparición, o por mi parte o por la de él. En este caso, nos habíamos quedado los dos allí, como si acabásemos de llegar a la conclusión contraria. Estaba tumbada en la penumbra junto al chico por el que había comenzado a sentir algo sin darme cuenta, aunque él no pudiera corresponderme. Ni siquiera durante unas pocas semanas de verano.

—Eres idiota —murmuré, sabiendo que me escuchaba.
—Puede.
No dijimos nada más.
En algún momento me quedé dormida.
Volví a soñar.

Capítulo 22

DE MIRADAS Y CONTRADICCIONES

Clark

La vida era una puta mierda. No paraba de repetírmelo. Tampoco dejaba de pensar en Carlota, de verla, de sentir su olor por toda la maldita casa. Desde que me había besado, ya no era capaz de ignorarme a mí mismo como antes. Me sorprendía rozándome los labios, mientras recordaba la calidez de su boca y la carnosidad de sus labios. Pero me había apartado como el grandísimo imbécil que era. Se había enfadado y yo con ella por enfadarse, así que volvíamos a ignorarnos el uno al otro, como en los primeros días de convivencia, solo que esta vez yo comenzaba a estar harto de tanto tira y afloja, y lo que en un principio me había divertido, ahora me entristecía, porque nos perdíamos momentos, porque la perdía cada vez que pasaba por su lado y no podía sonreírle.

–Voy a darme una ducha. –Dejé las cestas de tomates en la cocina y Helen me sonrió–. Qué día más largo.

Estaba hecho un asco por dentro y por fuera.

—Prepararé la cena —murmuró ella—, ¿o prefieres hacerlo tú?

Le guiñé un ojo y asentí. Por el bien de todos, sería mejor que me encargase yo de todo lo que implicara cocinar.

Recogí una muda limpia de mi habitación y bajé al cuarto de baño. Encendí el agua para que fuese calentándose y me desnudé sin prisa. Me apoyé un segundo en el lavamanos y no paré de preguntarme cuál era la mejor manera de hacer las cosas para no destrozarnos a ninguno de los dos. Sentía cosas por ella, eso no podía seguir ocultándolo. Nunca había tenido problemas a la hora de manifestar lo que sentía, pero hacía ya unos años que las pérdidas me daban más miedo del que debían. Y abrirme en canal con Carlota me haría estallar como la pólvora. A mí, puede que a ella. Es probable que ninguno de los dos supiésemos, en realidad, qué sentíamos.

Me pasé la mano por el pecho en movimientos constantes, después eché la ropa sucia al cesto y dejé la limpia en el taburete de la esquina. Entré en la bañera y corrí la cortina. Estuve bajo el agua fría durante diez minutos, mientras me enjabonaba. Intenté pensar en otros problemas que tenía, que eran más que importantes, y, pese a que esos podrían arrebatármelo todo, no me dolían tanto como el beso que le había negado a la única chica que me lo había removido todo por dentro.

Cerré el grifo y me quedé en silencio, apoyado contra las baldosas mojadas. Me dolía todo el cuerpo aquella tarde, estaba más cansado de lo normal y no encontraba ninguna razón para…

Escuché que se abría la puerta del cuarto de baño. Fruncí el ceño y me quedé justo donde estaba. No sé por qué no dije nada, quizá porque empecé a escucharla tararear una canción que me era familiar. Ni siquiera debía de haberse dado cuenta de que estaba allí. Se me había olvidado encender la luz y ninguna de las habitaciones de la casa tenía pestillo. ¿Haría pis o a qué había entrado?

Moví un poco la cortina y miré. Se había quitado toda la ropa, a excepción de un pequeño tanga negro que resaltaba la redondez de su trasero. Tuve que dejar de respirar, porque de otro modo habría jadeado. También tendría que haber dejado de observarla como lo hacía, pero no pude.

Se quitó el coletero del pelo y su melena rubia cayó sobre su espalda y sobre sus pechos.

–Esto... –susurré.

Frunció el ceño, sin embargo, debió de pensar que era su imaginación, así que carraspeé.

–Hola –me asomé un poco y la saludé con la mano.

Dio un salto y se cubrió con las manos.

–Perdona, pero estaba yo antes. ¿Primero me acosas en la cama y ahora en la bañera? –pregunté para que se relajara, porque había palidecido de la cabeza a los pies, y podía dar buena cuenta de ello.

–¿Cuánto llevas ahí? –preguntó con voz aguda.

–Pues desde el principio, idiota. ¿O te crees que he atravesado la pared ahora?

–¡¿Me estabas mirando?! –gritó.

–He escuchado ruido y he tenido que asomarme a ver quién había entrado –expliqué, aunque no era del todo convincente, claro.

–¿Y cuánto tiempo has necesitado para averiguar que era yo?

–Bastante –respondí–. No me cuadraba que fueses tú con esa minúscula ropa interior, pensaba que sería más de señora mayor.

—¡Vete a la mierda! —enfureció—. ¿Qué demonios hacías ahí dentro, con la luz apagada y el grifo cerrado?

—¿Quieres venir aquí para que te lo cuente o prefieres verlo?

Se quedó en silencio y no pestañeó. Después apartó las manos y dejó de cubrirse. Tragué saliva como un niño que ve a una mujer desnuda por primera vez.

—¿Sabes qué, Clark? —Se me erizó la espalda cuando pronunció mi nombre y me miró de aquella manera—. Eres tan idiota que si me metiese ahora mismo contigo en la bañera y me tuvieras desnuda ante ti, pondrías cualquier excusa para irte. Así que deja de provocarme, porque no se te da bien.

Fue vistiéndose poco a poco.

—Quizá algún día seas valiente.

—¿Qué quieres decir?

—Que nos niegas algo que los dos queremos.

Cogió sus cosas y colocó la mano sobre el pomo de la puerta.

—Me he desnudado ante ti en todos los sentidos, y aun así eres incapaz de devolverme nada.

Cerró de un portazo al salir, sin embargo, hizo más ruido dentro de mí la manera en la que me miró antes de irse que la propia puerta.

Capítulo 23

DE CORRER Y AHOGARSE

Abandoné la cama temprano todas las mañanas en los días que precedieron a ese nuevo encuentro. Hacerlo suponía no tener que desayunar con Clark. Y no es que me hubiese prometido no volver a hablarle o comportarme como si tuviera doce años cuando ya tenía veinte. Simplemente necesitaba un poco de tiempo, de soledad elegida, porque, habitualmente, cuando alguien evita besarte no tienes que convivir con él luego. Mis circunstancias eran de una peculiaridad preocupante.

Quedaba una semana y media para que nos fuésemos a España y quería hablar con Helen antes de irme, pero no había encontrado tiempo. Puede que a la vuelta, cuando yo estuviese mejor, y una vez aclarados los asuntos familiares que me tenían tan despistada, pudiese ofrecerle el apoyo que merecía. Me parecía increíble que hubiese logrado engañarme de tal manera. Hacerme creer por teléfono que era la persona más borde y seca que pudiese encontrarme nunca y que, sin esperármelo, fuese lo contrario. Que fuese aquella mujer cándida pero fuerte que me daba un abrazo furtivo cuando pensaba que podía necesitarlo y un toque de atención cuando no estaba concentrada. Seguía teniendo a alguien que cuidaba de mí, o esa era, al menos, la impresión que me generaba.

Aquella mañana, Sophie había venido a la granja a pasar el día. Estábamos atareados, sin embargo, no le importó ayudarme en mis labores mientras me hablaba de ella, que seguía siendo una perfecta desconocida para mí. Descubrí que era dos años menor que Edward. Estaba divorciada y no podía tener hijos. Era de esa clase de personas que te abren el corazón porque saben, no me explico cómo, que pueden confiar en ti.

La forma en la que se le nubló la mirada cuando me habló de los diversos embarazos que no habían llegado a término me entristeció. Lo hizo todavía más saber que el abandono de su marido por su infertilidad la había impulsado a intentar quitarse la vida. No dije nada al principio, pero comprendí algunas cosas. Entendí por qué estaba preocupado Edward aquella primera noche en Castle Combe. Comprendí por qué había tenido que volver y renunciar a Vivian.

—No vuelvas a hacer algo así nunca.

Me paré en seco con el cesto de manzanas entre las manos.

Sophie me observó. Siempre iba vestida de blanco, o daba la casualidad de que cada vez que yo la había encontrado, llevaba algo de ese color. Eso lograba que su pelo pareciese incluso más negro y que su expresión se dulcificara. Nunca habría pensado que tenía treinta y seis años.

—¿Estás bien, Carlota? —me preguntó.

Me temblaban las manos y algunas manzanas cayeron del interior del cesto.

—Mereces vivir y ser feliz, ¿sabes?

—Ahora lo sé, pero en ese momento pensé que nunca me entendería nadie.

—Sin embargo, al final alguien lo consiguió, ¿verdad?

Era una buena oportunidad para intentar entender en qué podía pensar una persona en los meses antes de quitarse la vida.

—Sí, mi hermano se dio cuenta de que me pasaba algo. Nunca había estado tan pendiente de mí. Lo odié.

—¿Lo odiaste?

Nos habíamos sentado en el césped. Ella lanzaba una manzana al aire y la recogía.

—Me acompañaba incluso al aseo. Cuando él no estaba en casa, siempre había una cuidadora. Me obligó a ir al psiquiatra, a medicarme. Y yo seguía sin entender por qué se empeñaba en castigarme así.

—¿Creías que lo que hacía por ti era un castigo?

—Siempre. No sabía por qué no entendía que estaba cansada de vivir.

Me abracé a mis propias rodillas.

—Él solo quería que vivieses y fueses feliz, Sophie. Seguramente también tenía muchas preguntas. Intentaba entender a qué se debía tu cambio, por qué no podías dejar de pensar en quitarte del medio.

Me acarició la espalda cuando empecé a llorar.

—¿Él te ha contado eso?

Negué con la cabeza y me sequé las lágrimas.

—Digamos que yo no fui tan buena hermana. Ojalá hubiese tenido conciencia para hacer algo, para saber qué decir o dónde estar.

Frunció el ceño. Iba a ser la segunda persona en Castle Combe que supiera la verdad sobre Candela. Se la conté, de forma breve, sin pararme a detallar la situación que sí que le había confiado a Clark.

—Lo lamento, Carlota, no debería haber hablado de eso.

—No te preocupes.

Me puse en pie y le tendí la mano para ayudarla a levantarse.

—No fue culpa tuya. Eras y sigues siendo una buena hermana, se ve en la manera en la que hablas de ella. En cómo la recuerdas y en las preguntas que te formulas, pero no dejes que te consuman.

Asentí, aunque no podía hacerle ninguna promesa. No solo iba a seguir haciéndome esas preguntas, sino que, en unos días, intentaría contestarlas.

Vimos pasar a Clark con una carretilla llena de leña.

—No hay manera de que se esté quieto, ¿eh? —señaló ella.

—Eso parece.

Cogí el cesto de manzanas y Sophie hizo lo mismo con el de peras. Al día siguiente había mercado y se incrementaba el trabajo.

—¿Estáis enfadados otra vez?

—¿Otra vez? —pregunté sorprendida.

—Edward me ha contado que es una relación amor odio.

—No es nada. Es el chico que duerme en la buhardilla. No nos odiamos.

—Entonces os queréis.

Dejé escapar un suspiro de exasperación.

—No, Sophie, no nos queremos.

—Le quieres —puntualizó.

—¿A qué viene tanta insistencia? —formulé yo, un tanto irritada.

Sophie apoyó la cabeza en mi hombro. Parecía una niña pequeña. En sus ojos vi un ápice de la ingenuidad que todavía conservaban los ojos de Ginnie.

—Es un hueso duro de roer —expuso—. No dejes que sea otra la que lo intente.

—¿Quieres decir Emma?

Vi la cara que puso. De pocos amigos. Desde luego, por su expresión, ella y la doctora no lo eran.

—Emma puso todo su empeño una vez y casi le cuesta su matrimonio. Creo que ya habrá aprendido la lección.

—¿De verdad?

Había creído que solo eran amigos y había desechado por completo la idea de que entre ellos pudiese haber algo más. No solo porque Clark así me lo había dicho, sino porque ella me había parecido buena y sincera. Había caído en la trampa de unas galletas demasiado buenas incluso para la mejor de las hadas madrinas.

—No la juzgo —siguió hablando Sophie—. Pero no era el momento. Le hizo daño.

—¿A su marido?

—A Clark. Él no sabía que estaba casada aquel primer verano.

—No sé si está bien que me cuentes esto, yo no debería implicarme en...

—¿Su vida?

—Al final me iré, Sophie, ¿por qué complicarme?

Ella dibujó una sonrisa cauta.

—Comprender las cosas significa tener las claves para tomar una decisión. Las incógnitas nos cierran demasiadas puertas, ¿no te parece?

Sabía que tenía razón, pero tampoco podía ignorar el hecho de que me estaba comportando como una cotilla insaciable que no hacía más que preguntas, que se limitaba a escuchar respuestas e historias que no le pertenecían. Porque, ¿qué más me daba a mí con quién hubiese estado o dejado de estar? Lo mucho que hubiese sufrido no debía importarme. Al final del verano ya no formaría parte de su vida. No volvería a saber de él.

—Sé que me lo cuentas por algo.

—Porque él no te lo va a decir.

Sujeté el cesto de las manzanas con una sola mano y la cogí del hombro antes de que comenzase a andar.

—¿Cómo dices?

—Que él no te lo va a decir —repitió, al pensar que no la había escuchado.

—Es curioso —dije—. Eso mismo me dijo Emma el otro día, pero no entendí a qué se refería.

—A ellos, Carlota.

—¿Por qué se empeña en ser su amigo si le hizo tanto daño?

—Porque después de romperle el corazón, lo ayudó en una cosa, para pagar la deuda que tenía con él.

Clark, que después de descargar la carretilla había regresado al camino, nos vio y se acercó a nosotras antes de que pudiéramos echar a correr, es decir, antes de que yo lo hiciese. Como ya he dicho, no hablábamos demasiado.

—¿Os apetece que comamos algo? Está siendo un día agotador.

—Nos hará bien a todos, sí —contestó Sophie, risueña—. Justo me estaba diciendo Carlota que está hambrienta.

Pasé por alto su comentario. Seguía pensando en la deuda que Emma había contraído con Clark. Ella había hecho algo por él. Edward también me lo había dicho, pero ¿de qué podría tratarse? Sonaba a complot mafioso, y yo, como de costumbre, era bastante peliculera.

Comimos unos sándwiches en la cocina. Sophie y Clark estuvieron hablando de la última sesión de cine del pueblo. Ella había estado. Me enteré, desde el silencio en el que yo me había camuflado, de que Emma tampoco se lo había perdido. Puede que ellas dos hubiesen estado hablando; tal vez por ese motivo Sophie había ido a pasar el día a la granja. ¿Podía fiarme de alguna de las dos?

Alguien me propinó un puntapié por debajo de la mesa. Ya sabía quién tenía aquella costumbre, pero lo ignoré. Seguí dándole mordiscos a mi sándwich, embobada con los dibujos del nuevo mantel. Y otro puntapié. No quería alzar la mirada, encontrarme con sus gélidos ojos azules y fingir que cualquier rastro de lo que sentía por él había desaparecido de la noche a la mañana. Al tercer golpe me levanté de la mesa.

–Disculpadme.

Dejé mi plato y vaso en el fregadero y salí de la cocina a campo abierto. Quería huir, solo Dios sabía lo mucho que me hacía falta hacerme invisible y deshacerme de todo lo que me estaba consumiendo, acabando conmigo, lenta y peligrosamente. Necesitaba irme de allí, por eso eché a correr. Algo que había intentado no hacer. Corrí hacia el bosque, el mismo en el que me había perdido una vez. Lo hice sin saber que alguien me seguía.

Corrí entre los árboles, dejando que me arañaran matorrales y setos. Me escocía cada rasguño por el sudor, y el aire comenzaba a pesarme en el pecho. Temía que alguien me escuchase, si no, hubiese gritado hasta desgañitarme. Me hubiese desprendido de la garra que se aferraba a mí desde las profundidades de mis entrañas. Pero no lo hice.

Seguí corriendo hasta que encontré el camino al pueblo. Y allí, aún con paso acelerado, seguí adelante. Me estaba comportando como una loca. Ni siquiera tenía claro a dónde iba. Ya no veía a mi paso. Estaba llorando en Castle Combe todo lo que me había guardado en Barcelona.

Entonces, di un paso en falso y tropecé con una piedra. Una mano fuerte me agarró antes de que acabase dando vueltas por el suelo. Me dio la vuelta de un tirón y quedé, asfixiada, dolorida y cansada, frente a la última persona que me apetecía ver.

—¿Adónde vas?

Me mordí la lengua, no pronuncié palabra.

—Te vas a hacer daño un día de estos —dijo, enfadado y jadeando.

Había venido tras de mí corriendo.

—¿Más?

Me soltó el brazo. Parecía mareado.

—Tengo que sentarme.

Se acercó a una de las rocas del lateral del camino y se dejó caer sobre una de ellas.

—¿Estás bien? —pregunté, aproximándome con cautela a él.

—Estoy cansado —dijo.

—Volvamos a casa y...

—¡Estoy cansado de tener que estar continuamente preocupado! —pronunció, todavía más alto.

Se puso en pie, algo que no contribuyó a que recuperara las energías perdidas en la carrera.

Seguía sin entender qué quería decir, adónde tenía intención de llegar.

—Te haré daño tome la decisión que tome, así que...

Volvió a cogerme del brazo, me atrajo hacia él y me besó con vehemencia.

Sus labios sabían a la mermelada de frambuesas que le había visto, de reojo, comer a cucharadas en la mesa, hacía unos minutos. Eran suaves, mucho más de lo que había notado con el roce escaso de hacía unas madrugadas. Eran cálidos y... me aparté.

—No puedes decir que me vas a hacer daño y después besarme porque...

Volvió a hacerlo y me relajé, para echarme a un lado de nuevo.

—Porque es una incoherencia y...

Me interrumpió una vez más.

—Si quieres que esto funcione, vas a tener que hacer menos preguntas.

—Pero...

—Sin peros.

—Entonces...

—Ni entonces, Carlota. Hazte a la idea de que las cosas son tan fáciles como nosotros las hagamos. Llevo varias noches pensando en la mejor manera de hacer lo que quiero sin que te perjudique, pero no puedo prometerte nada. ¿Lo entiendes?

—No necesito que me prometas nada.

Me acarició las mejillas desde los pómulos hasta llegar a los labios. Nadie me había hecho sentir nunca tan protegida y vulnerable al mismo tiempo. Me estaba prometiendo, sin darse cuenta, sufrimiento y un final, cuando menos, triste, pero ¿no podía quererle aunque fuera durante el verano? Hay amores que duran un segundo y son de una intensidad inigualable.

Así que hice lo único que necesitaba y me apetecía en ese ahora. Lo besé y esperé que eso fuese suficiente para que las cosas cambiasen en nuestro favor. Sin embargo ¿qué cosas eran esas?

Bajo la aprehensión de sus labios, dejé de pensarlo y comencé a sentirlo.

Capítulo 24

DE HIERBA Y NOSOTROS

Ni las ubres de las vacas ni el incansable Rock husmeando en los bolsillos de mis pantalones en busca de almendras pudieron arrebatarme la sonrisa de ilusa que se adueñó de mi cara durante la siguiente semana.

Clark pasaba a propósito por donde yo solía estar. Si no había nadie cerca, aprovechaba para darme un beso furtivo y decirme lo atractiva que estaba con esas botas de goma embadurnadas de estiércol.

—Estás guapa con ese peto apestoso —dijo la tarde antes de marcharnos a Barcelona.

Había aceptado el plan que él había propuesto. Ninguna pregunta. Puede que así nos ahorrásemos el sufrimiento. Eso no significaba, sin embargo, que una parte de mí no estuviera constantemente alerta, preparada para el final. Esa extraña sensación me hacía disfrutar menos de los momentos compartidos.

—Oye —llamó mi atención después de darme un beso—, ¿quieres que demos una vuelta más tarde?

Incliné la cabeza hacia un lado, un poco sorprendida.

—¿Es una cita?

—¡Mujer! Qué insistencia la tuya con las citas. Parece que no hubieses tenido una en tu vida.

Me quedé cavilando sobre ello. A decir verdad, no había llegado a tener nunca una cita en condiciones. Los chicos con los que había salido eran de la clase que te esconden en público, tal vez porque piensan que la impresión que pueda tener la sociedad de una chica como yo... Una que, por aquel entonces, estaba demasiado dolida como para mostrar alguna virtud.

—¿Quieres una cita? —preguntó al ver que no decía nada—. Pues tengamos una cita.

—¿Dónde me vas a llevar? ¿Al granero?

—Ya te gustaría a ti.

Le di un manotazo en el costado e hizo un breve gesto de dolor. Después se rio. Me cogió por la cintura y apoyó la barbilla en mi hombro.

—Pero tengámosla cuando volvamos, ¿vale? Hoy demos un paseo.

Le miré por encima del hombro.

—Eso suena a tenemos que hablar.

—¿Por qué siempre le buscas un lado negativo a todo? Es un paseo. Me apetece estar contigo fuera de la valla de la granja, no me parece un delito.

A lo mejor me estaba volviendo ligeramente paranoica.

—Está bien. A mí también me apetece.

Clark tenía varios tipos de sonrisa: la triste, la irónica, la divertida y la provocadora. Últimamente usaba mucho esta última, y he de decir que prefería verlo sonreír de aquella manera que de la forma apagada que a veces empleaba.

—Ya me imagino —apuntó.

—¿Qué quieres decir?

—Que vayas a ponerte algo más bonito. Te espero en media hora en el cobertizo.

Me soltó y puso sus manos en mi espalda para empujarme hacia el interior de la casa.

Le hice caso. Si quería disfrutar de aquellas semanas que iba a tener a su lado, más me valía, como Clark había recomendado en tantas ocasiones, olvidarme de los inconvenientes que surgirían. Solo estábamos intentando ser felices durante un tiempo.

Me di una ducha rápida con agua fría porque el calor de aquel día era insoportable y me puse un vestido con unas zapatillas blancas. La nueva moda me encantaba. Te pusieras lo que te pusieses, siempre era aceptable. ¿Zapatillas y vestido? Mi sueño hecho realidad, siempre había sido muy cómoda.

Lo esperé donde me dijo, con nervios acumulados en el estómago. Siempre que nos quedábamos a solas, me invadía la misma sensación. Candela solía decir que eso era una buena señal, significaba que me gustaba de verdad. Pero esas señales no sé hasta qué punto eran consideradas buenas en esa relación improvisada.

Hice un aspaviento con la cabeza. No quería pensar más en ello, solo necesitaba acostumbrarme a estar con él y dejarme llevar. Clark era el primer chico con el que me sentía yo misma, cómoda. No tenía que fingir que era de una manera distinta, que no tenía miedo, tampoco tenía que evitar revelar mis pensamientos, porque, si lo hacía, parecía saber de antemano que le estaba intentando poner una zancadilla emocional o una barrera entre ambos, y eso no parecía gustarle, pese a que él solía hacer lo mismo.

—¿Ya estás?

Había llegado como lo hacía siempre, sutil.

—Cuando quieras, nos vamos —siguió.

Y nos fuimos. No tenía que esperar nada más. Él no lo sabía, pero ese paseo significaría, con el tiempo, mucho más de lo que cualquiera pueda imaginarse. Puede que fuera por el paraje, salvaje e inhóspito, o por la delicada forma en la que me cogía la mano o me ayudaba a pasar entre los árboles, rodeándome con su brazo y alzándome sin esfuerzo. Sea como fuere, al final de la tarde, cuando regresáramos a la granja, yo ya sospecharía que era más que una mera atracción.

—Estás callada.

—¿Por qué siempre te preocupas cuando lo estoy? —pregunté, riendo.

—Porque eso significa que estás pensando más de la cuenta.

—Haré como tú. No pensaré en nada.

Me dio un codazo que me desestabilizó.

—¿Tienes ganas de ver a tu madre? —le pregunté.

—No te imaginas cuántas. Pasamos mucho tiempo separados a lo largo del año. Yo estudio en Barcelona, y aunque no está lejos, al final solo nos vemos los fines de semana. Y en verano, como ves, me voy.

Que estudiara en Barcelona despertó una ligera esperanza, significaba que estaríamos a pocos minutos el uno del otro. Así fue como, por fin, comencé a disfrutar de aquello que no nos habíamos prometido, pero que podría ser si queríamos intentarlo de verdad.

—Le encantará conocerte. No hace más que preguntarme por ti —confesó.

—¿Le has hablado de mí? Y, espera, ¿has dicho conocerme?

Nos habíamos parado a la salida del bosque, que daba a un prado espeso, lleno de flores silvestres. Idílico en toda su magnitud. Así debían de sentirse las protagonistas de los libros y las películas.

Apoyé la espalda contra el tronco y él quedó frente a mí.

—Esperaba que pasásemos dos días en tu casa y dos en la mía, si te parece bien.

Me estaba invitando a conocer a su madre. ¿No tenía un término medio? ¿Había pasado del no al sí en una fracción de segundo? ¿O, tal vez, había sido un sí desde el principio y yo lo había malinterpretado?

—¿Qué me dices?

—Entonces, sí que era un «tenemos que hablar».

Se rio antes de besarme. Me encantaba no saber cuándo lo haría, siempre era en el momento menos pensado.

—¿Y la respuesta es?

—¿Me estás comprando con besos?

Volvió a besarme, con más entrega que antes, hasta hacerme perder el aliento. Jamás me habían besado así. Ni siquiera en la adolescencia, cuando las emociones afloran con más facilidad, había sentido nada semejante.

—Creo que es un sí —dijo al apartarse de mí.

Me había quedado embobada, sin poder despegarme de sus labios.

—Está bien.

—Eso creía.

—¿Qué le has dicho sobre mí? —inquirí.

—Que eres rubia y preguntona.

—¿No te parece una información demasiado personal?

Nos reímos mientras abandonábamos el bosque. No iba a contarme lo que había compartido con su madre, así que tendría que bastarme con saber que consideraba que era importante que su familia supiese quién era yo.

Mis padres se habían sorprendido cuando les dije que preparasen el cuarto de invitados para un amigo. No me lo dijeron, pero sé que pensaron, una vez más, que había hecho alguna de las mías. ¿En qué lío me habría metido en esta ocasión? Podía imaginármelos a los dos, sentados en el sofá de casa, mirándose e inquietándose en vano. Era una mala costumbre que habían adquirido por mi culpa.

–¿Tengo que pedirle a tu padre tu mano para que me dé el visto bueno?

–Le bastará con que le envíes un informe con tus delitos penales y sexuales. No tiene el listón muy alto, me temo.

–Eres una exagerada.

–Sí, creo que me queda algo de marihuana escondida entre los calcetines, nos la podremos fumar.

Echó la cabeza hacia atrás y rio tan fuerte que se extendió como un eco entre las briznas de hierba. Era esa sensación vibrante que me provocaba su risa la que hizo que fuese enamorándome de él, día a día.

–No sería la primera vez –dijo.

–¿Tú has fumado?

–Te sorprenderían las ilegalidades que he cometido sin que se entere la policía.

–Dime una.

–No sé si escoger los dos años que conduje con el carné retirado o todas las veces que me he colado en el metro sin pagar.

–¿Por qué te quitaron el carné?

–Por conducir a doscientos cincuenta por la autovía.

Lo miré sorprendida.

–Me gusta la adrenalina, ni que fuese...

–¿Un delito? –pregunté, irónica.

Me pasó el brazo por encima de los hombros.
—No sé por qué te crees que soy un santo —espetó.

En realidad no lo pensaba en absoluto, sin embargo, algo en mí me había dicho que yo era la que cometía las infracciones.

—¿Hay algo más que debería saber?
—¿Algo como qué?
—Como que has robado un alijo de droga o...
—Eso aún lo estoy perfeccionando, pero dame tiempo. Todo llega —bromeó.

Se dejó caer en medio del prado, sin mirar nada a su alrededor. Se tumbó y los tallos altos de las flores lo engulleron. Allí, mirando al cielo, me recordó a la Ophelia ahogada. Abrió un ojo y me miró sonriendo.

—Desde aquí, veo por debajo de tu falda.

Me tumbé a su lado, no sin antes darle un puntapié. Extendió el brazo y me recosté junto a él.

—¿Por qué siempre hueles a manzanas?
—¿Te pregunto yo a ti por qué hueles a paja?
—Porque me echo alguna que otra siesta en el granero...
—Ahora ya sabré dónde buscarte.

Le pasé un brazo por encima del pecho. Pasamos diez largos minutos sin decirnos nada, sin atrevernos a romper ese silencio, esa brisa acompasada que nos acariciaba la piel, como el atardecer y el verano de julio.

Levanté la cabeza poco después. Lo busqué con la mirada y mis ojos fueron de los suyos a sus labios. Le recorrí con el pulgar el labio inferior, húmedo y terso. Se le entreabrió la boca con el contacto.

—¿Por qué no dejas de castigarme y me besas de una vez?

Me eché el pelo hacia atrás y me recliné sobre él. Le

acaricié la mejilla y fui descendiendo por la curvatura de su cuello, su torso y abdomen. Las yemas de mis dedos rozaron la piel expuesta de su estómago y fueron ascendiendo por debajo de la camiseta, en una febril línea dibujada entre su piel y la mía.

Me cogió de la muñeca cuando iba zigzagueando entre sus costillas.

—Perdona, no quería molestarte —dije, apartándome.

—No me pidas perdón. Me estabas haciendo cosquillas, aunque... —Me tumbó boca arriba, raudo—. No sabía que tenías tanta prisa por desnudarme.

—No te estaba desnudando.

—Puedes, pero no aquí.

—Sí, no vaya a ser que nos vea toda esta gente.

Señalé con los brazos abiertos la nada. A Clark no le quedó más remedio que reírse.

—Siempre que te lo pongo difícil, te enfadas.

Coloqué mis manos a los dos lados de su cara y lo besé.

—No estoy enfadada.

Trazó un reguero de besos desde mi barbilla hasta las clavículas. Me cogió por la cintura y, con un movimiento ágil, me dio la vuelta y quedé a horcajadas sobre él.

—Cuéntame un secreto.

Me sorprendió su petición. Sus manos iban y volvían desde mis rodillas hasta el borde del vestido.

—Eres quien más secretos míos sabe.

—Uno que no sepa nadie.

—Está bien.

—Soy todo oídos.

—Cuando cumplí cinco años, mi abuelo construyó un columpió en el jardín. Yo quería ayudarlo, así que, cuando se fue a comer, cogí un par de clavos, el martillo y dos tablas de madera y me las llevé al interior de la casa.

Hice una pausa, todavía recordaba ese día con todo lujo de detalles.

–Mi abuelo tenía un piano de cola. Tocaba desde que era muy joven. Coloqué las tablas sobre el teclado y comencé a martillear sin darme cuenta de que los clavos saldrían por el otro lado. Rompí el piano.

Clark no pareció muy satisfecho con mi secreto.

–Eras pequeña, no me parece tan grave.

–Mi bisabuelo le regaló ese piano.

–Bueno...

–Así que mi castigo fue ir al conservatorio. No quería. Pero supongo que mi abuelo pensó que esa era la única manera de que llegara a comprender algún día por qué se enfadó tantísimo. No volvió a hablarme hasta que aprendí a tocar *Las cuatro estaciones* de Vivaldi.

–¿En serio?

Asentí.

–Pero eras una niña...

Se levantó y colocó sus manos a la altura de mis caderas.

–Fue el mejor castigo del mundo –afirmé.

–Ahora, con perspectiva.

–Supongo –murmuré–. ¿Y tu secreto?

–¿Mi secreto?

Apoyó la cabeza sobre mi pecho.

–Besé a una chica por primera vez a los diecinueve.

Volvió a mirarme, riéndose.

–Es mentira.

Hizo un movimiento negativo con la cabeza.

–Es verdad. Llevaba unas gafas enormes con un cristal muy grueso. Muchas dioptrías, ya sabes. Estaba demasiado delgado en contraste con lo alto que era, y los aparatos, y los cuatro pelos de la barba que no me salía, y llamarme Clark como Superman... Pero hubo un punto de inflexión. El primer verano después de mi primer año de carrera cambié las gafas por lentillas, me quitaron el aparato, me salió la barba, engordé algunos kilos, hice un poco de ejercicio...

—Te convertiste en Clark Kent.

—De repente, todas las chicas que me habían ignorado...

—Te adoraban.

—Si me hubieses conocido entonces, no habrías tenido tanta prisa por quitarme la ropa.

Me puse en pie y tiré de él.

—Nadie te quiere quitar la ropa. Solo quería comprobar tus constantes vitales.

Comenzó a reírse mientras echábamos a andar.

—Y Clark —se volvió para mirarme—, si te hubiese conocido entonces, habrían cambiado muchas cosas.

—Conocerse, Carlota, no es lo mismo que encontrarse.

—¿Qué significa eso?

—Que siendo quienes éramos entonces, nunca nos habríamos encontrado ni visto del mismo modo en que lo hacemos ahora.

—¿Y cómo me ves?

—Ya lo descubrirás.

A veces tenía la impresión de que por cada cosa que decía, callaba varias más. Quería descubrirlo, ya lo creo. Eso y otros tantos silencios que habían ido prolongándose entre los dos.

Pero ¿quería romperlo de verdad o prefería seguir suspendida de sus finos hilos, que me hacían sentir como si estuviese levitando sobre la fascinación de poder enamorarme de él?

Capítulo 25

DE BARCELONA Y PADRES

Al entrar por la puerta del ático de mis padres, se escuchó, a todo volumen, a Pavarotti cantando *Ave María, Dolce María* desde el tocadiscos. Miré a Clark de reojo y levanté las cejas. Tendría que acostumbrarse a algunas extravagancias de mi familia. Serían dos días intensos a la par que peculiares, llenos de nervios y contradicciones. Todavía tenía que abrir la puerta de la habitación de Candela, pero no quería pensarlo aún.

Mi madre salió de la cocina cuando escuchó cerrarse la puerta de la entrada. Nos encontró de pie, con un par de maletas pequeñas a nuestros pies. Se había cortado y teñido el pelo de rubio ceniza.

Tuve la sensación de que hacía una eternidad que no la abrazaba.

—¿Eres Clark?

No, era un chico que me había encontrado en el aeropuerto, de vuelta al hogar.

—Sí, encantado.

Él le tendió la mano, pero mi madre, eufórica como estaba, decidió que también era apropiado abrazarlo.

Clark aceptó el afectuoso saludo, no sé si porque así lo sintió o por educación. Supe que se llevarían bien en cuanto se saludaron.

—¡Qué alegría teneros ya aquí! Dejad allí las maletas, nos ocuparemos más tarde. ¿Tenéis hambre? No está la comida hecha, pero puedo prepararos algo mientras tanto. ¿Ha habido algún incidente en el vuelo? ¿Por qué no has llamado? Podría haber ido a recogeros y...

—Mamá —puse una mano sobre su brazo—, respira, por favor.

Se apartó un mechón de pelo de la mejilla y sonrió.

—Es que tenía muchas ganas de verte.

La besé en la mejilla y, por un momento, pensé que se pondría a llorar.

—Clark, ¿quieres beber algo?

—Un vaso de agua estaría bien, gracias.

—Por supuesto. Sentaos. Descansad.

Le señalé a Clark la dirección hacia el salón. La música aumentó el volumen a medida que nos acercábamos. Cuando llegamos, la bajé y le señalé un sillón donde podría ponerse cómodo, pero él se quedó de pie, mirando cada una de las fotografías en blanco y negro que había colgadas en las paredes.

—Son preciosas.

Parecía, no obstante, que estuviese buscando algo.

—¿Qué pasa?

—Estaba pensando dónde puedes haber escondido el piano.

—Luego te lo enseño.

Me rozó los labios antes de que apareciera mi madre.

—Aquí tenéis.

Había traído una jarra de agua, otra de zumo, un

plato con galletas y bizcocho y... ¿unas barritas energéticas?

—No venimos de la guerra.

Mi madre se quedó mirando el contenido de la bandeja y no supo qué decir.

—No le haga caso —habló Clark—. Habla por ella, yo estoy hambriento.

Mi madre le dio un par de palmaditas en la espalda y tomó asiento en una silla, satisfecha. Clark se sirvió un vaso de zumo y cogió una galleta. Yo simplemente los contemplaba. Podría acostumbrarme a verlos juntos en la misma habitación.

—¿Y solo os vais a quedar dos días?

Nos miramos, cómplices. Sabía lo que mis padres pensarían de ir a pasar otro par de días a casa de Clark, así que habíamos llegado a la determinación de ocultar la verdad, o lo que comúnmente se conoce como mentir descaradamente.

—Sí, hay muchas cosas que hacer en la granja, mamá.

No pareció muy satisfecha, pero lo aceptó.

—No importa, nos gusta teneros aquí.

—¿Y papá? —pregunté.

—Tenía trabajo.

—Claro, como siempre.

—Carlota, no te enfades, hija. Ya sabes que su trabajo es...

—Lo primero.

Completé con una sonrisa sarcástica mi comentario. Por segunda vez desde que había llegado, hacía sentir incómoda a mi madre. Solo llevaba cinco minutos entre esas paredes, con los ojos de Candela inmortalizados en cada una de las fotografías, y ya estaba preparada para irme.

—¿Por qué no le enseñas la casa a Clark y deshacéis las maletas?

Este se puso en pie de un salto. Quería alejarme, cuanto antes, de una explosión verbal. Había regresado con bastante contención, sin embargo, al ver que mi padre incluso en una situación como aquella se ausentaba, acabé por revelar mi peor cara.

—Muy bien —acepté—. Sígueme. Iremos de tour.

Él, con las manos en los bolsillos, no hizo otra cosa que aceptar todo lo que le decía.

Le enseñé la habitación de invitados, en la que pasaría esas dos noches, el dormitorio de mis padres y la cocina, en la parte de abajo. Después subimos la escalera. Arriba estaban mi habitación, la de mi hermana y la biblioteca. Empecé por esta última.

Le sorprendió la cantidad de libros. En medio de la estancia se hallaba el piano, y en la esquina derecha, justo por donde entraba la luz de los ventanales, el sillón de Candela.

—Es mágico.

Acaricié la superficie del piano. Había acumulado una fina capa de polvo. Después, dejé que mis dedos resbalaran por sus teclas. Con el contacto, Pavarotti cesó. Me imaginé a mi madre, apoyada en la encimera de la cocina, como tantas veces la había visto a lo largo de los años, con la cabeza agachada, escuchándome tocar. Podía haber parado, sin embargo, ella entendería que esos acordes eran mi disculpa, así que continué un poco más.

Clark se había sentado en el sillón de Candela y había cogido entre sus manos el libro que ella había dejado la última vez sobre la mesita. Un poemario de Antonio Machado que había leído y releído desde que tenía diez años.

Dejé de tocar.

—Decía que las palabras son la salvación del alma —expliqué al ver cómo pasaba las páginas del libro.

—¿Y no lo son?

Toqué un par de notas más, un do, un mi.

—A ella no la salvaron.

Me acerqué al ventanal y eché la cortina a un lado. Me cegó la luz de la mañana. Hacía tantísimo tiempo que no miraba lo que había al otro lado del cristal...

—Tal vez sí que la salvaron.

Yo había apoyado la frente en la ventana. Me giré hacia él.

—¿Qué?

—Sigues sin saber durante cuánto tiempo estuvo mal.

Cerré los ojos.

—La salvaron un tiempo, pero no la curaron.

—Ven, te enseñaré mi habitación —dije antes de que continuase apuñalándome con unas palabras que a mí, desde luego, ni siquiera llegarían a salvarme.

Recorrimos el pasillo. A la derecha mi habitación, a la izquierda la de Candela. Abrí mi puerta. Todo seguía tal y como lo había dejado el último día. Entré primero y Clark me siguió.

La había vuelto a decorar poco después de la pérdida de mi hermana. Se suponía que ella iba a ayudarme a dar el salto de la niñez a la adolescencia. Incluso habíamos escogido un papel pintado precioso, que deseché en cuanto Candela dejó de estar. Nada de lo que habíamos planeado juntas llegó a cobrar forma.

—Muy minimalista.

Me senté en el borde de la cama y él fue directo a la repisa de la ventana.

—No necesito muchas cosas.

Se apoyó en ella y tuve que preguntárselo.

—¿Por qué siempre te sientas cerca de las ventanas?
Pareció sorprendido al principio, después se rio.
—Tengo claustrofobia. No me gustan los espacios cerrados, así que, cuando no me queda más remedio me aguanto, pero necesito que sean lugares amplios...
—¿En serio?
—Creía que Helen te lo habría dicho.
—No —contesté—. ¿Qué sensación tienes cuando estás en un espacio pequeño? Nunca podré entenderlo.
Hizo un gesto con la mano, intentando encontrar la palabra adecuada.
—Angustia.
—¿Y podrás trabajar en un hospital?
—He mejorado mucho con los años. Emma me recomendó un psiquiatra muy bueno. Me encerró en un armario.
Abrí mucho los ojos.
—¿De verdad?
—Terapia de choque —dijo, riéndose—. Pero ahora tengo más autocontrol. De todos modos, si hay ventanas, procuro sentarme lo más cerca posible.
—Eres toda una incógnita.
—Cuando pase el tiempo, sabrás todo lo que ahora desconoces.
—¿A qué filósofo chino le has robado esa frase?
Se alejó de la ventana para acercarse a mí. Se acomodó a mi lado, apoyó los codos sobre las rodillas y siguió echando un vistazo a su alrededor.
—No hay nada de ti en esta habitación. Podría ser de cualquiera —manifestó—. ¿Por qué?
—Quizá hice la redecoración en un mal momento. Pero no echo nada en falta. Tengo lo imprescindible.
Me guiñó un ojo.
—Una cama muy grande y cómoda.

—La del dormitorio de invitados es mejor.

Alguien llamó a la puerta. Miramos hacia ella. Mi padre estaba de pie, trajeado, con el pelo algo más canoso que hacía un mes.

Me levanté y fui a darle un abrazo, escueto, como solía ser todo en esa relación. Clark también se había puesto en pie. Le pedí que se acercara y estrechó la mano de mi padre. Confianza y autoridad dieron lugar a un apretón firme que me hubiera quebrado algún huesecillo de haber sido yo quien lo recibiese.

—Así que ya estáis aquí. Había entendido que veníais por la tarde.

Ambos sabíamos que no era verdad, sin embargo, decidí no meter más cizaña.

—Creo que la comida está lista.

—Ahora bajamos.

Le echó otra mirada de desaprobación a Clark y asintió sin demasiado entusiasmo.

—Así están las cosas por aquí —le expliqué cuando vimos cómo bajaba la escalera.

—Se alegra de verte, no te quepa duda.

—Tenía una relación muy especial con Candela. Eran uña y carne.

—¿Tú no entrabas en el pack?

—Yo no entraba en el pack de nadie.

Me acerqué a la puerta de mi hermana. Acaricié todos los recordables que seguían allí pegados, eternos. Sin nadie al otro lado.

—Por eso ella siempre estaba conmigo. Creo que lo notaba.

—¿El qué?

—Que no era capaz de encontrar mi lugar. Me llevaba con ella a todas partes. Fue uno de los motivos por el que la dejó su primer novio. No tenían intimidad.

—No creo que ella te culpara por eso, Carlota. Lo hacía porque quería.

—O porque yo era incapaz de ser normal.

Me puso una mano en el mentón y me obligó a mirarle.

—Sea lo que sea en lo que estás pensando, olvídalo. Deja de culparte. Eras una niña, no tienes culpa de nada. ¿Cómo se te ocurre?

Apoyé la cabeza en su costado y me quedé así un buen rato. Necesitaba ánimos para entrar en aquella habitación cuanto antes, también para pedirle a mi padre aquello que había encontrado.

—Bajemos a comer.

—Sí, hagámoslo antes de que tu padre crea que estoy mancillando tu honor.

—O yo el tuyo.

—No sería la primera vez que lo intentases.

Nos reímos mientras descendíamos los peldaños de la escalera.

—Eres especial, Carlota —me susurró al llegar al último—. Cuando estás cerca, me acuerdo de respirar, sin importar si hay o no ventanas. Quizá porque tú eres mi ventana.

No tuve tiempo a contestarle, porque mi madre nos vio desde el salón y nos hizo una señal para que nos acercásemos. De haber tenido un minuto más a su lado, seguramente habría dudado durante cincuentainueve segundos entre decirle o no lo que yo sentía al tenerle cerca, pero habría confesado en el último.

Capítulo 26

DE NOCHES Y CARTAS

Clark se había ido a dormir hacía media hora y todavía escuchaba a mis padres pasear de un lado a otro en el piso inferior. Salí de puntillas de la cama, para que no crujiese el suelo y llamase su atención sobre mi paradero. Abrí la puerta y me quedé dubitativa frente al *collage*. Tuve la intención de llamar, sin embargo, recobré la sensatez antes de que los nudillos se acercasen a la madera.

No había vuelto a entrar en su dormitorio desde hacía años. Era lo primero que veía al despertar y lo último cuando cerraba la puerta por las noches, pero nunca giraba el pomo. Me atemorizaba encontrarme con todas sus cosas del revés o reemplazadas por otras. ¿Y si ya no era tal y como lo recordaba? Nunca volvería a serlo, me dije, porque para que eso sucediese Candela tendría que estar allí, y eso ya no era posible, solo quedaba lo que había dejado de sí misma en sus objetos personales.

Me llené de valor y entré. Busqué el interruptor de la luz a la izquierda y se alumbró todo ante mí. Desde la cama, aún con la colcha azul tapándola, hasta las cortinas blancas.

Nada más entrar, a mi izquierda, sobre el escritorio, amplio y acristalado, vi el sombrero azul. ¿Había estado allí desde el comienzo? Entrecerré la puerta y me acerqué. Su tejido me pareció mucho más agradable al tacto ahora que cuando se lo compré.

También había libros, cuyos títulos reconocí enseguida. Eran sus favoritos, por eso los había cogido de la biblioteca y había decidido dejarlos cerca de ella, junto a un microscopio y una agenda de cuero viejo que reutilizaba año tras año. Se la había regalado mi abuela unas navidades. Extraía fragmentos o palabras de libros que le encantaban y las apuntaba allí.

La cogí.

Nunca me había dejado verla. Decía que era personal. Los extractos reflejaban mucho sobre ella. A mí ese razonamiento ya no me valía, así que decidí abrirla y leerla poco a poco. Cada año tenía un color: azul el primero, negro el segundo, verde el tercero, azul de vuelta el último en el que escribió. Pero, no solo cambiaba el color de un año a otro, sino ella. Había pasado de escoger frases que hablaban de amor y familia a otras que lo hacían de pérdidas, dolor, sacrificios y muerte. Leer esa agenda fue como ver de cerca su transformación.

Llegué al día uno de abril. Mi cumpleaños. Había un pequeño papel arrugado entre esas páginas. Había encontrado otros antes: entradas de cine, museos, discotecas. Esta era una nota que le escribí un año antes.

Martín es idiota.

Martín era su exnovio, quien se había creído con

potestad de decir lo primero que le viniese a la boca sobre Candela. Fue al que le estampé los huevos en la cara.

Eso logró hacerme sonreír.

Después me percaté de un detalle que me había pasado inadvertido. Todo lo que había escrito en la página del uno de abril, lo había hecho con bolígrafo azul. ¿Azul de antes o de después?

Pero a veces no vas al lado mío:
te llevo en mí, en un peso angustioso
y amoroso a la vez, como pobre hijo
galeoto a su padre galeoto,
y hay que enhebrar los cerros repetidos,
sin decir el secreto doloroso:
que yo te llevo hurtada a dioses crueles
y que vamos a un Dios que es de nosotros.

La fuga,
Gabriela Mistral

Lo releí incansable, y me di cuenta de que fue el azul de después. Fue el azul de cuando pensaba irse allí donde ya no podría encontrarse, o tal vez encontrarme. Hablaba de ese tú que interpreté como yo. Y esas palabras, esa estrofa convertida en mensaje, me recordó otras, porque ella, Candela, me lo había recitado una y mil veces. Aún allí, con los ojos cerrados, pude recordarlo de principio a fin, aunque nunca antes comprendí la insistencia de hacerlo. Cada vez que nos enfadábamos o cuando estaba triste, hablaba conmigo y después añadía: «Madre mía, en el sueño / ando por paisajes cardenosos», que era como empezada el poema de Gabriela Mistral. En cada una de las ocasiones que lo recitó, ya fuera entero o fragmentado, tenía la sensación de que estaba escrito para nosotras. Sin embargo, era Candela la que le dio todos y cada uno de los significados.

Volví a doblar la nota, con lágrimas en los ojos, y la dejé allí, entre las páginas, antes de cerrar la agenda. La seguiría leyendo, pero no en ese momento. Me sentí abatida, y aún tenía que mirar tantas cosas, encontrar tanto dolor y demasiados secretos.

A continuación, abrí el armario. Toda su ropa me trajo el olor de aquel perfume de azahar que tanto le gustaba. Pasé los dedos por las mangas de las camisas y las costuras de los vestidos y pantalones. Dentro había una decena de cajas pequeñas con girasoles apiladas formando dos torres.

Destapé un par de ellas. En el interior descubrí fotografías y regalos de expretendientes y novios. Siempre lo guardaba todo, no porque tuviese síndrome de Diógenes, como le solía decir mi madre, sino porque para ella todas las personas que habían pasado por su vida merecían un hueco en ella. Yo no pensaba igual. Era más de la idea contraria: desprenderme de todo aquello que me recordase a quien ya no estaba. Prueba de ello era mi habitación, tal y como había apuntado Clark.

Me senté en el suelo, junto a la cama, y comencé a abrir los cajones de una de las mesillas de noche. El tercero era el de los calcetines. Rebusqué entre ellos, por si hubiese podido esconder algo allí, pero no era necesario, porque con Candela la organización era imprescindible, además, ella dejaba las cosas importantes a la vista. Por eso me culpaba, porque ninguno de nosotros fuimos capaces de ver las señales que había esparcido por toda la casa y a su alrededor.

Oí el chirrido de la puerta. Me di la vuelta precipitadamente.

Era mi padre.

—¿Qué haces, Carlota?

—Lo que debería haber hecho hace mucho tiempo.

Introdujo las manos en los bolsillos de su albornoz.

—¿Estás buscando algo en concreto o...?

—Papá, si supiera lo que estoy buscando, significaría que entiendo algo de lo que pasó.

Dio la vuelta a la cama y le vi abrir uno de los cajones de la cómoda. Sacó una especie de libro rectangular y volvió a mi lado. Me lo tendió.

—¿Qué es esto?

—Lo que encontré.

Lo cogí y en la portada llevaba impreso mi nombre.

—¿Dónde estaba?

—Entre el colchón y el soporte de la cama.

—¿Lo has leído?

Negó.

—No he encontrado valor, además, lleva tu nombre y... Creo que es algo que estaba haciendo para tu cumpleaños.

Apreté las duras solapas rojas.

—Ve a dormir, papá. Me gustaría estar sola, ¿vale?

—¿Seguro?

Le dije que sí con la cabeza y se marchó. Cuando escuché cerrarse la puerta de su dormitorio, empecé a pasar una página detrás de otra. Había fotos, frases, recuerdos de los lugares en los que habíamos estado juntas, de aquellas ciudades en las que habíamos soñado estar y planeado ir juntas. Incluso encontré un trozo del papel pintado que habíamos elegido para la habitación. Éramos nosotras, encerradas para la eternidad entre esas hojas gruesas y resbaladizas. Así, esa parte de nuestra vida, juntas, nunca podría verse trastocada.

Cada atisbo de su letra y su imaginación me hicieron sonreír a medida que avanzaba. Algo en mí me decía que estaría sin acabar, pero me equivoqué. Lo había acabado tres días antes de suicidarse, como indicaba la fecha.

Al final había una carta entera escrita a mano. Era una nota de despedida.

Me llevé una mano a la boca y mantuve la respiración mientras intentaba convencerme de que leerla sería lo mejor.

Querida Carlota:

Faltan escasas semanas para que cumplas quince años. Me parece increíble que hayas crecido tanto, que hayas madurado como lo has hecho. Para estar segura de que todo irá bien, te escribo estas líneas para pedirte que te cuides. Ya nadie podrá hacerte sentir pequeña, perdida. Puede que aún no lo hayas descubierto, sin embargo, yo lo veo en tus ojos, en esa convicción que se ha apoderado de ti. Estoy tan orgullosa... De una manera que ni siquiera eres capaz de sospechar ni advertir.

Por las noches, antes de entrar en mi habitación, te miro por encima del hombro y te encuentro observándome, y en esos momentos me preocupa que, con el tiempo, dejes cosas sin hacer. Siempre has tenido cierta facilidad para renunciar a lo que te hace feliz, que hayas rechazado esa beca lo demuestra. Por eso, tienes que prometerme que nunca volverás a tomar una decisión de esa envergadura sin poner antes tu felicidad en la balanza.

Me imagino que en este momento, mientras me lees, estarás enfadada, desilusionada y muy poco satisfecha, porque no he sido lo bastante valiente como para esperar a entregarte esto en mano. No sé cuánto vas a tardar en perdonarme por huir de ti, por abandonarte. Cuando lo hagas, lo sabré; quiero creer que, esté donde esté, me llegará tu perdón. No te pido que me entiendas, porque me parecería egoísta. Ni siquiera soy capaz de recordarte que me quieres y que mi amor por ti es mucho mayor. Pero Carlota, nunca me iría a ninguna parte sin despedirme de ti. Estoy en todos los lugares que hemos visitado juntas, a veces sin movernos del sillón. Ojalá los visites, ojalá me lleves contigo a otros nuevos, esos que yo ya he escogido no recorrer, porque no tengo más tiempo.

Sé que tienes miedo y que te he obligado a crecer con mi decisión. ¿Te acuerdas de cuando subimos a aquella noria, esa tan alta, acristalada? ¿Recuerdas el vértigo? Esa sensación es la que tengo todos los días. No podré despedirme de mamá ni mucho menos de papá. Nunca lo comprenderán, solo quiero que sepas que nadie tuvo la culpa de que yo no encontrase algo que poner en mi balanza. Al final, mientras miraba todas mis cosas, esas que siempre guardo con devoción, me di cuenta de que solo quisiera llevarme una conmigo; te preguntarás cuál. Me gusta que te lo cuestiones todo. Hacerse preguntas es importante. Tal vez deberías mirar en mi agenda, allí encontrarás algo más.

No es necesario que te diga que te dejo todo lo que es mío, no solo porque ya no voy a necesitar esos objetos, sino porque los guardaba con el fin de que, algún día, supieses quién era. Que me recordaras como yo quise que me conocieras. Aunque tenía pocos se-

cretos para ti, puede que me reproches el más importante. Pero ¿cómo podría habértelo dicho, Carlota? Soy tu hermana mayor, mañana seguiré siéndolo y también dentro de diez años. Mi obligación es protegerte, pese a que tú lo hayas hecho más que yo. Tú eres mi motivo, el que me ha llevado a permanecer tanto tiempo aquí. Te aferraste a mí y yo tuve miedo a soltarte. Y ahora te suelto mientras duermes enfrente, sabiendo que en unos días seguirás allí, pero yo no podré volver a mirarte por encima del hombro desde aquí. Mi chica del sombrero azul. Casi puedo escucharte entrar en la habitación, dejarlo sobre la cama y marcharte.

Tengo tantas cosas que escribirte, tantos «te quiero» que no llegaré a decirte. Escríbeme mucho, Carlota. Escríbeme todos los momentos importantes que me perderé de tu vida. Quiero saber cómo serás, dónde estarás. Quiero conocer todos los porqués que te harán vivir intensamente, quiero imaginar que seguirás sentándote todos los mediodías en la esquina de mi cama, donde da esa luz tan tuya; donde siempre te escondes cuando estás asustada. Quiero saber cómo serás cuando se hayan cumplido tus sueños y quiénes serán las personas con las que los compartas. Quiero estar contigo en tu primer viaje sola, cuando te independices, cuando vuelvas al pueblo para tocar en la iglesia, cuando te enamores, cuando llores y rías. Sí, quiero, y podrás decirme que no bastó con querer, que no te elegí. Pero, te lo ruego, no me encierres por siempre aquí, llévame al otro lado, donde no supe andar sola.

Ya te echo de menos.

Por favor, búscame. Te prometo que me encontrarás.

Te quiero, con el inmenso dolor que me supone dejarte,

Candela

Me subí a su cama con la cara empañada en lágrimas, me abracé al libro y me quedé durmiendo con la luz encendida. Tuve la sensación de que alguien me acariciaba la frente. Una última frase antes de caer en un sueño profundo:

–Las palabras son la salvación del alma...

Y Candela se había encargado de salvar la mía.

Capítulo 27

DE MAÑANAS Y LIBROS

Me despertó mamá con una taza humeante de leche con canela y azúcar. Su expresión demostraba que estaba preocupada por haberme encontrado durmiendo en la cama de Candela, con los ojos hinchados de tanto llorar. Me había desvelado hacia las cinco de la madrugada. Al amanecer me había dormido de nuevo, después de leer su carta de despedida.

–¿Qué hora es?
–Las doce del mediodía.

La cabeza me zumbaba. Sentía ese doble latido en las venas de las sienes.

–Clark se ha ido con tu padre a comprar unas cosas.

Ese comentario me hizo volver a la realidad.

–¿Con papá? ¿Por qué?
–Se ofreció.

No me sirvió su respuesta, sin embargo, lo iba a dejar estar. En ese momento tenía otras ideas y pensamientos mucho más importantes rondándome.

–Tengo que acercarme a casa de tu tía, ¿vienes?

—Hoy no, mamá —contesté mientras me levantaba de la cama—. Quiero mirar unas cosas.

—¿Vas a seguir buscando entre las cosas de tu hermana?

Me molestó sobremanera su pregunta, tal vez por el tono o porque eso era exactamente lo que ellos habían estado haciendo durante cinco años.

—Ella lo habría querido así.

—¿De verdad?

Parecía molesta conmigo. Quizá tuviera algo que ver mi repentino interés. Ella, como papá, debía de pensar que yo sabía algo que no les había contado. Y ahora lo sabía, a medias.

Le eché una mirada poco amable. Sirvió para que me dejase en paz, aunque no me sintiera orgullosa, ni lo más mínimo, por haberla tratado de esa manera, por no poder ofrecerle algo a lo que aferrarse. Las respuestas que ella tanto anhelaba no se encontraban al alcance de mi mano.

Salió por la puerta principal poco después. Llevando aún el pijama puesto, fui a la biblioteca con el libro abierto por la despedida.

Nunca me iría a ninguna parte sin despedirme de ti. Estoy en todos los lugares que hemos visitado juntas, a veces sin movernos del sillón.

Por favor, búscame. Te prometo que me encontrarás.

No tenía muy claro qué quería decir con aquello. Lo miré todo a mi alrededor, desde la ventana hasta el piano.

Estoy en todos los lugares que hemos visitado juntas...

¿Se refería a las tiendas, parques, ciudades...? Sabía que si pasaba por ellas, la encontraría. Fue algo que hice sin parar en los meses siguientes a su muerte, pero sentía que había más. Incluso en sueños había pensado en esas frases.

A veces sin movernos del sillón.

Tomé asiento allí, donde no había vuelto a acercarme. Suspiré. ¿Qué me estaba pasando?

—Los lugares que hemos visitado sin movernos del sillón... —susurré.

Observé la tinta de la carta, corrida en algunas palabras por sus lágrimas y no por las mías.

—Los lugares que...

Fruncí el ceño, dejé el libro sobre la mesa y me levanté. Miré las estanterías. ¿Era una metáfora? ¿Tenía que leerme esos libros para tenerla cerca o...?

Cogí el último que la había visto leer: *Las uvas de la ira*, de Steinbeck. Conté hasta diez antes de abrir el libro. Lo hice por una página al azar y el resto las pasé tan rápido como pude. No había nada.

—¿No te aburre estar tantas horas allí sentada, leyendo? —le había preguntado una vez.

—Hasta que no llegas al final, no descubres el motivo por el que se escribió. El final es el comienzo, Carlota —me había contestado ella—. Allí están las respuestas.

—El final...

Fui hasta la última página del libro. Allí estaba, como si me hubiese esperado durante todo ese tiempo. Había un *post-it* amarillo en forma de triángulo, de los que utilizaba Candela.

Sabía que me encontrarías. Ahora sabrás seguir.

Me enjugué los ojos y repetí el proceso con el resto de libros. Centenares de ellos, en todos había algo. Fui sacándolos de los estantes y dejándolos en el suelo.

Leyendo cada mensaje varias veces, buscando todas y cada una de las posibilidades que me ofrecían las palabras de Candela.

Solo ella podría haber hecho algo como eso. Escribir cientos de notas para recordarme que nunca se iría de mi lado si yo quería que permaneciera. Había decenas de libros que, asimismo, me enviaban a otros lugares.

Sentada en el suelo, con todos los volúmenes esparcidos, no me di cuenta de que me miraban desde la puerta. Levanté la vista al escuchar el crujido del parqué. Mi padre y Clark estaban de pie, contemplándome en absoluto silencio.

Clark, al ver que mi padre no se animaba a pasar, se acercó, esquivando los montones de libros. Se acuclilló frente a mí y le bastó mirarme para convencerse de que estaba bien.

—Se despidió —le dije—. No se fue sin decirme nada. —Él me acarició una mejilla y me dio un beso en la frente—. Me ha dejado una nota en cada uno de los libros y... —Me levanté corriendo, tropezando con ellos—. Y este regalo. Había una carta al final. —Lo miré a él y después a mi padre, que dio un par de pasos.

—¿Una carta?

—Sí, me la escribió tres días antes de... —tragué saliva, tenía que decirlo en voz alta— suicidarse.

Mi padre palideció.

—¿Qué dice? Déjamelo, Carlota, tengo que...

Aparté el libro de él.

—No, papá, es... personal.

—¡Era mi hija!

—¡Sigue siendo tu hija! —grité.

Escuché cómo alguien subía deprisa por la escalera. Era mi madre.

—¿Qué está pasando aquí? ¿Por qué gritáis?

Él intentó ponerla en mi contra, pero, para mi sorpresa, no le funcionó.

—Ha encontrado una carta de Candela —le explicó.

—¿Sí? —preguntó mi madre, apesadumbrada.

Recordaba su tono de hacía una hora. Algo había cambiado.

—¿Dónde?

Le enseñé el libro.

—Me había preparado este regalo.

—¿Para tu cumpleaños? —siguió preguntando ella.

Asentí.

—Entonces, la carta era para ti.

Repetí el movimiento de cabeza.

—¿Es bonita?

—Mucho.

Sonreí al darme cuenta de que no iba a actuar como mi padre. Le puso una mano en la espalda y le guio hacia la salida.

—Pero...

—Se la escribió a ella. Carlota nos hablará de la carta cuando se sienta preparada, ¿verdad?

—Sí, mamá.

Mi padre salió de la habitación y después mi madre, que me sonrió con ternura. Cerró la puerta y nos dejó dentro a Clark y a mí. Él se sentó en el sillón, parecía abatido. Tiró de mí hasta sentarme en su regazo. Necesitaba leer aquella carta con alguien a quien no fuese a hacerle daño, así que lo hice.

—Tenía una manera única de quererte —dijo Clark cuando terminé.

—Creí que no había pensado en mí...

—Y solo pensó en ti; siempre.

Sonreí, apoyada en su pecho.

—De haberla conocido, te hubieses enamorado de ella —afirmé.

Me acarició el pelo. Sentí cómo cogía aire y lo expulsaba poco a poco.

—No creo que hubiese podido.

—¿Por qué? —pregunté.

—Porque ya estaría enamorado de ti.

Busqué sus ojos. Había aprendido a reconocer cuándo me ocultaba algo. En ese momento lo hacía, pero no era lo que yo podía imaginarme.

—No digas eso si no es verdad.

—Ojalá no lo fuera, así las cosas serían más fáciles.

—¿Por qué son difíciles?

Tardó un poco más de lo debido en contestar.

—Porque estoy bajo el mismo techo que tu padre, quien me ha preguntado esta mañana si, por algún casual, no era gay. No le ha hecho ninguna gracia que no lo sea.

Lo besé antes de que dijera nada más. Recordaba perfectamente lo que me había dicho el día anterior. Si a eso añadía la declaración de amor encubierta que acababa de hacer, solo podía decirle lo que sentía besándole. Pero también con palabras. Merecía saberlo.

—Me gusta que estés aquí, conmigo. En realidad, me gusta estar contigo en cualquier parte.

Me dio un beso fugaz.

—Incluso en los barrizales de Castle Combe.

—Sobre todo en los barrizales de Castle Combe.

Me abrazó por la cintura y lo sentí reírse en mi nuca.

—Quiero ir contigo a un montón de lugares, y perdernos. Sin preocupaciones.

Amoldé mi espalda a su pecho.

—Siento arrastrar mis problemas conmigo, no te lo

mereces. Llevamos aquí un día y medio y solo has salido para ir a comprar pan con mi padre.

—Es un hombre encantador —dijo con ironía.

—¿Te ha amenazado para que lo digas?

—No —hizo una mueca con la nariz—, me lo ha pedido amablemente.

—¿De qué habéis hablado?

—De medicina, cuando he advertido que era eso o hablar de por qué había una camiseta tuya esta mañana sobre mi cama.

Fruncí el ceño, pero con una sonrisa acompañándole.

—¿Por qué la había?

—Porque la robé para aspirar tu olor hasta la extenuación.

Puse los ojos en blanco mientras él se reía a carcajadas.

—Supongo que se mezcló en la colada, y como lo tiré todo a la maleta... Él pensó que habías venido a hacerme proposiciones indecentes.

—Esas solo me gusta hacértelas en pleno campo. Aquí no me siento tan ociosa —expuse.

—¿Seguro que no?

Se inclinó para besarme y me dejé arrastrar por la tranquilidad que me proporcionaba tenerlo cerca. Si él se hubiese imaginado siquiera lo positivo de haberle conocido, seguramente habría hecho todo lo posible por no herirme, por no convertirme en un blanco fácil de otros tormentos que estaban por venir.

—¿Has pensado en esa primera cita que tenemos pendiente?

—No sabía que tuviera que hacerlo.

—Viendo lo mucho que te entusiasma, pensé que a lo mejor querías algo especial y concreto.

—Solo te quiero a ti —manifesté, sin pensar antes de hablar.

Me pasaba a menudo con Clark, siempre me veía liberada del peso de tener que guardar secretos, por eso mismo, sin pensar en mi padre, le había contado de forma tan precipitada mi hallazgo de las notas y la carta.

Me eché a un lado, incómoda por haberle puesto, a su vez, en una situación que lo era.

—¿Qué te pasa ahora? —me preguntó.

—No debería haber dicho eso.

—¿Es mentira?

—No, pero...

—La verdad siempre es mejor que cualquier mentira que puedas contarte.

—¿Contarme?

—Sí, porque si te engañas a ti misma, también me engañarás a mí.

—Y no mereces que te engañe, siempre has sido sincero conmigo y agradezco muchísimo que estés aquí. No sé qué habría hecho...

Se tensó, no sé si por la primera o por la segunda parte. Pero eso alertó a mi subconsciente, que había permanecido agazapado. Nos habíamos prometido no hacer preguntas difíciles de contestar, no obstante, eso no implicaba que no hubiesen estado presentes, de una u otra manera.

—Recogeré esto —dije al fin.

—Te echo una mano.

Y con esas cuatro palabras suyas pusimos fin a cualquier posibilidad de hablar sobre aquello que él, a toda costa, quería ignorar.

Capítulo 28

DE CAMPRODÓN Y CALLES NUEVAS

Barcelona se había quedado a nuestras espaldas aquella mañana, con la firme promesa de que en unas semanas estaríamos, de nuevo, paseando por sus calles, bajo un cielo que siempre me había parecido un poco más azul que el resto. Aunque fuese el mismo, la luz era distinta; las personas lo eran. O puede que solo fuese yo, que creía ver en mi ciudad esa peculiar magia que generan los lugares conocidos.

Ahora eran otras gentes las que nos veían pasar entre los edificios y casas de Camprodón. Clark había abandonado aquel precioso pueblo de cuento para ir a otro, diferente, pero igual de sorprendente en su belleza. No pude imaginarme lo que se sentía al estar entre su pueblo natal y Castle Combe.

–Si fuese tú, no sé dónde preferiría quedarme.

–Yo tampoco lo sé –me rodeó con su brazo, como solía hacer–, por eso voy y vengo.

–¿Cuándo fuiste por primera vez a Castle Combe?

Contó con los dedos de la otra mano.

–Ginnie estaba a punto de nacer, así que hará unos

ocho, casi nueve años. Helen me acogió como a uno más, por lo que he vuelto todos los veranos, y, a veces, en algún puente también me he escapado.

Estaba anocheciendo y, bajo la luz de las farolas ya encendidas, el puente románico cobraba vida e historia. El caudal de los ríos Ritort y Ter estaba apaciguado. El agua fluía hacia la desembocadura.

—Es el Puente Nuevo —me explicó Clark—. Así lo llamaron en el Medievo. El Viejo está en Can Carrera.

—Es un puente románico espectacular.

Movió la cabeza de un lado a otro.

—No es románico, lo empezaron a construir en 1315.

Asentí, admirada no solo porque supiera todos esos detalles, sino porque siempre habían llamado mi atención.

—Debió de ser bonito crecer aquí.

—No me hubiese gustado que me criaran en ningún otro sitio.

A nuestra derecha estaba La petite crepêrie, donde paramos a comprar algo de beber y unas crepes deliciosas que nos sirvieron de combustible para yo seguir descubriendo Camprodón y él continuar enseñándomelo, paciente.

Dimos unas cuantas vueltas hasta llegar a la iglesia de Santa María.

—¿Entramos? —me preguntó.

—Sí —contesté—. Parece tan antigua...

No era el comentario más ingenioso.

—Lo es. La construyeron en el siglo X, pero ha sufrido muchos desperfectos desde entonces. Entre otras cosas, le prendieron fuego en el comienzo de la Guerra Civil. Verano del treintaiséis, si no recuerdo mal.

—Estamos en el 2016, así que han pasado ochenta años exactos... —cavilé en voz alta.

La puerta estaba abierta. Entramos. A diferencia de la de Saint Andrews, esta se encontraba atestada de gente. Clark me había explicado que, al igual que sucedía en Castle Combe, la inmensa belleza del lugar atraía a miles de turistas todos los años.

Había un ligero cambio entre la temperatura algo bochornosa del exterior y ese aire templado que se había formado gracias a la roca fría. Los arcos provocaban una sensación de amplitud y el espacio era diáfano, a pesar de no haber muchas ventanas que dejasen entrar luz del exterior.

–Parece que hayamos viajado en el tiempo –susurré.

–Esa es exactamente la percepción que tengo siempre que estoy aquí.

–La ciudad es...

–El pasado de alguien. En unos años, habrá una pareja que pasee por las calles de Barcelona contemplando la estructura de sus edificios y tendrá una sensación parecida a la nuestra.

Me cogió de la mano para pasar entre la gente.

–Esos años tendrán que ser siglos.

–¿Sobrevivirá tanto la humanidad?

Dejó la pregunta suspendida en el aire, ya que no supe qué contestar. Tenía mis dudas al respecto, sin embargo, quería creer en la posibilidad que él planteaba, en un futuro también repleto de ese presente que se convertía en pasado a cada segundo. La seguridad de que no íbamos a dejar el mejor patrimonio a nuestros sucesores. Los libros, si es que alguien seguía escribiéndolos en ese caso hipotético, pondrían de manifiesto nuestras actuaciones más injustas e inmorales. Puede que, con el tiempo, alguien también acabase prendiendo fuego a nuestra historia. ¿Sería capaz alguna persona de reconstruirla como Clark lo estaba haciendo aquel día?

Salimos de la iglesia y me prometió que regresaríamos en invierno, cuando la nieve la alumbraba y enfriaba, la convertía en algo inexplicable.

Todavía no habíamos visto a su madre. Al llegar al mediodía estaba fuera, con su padrastro Mikel, así que habíamos comido en Quatre, un restaurante cuyos colores e iluminación contrastaban con las piedras grisáceas de las edificaciones. El ambiente relajado y la grata compañía que suponía Clark hicieron que se me quedaran adheridos al paladar y a la memoria todos los sabores y aromas.

De vuelta en el parking, él cogió el coche de su madre, que nos había dejado en la casa para que pudiésemos utilizarlo durante nuestra breve estancia allí. Nos subimos y a través de la ventanilla pude ver cómo el cielo se salpicaba de estrellas brillantes.

Pusimos rumbo a Rocabruna, uno de los vecindarios de Camprodón. Todo a su alrededor era verde, con ese encanto peculiar de las historias fantásticas y terroríficas. Con la bruma ligera del anochecer, solo podía pensar, al atravesar la carretera, en Drácula.

–Vaya, todavía no hay luz –dijo Clark cuando llegamos a la casa del tejado anaranjado.

–¿No han llegado aún?

Se encogió de hombros, aparcó el coche enfrente de la entrada y sacó el teléfono del bolsillo junto con las llaves, que me lanzó. Las cogí al vuelo. Mientras yo abría la puerta, él marcaba el número de su madre.

–Mamá. –Escuché que decía–. Sí, soy yo. ¿Estáis bien? Ah. Vale, vale, tranquila. Nosotros acabamos de regresar. Sí, mucho turismo. Carlota quería verlo todo. Sí, sí. Lo que nos ha dado tiempo. Le he dicho que tiene que volver. Mañana veremos alguna cosa más antes de irnos. Haré la cena, estaréis cansados. Vale. Y yo. Adiós.

Cerró la puerta detrás de él, ya que se había quedado en el umbral.

—¿Todo bien? —pregunté.

—Han pinchado una rueda. No tenían la de repuesto, así que estaban esperando a la grúa.

—¿Necesitan que vayas a por ellos? —pregunté.

—No te preocupes, tardarán una hora a lo sumo.

Dejó el teléfono sobre la mesa y tiró de mí hacia el sofá, donde nos tendimos sin decir nada. Hasta ese instante no me había dado cuenta de lo cansada que estaba en realidad. Tenía los músculos de las piernas encogidos de tanto andar. El sueño tampoco era un buen aliado.

—¿Me ayudas con la cena? —dijo poco después, mientras me acariciaba el vientre.

—Espera a que llegue la grúa de tus padres para que me levante de aquí.

Lo sentí reírse debajo de mí. Se le contrajo el pecho varias veces con las carcajadas.

Me levanté con la energía propia de quien va a un funeral.

—Te enseñaré a hacer empanada.

Suspiré.

—¿Qué? ¿Por qué pones esa cara?

—Pudiendo elegir entre estar tumbado conmigo en el sofá y amasar una empanada, optas por lo segundo.

Se acercó a mí, serio y decidido, colocó sus manos sobre mis caderas y me alzó, colocándome sobre el respaldo del sofá.

—Te prefiero a ti, pero no tengo suficiente con una hora.

Nos besamos

Besarlo era como estar sonámbula sin dormirme. Un estado de embriaguez que conseguía hacerme olvidar cualquier cosa que pudiese hacerme daño. Algunos lo habrían llamado química, generada por reacciones animales, de las que están recogidas en nuestro genoma. Sin embargo, nunca antes había caído en un letargo emocional como aquel.

—Tú preparas el relleno —expuso, apartándose sin previo aviso.

—Me chantajeas con besos —lo acusé desde el respaldo del sofá.

—Si se te ocurre otra cosa con la que chantajearte, dímelo. Me gusta la variedad.

Se dirigió hacia la cocina y yo lo seguí. Era una casa tan rústica que tuve, de nuevo, esa impresión tan agradable: la que me llevaba a imaginarme en otra época, viviendo vidas ajenas, extrañas.

—Pareces nerviosa.

Y lo estaba, no hacía más que moverme de un sitio a otro, como pez fuera del agua.

—No será por mi madre, ¿no?

—Un poco. A lo mejor no le caigo bien.

—Como no tenga la cena hecha cuando vuelva, probablemente le caigamos igual de mal ambos.

Me reí y fui a su lado, donde estaba colocando todos los ingredientes de manera ordenada.

—¿Eres el mismo que hizo la maleta hace tres días?

—Eso dice mi carné de identidad —contestó—. En la cocina como en el hospital, procuro seguir un orden, ayuda a que todo salga bien.

—Creo que sigues un orden en todo, aunque no te des cuenta —apunté mientras cogía un cuchillo para trocear los pimientos y la carne.

—¿Qué quieres decir? —inquirió al tiempo que buscaba la harina en uno de los armarios.

—Que eres claro. Todo lo que dices y haces tiene una lógica, pese a que en el momento no la pueda entender nadie más que tú. Hasta para enseñarme el pueblo hoy la has seguido.

—Es probable.

—Yo soy mucho más caótica.

—No lo digas como si fuese algo malo. Son formas distintas de hacer las cosas, ni mejores ni peores.

—¿Siempre encuentras el equilibrio?

—No, pero lo intento.

—*Mens sana in corpore sano*.

Sacó al fin la bolsa de harina y la colocó sobre la encimera. Vació parte de su contenido en un cuenco hondo y transparente, le echó un huevo, un poco de sal, una cucharada de aceite y levadura.

—¿Por qué quieres ser médico, Clark?

Era una pregunta que me había rondado por la cabeza desde hacía tiempo.

—No lo sé, la medicina me escogió a mí, no yo a ella. ¿Candela por qué quería serlo? —preguntó.

—Creo que por mi padre, por darle el gusto.

De haberse sentido satisfecha con esa carrera, tal vez hubiese encontrado un motivo para continuar estudiando, viviendo. Así que solo me quedaba la alternativa de la suposición. Pasar tanto tiempo con mi padre, ser en parte su favorita, la había arrastrado a querer continuar sus pasos. A intentarlo durante un tiempo, al menos.

—¿Cómo puede escogerte una profesión?

Se encogió de hombros mientras introducía las manos en la mezcla.

—Me parece que las cosas relevantes nunca las elegimos nosotros. De repente, te das cuenta de que formas parte de algo que tiene más importancia de la que tú podrías tener estando solo. La familia, el grupo de amigos, el equipo de trabajo, la pareja... Son como instituciones. El ser humano es social por naturaleza.

—Cuando te pones aristotélico, me pregunto si, por un casual, no te seleccionó la materia contraria.

—Filosofía y ciencia van de la mano, buscan la verdad.

—Puede —dudé.

—¿No te convence lo que digo?

—Sí, pero no lo comparto. La única verdad que conozco es la que me transmite la música.

—Shopenhauer decía que...

—¡Ya estamos! —Me reí—. ¿A cuántos filósofos has leído?

Me dio un beso en la mejilla y sonrió.

—Calla, que esto te gustará.

Tracé una cremallera invisible sobre mis labios y seguí limpiando pimientos.

—Decía que todos los sentimientos vuelven a su estado puro en la música, y que el mundo no es otra cosa sino música hecha realidad.

—Me gusta Shopenhauer, en ese caso.

—Y si es eso lo que sientes, ¿por qué te empeñas en elegir otra cosa? La música ya ha apostado por ti.

—Sé que hay muchas cosas que tengo que replantearme.

Eché el relleno en el otro bol que Clark había dejado frente a mí.

—Pero quiero tomarme mi tiempo, encontrar el momento oportuno. Además, no me ha gustado nunca dejar las cosas a medias. Quiero acabar.

Clark manifestó su inconformismo.

—Podrías hacer las dos cosas a la vez.
—¿Y las dos mal? No, gracias.
Cogió el bol, le echó un poco de sal y lo vertió todo en una sartén.
—Hazle caso a tu hermana.
Sabía que ambos tenían razón, pero yo también, a mi manera. Antes de que pudiese seguir argumentando mi visión del asunto, la puerta se convirtió en la campana que me salvó.

Una mujer alta y esbelta apareció, con el pelo alborotado y las mejillas sonrosadas. Dio dos o tres brincos al vernos y corrió a abrazar a Clark. Eran dos gotas de agua, y más que madre e hijo parecían hermanos. Lo estrujó y abrazó hasta dejarlo sin respiración.

Se apartó un poco y me miró con idéntica expresión.
—¡Pero qué preciosidad!
En un abrir y cerrar de ojos, me vi entre sus brazos.
—¡Bienvenida a casa, rubia! —exclamó.
—Muchas gracias por la invitación, Sara.
—¿Te has puesto cómoda? ¿Necesitas algo? —me preguntó sin apartar su brazo de mis hombros.

Así que de ella había aprendido Clark ese gesto.
—Sí, esto es increíble, gracias.
Miró a su hijo.
—Como me dé las gracias una vez más, la mando de vuelta a Barcelona, ¿eh? —Se giró hacia mí y me guiñó un ojo—. Aquí somos más campechanos.
—Tenía mis dudas, porque Clark tiene un trasfondo filosófico que...
—¿Otra vez recitando a Sartre? Te tengo dicho que así no te vas a echar novia nunca.
—Allí tienes una, con filosofía incluida —apuntó, señalándome.

—Creo que se refiere a ti, todavía tienes tiempo para echar a correr.

Nos reímos.

Ese era un ambiente totalmente opuesto al que habíamos encontrado en mi casa. Mikel apareció poco después. Miró a Clark con orgullo. Se fundieron en un afectuoso abrazo. A fin de cuentas, era como otro padre para él. Había vivido con el marido de su madre desde que tenía cuatro años.

—Te veo bien.

—Venga, menos romanticismo —interrumpió Sara—. Habrá que cenar. Prepararé una ensalada mientras se hace... ¿qué hay en el horno?

—Una empanada de pollo.

—Bien. Vamos, Carlota, te voy a enseñar cómo se corta la lechuga en esta casa.

—¿Es una técnica ancestral?

Clark había heredado la risa de su madre, lo supe en cuanto escuché su sincera carcajada.

—Me encanta esta chica.

Hablaba con su hijo. Él asintió, como si no le sorprendiese lo más mínimo.

Fue en ese momento en el que me di cuenta de que la felicidad son los pequeños detalles. Incluso algo tan irrisorio como es cortar lechuga puede ser agradable cuando escuchas a las personas reírse a tu alrededor, contigo.

¿Moriríamos si no supiésemos apreciar las cosas pequeñas? ¿Querríamos morirnos?

Capítulo 29

DE LUCES APAGADAS

A media noche, después de escuchar cómo se quebraba un vaso, abrí los ojos. Miré a mi alrededor, desconcertada. No reconocía ni las paredes ni el techo de la habitación. Tardé un par de minutos en recordar que estaba en casa de Clark. Aparté a un lado las sábanas, que desprendían un aroma dulzón, y abrí la puerta sin hacer ruido. El pasillo estaba a oscuras, y, como me ocurría en la granja de Helen, tuve la impresión de que había algo observándome. En la penumbra del pasillo solo estaba yo, aunque eso no me impedía imaginar que, tal vez, alguien había podido entrar en la casa. Como había pocas probabilidades de que eso fuese así, caminé a tientas hasta que me alumbró una luz procedente del cuarto de baño.

Fui hacia allí de puntillas, con los pies descalzos. Alguien amontonaba cristales sobre un trozo de periódico, lo sabía porque se oía el repiqueteo del vidrio. No me costó descubrir que se trataba de Clark, a fin de cuentas, solo había dos hombres en la casa y uno era su padrastro, con menos pelo y más bajito. Estuve a punto de empujar la puerta, entrar y preguntarle si todo iba bien, pero, en ese momento, se incorporó, cogió un par de botecitos anaranjados de pastillas, extrajo dos cápsulas de cada uno de ellos y después los guardó en una especie de neceser azul que había visto otras veces en su dormitorio de Castle Combe.

No sé por qué lo hice, sin embargo, al ver que iba a salir del baño, fui directa a la cocina, abrí la nevera y saqué una botella de agua. Intentaba disimular que había estado husmeando; se me dio tan patéticamente mal como se me ha dado siempre mentir. Él apareció poco después. Le sorprendió encontrarme despierta, lo vi en su mirada, así que por lo menos no se había dado cuenta de que me gustaba espiar tras las puertas casi tanto como a él quedarse escondido, aquella vez en la bañera, para ver cómo me desnudaba.

No me pasó inadvertido el gesto que hizo después de sonreírme: introdujo la mano izquierda en el bolsillo del pantalón de pijama y cuando volvió a sacarla me di cuenta de que estaba vacía. ¿Tanto secretismo por unas simples aspirinas? No sé si se trataba de ese absurdo sexto sentido –quizá no tan absurdo– que dicen que tenemos algunas mujeres, pero allí había gato encerrado.

–¿No puedes dormir? –me preguntó.

«Rápido, idiota, di algo», me gritó mi subconsciente al ver que boqueaba como pez fuera del agua.

–He escuchado un ruido, me he levantado y he aprovechado para beber agua.

–Tranquila –me dio un beso en la frente–; no pasa nada, solo he sido yo, he tropezado en el baño y se ha roto un vaso.

–¿Te ayudo a recogerlo?

–No, ahora iré a tirarlo todo. Me dolía un poco la cabeza.

–¿Te has tomado algo? –inquirí.

—Sí, un par de ibuprofenos.

Le había visto sacar cuatro pastillas de dos botes distintos. ¿Por qué me mentía?

—Entonces, deberías descansar.

—Sí, ahora me iré a la cama. ¿Quieres quedarte conmigo?

Dudé si aceptar.

Una parte de mí quería que se quedase dormido para apoderarme del neceser y comprobar qué había dentro. Mi intuición no se callaba. Me gritaba fuerte.

La otra quería pasar la noche con él y, a ser posible, dormir poco o nada.

—Está bien —acepté.

Nos llevamos la botella de agua y él pasó por el aseo antes de regresar a su dormitorio. De reojo, lo vi guardar algo en la maleta. Después se tumbó a mi lado en la cama.

—Era el vaso favorito de mi madre, es probable que me mate.

Sonrió. Intenté imitarle. A lo mejor estaba preocupándome por nada. Puede que sí que fuesen dos simples ibuprofenos. Él parecía relajado, como siempre. Pero no podía ignorar ese pálpito que me decía que estaba ocultando algo.

—Me iré antes del amanecer —susurré mientras me enroscaba alrededor de su cuerpo.

No había intentado volver a desnudarle ni a insinuarle que me apetecía que lo hiciera. Siempre cambiaba de tema, me paraba y me hacía sentir como una imbécil. O como una desesperada, que no sé qué es peor.

—¿Te da miedo que mi madre piense que me has dejado embarazado?

—Es lo único que me asusta, sí. —Me reí entre sus brazos.

—Quédate, le gusta que estés aquí —afirmó.
—Espero que no solo a tu madre... —murmuré.
—Pues claro que no —exclamó, con tono exagerado—. A mi padre también le entusiasma la idea.

Le di un codazo en el estómago, que él encajó con una carcajada, y me abrazó.

—Deberías dormir, si te duele la cabeza —sugerí.
—¿Te adueñas de mis sábanas, de mi almohada, de parte de mi pierna —señaló la pierna que había pasado por encima de las suyas— y ahora pretendes que me duerma? —preguntó, irónico.
—Tú me has invitado.
—Y con toda mi buena fe, pero podrías darme un beso al menos.

Podría haberme hecho de rogar, sin embargo, ¿para qué? Para una vez que era él quien llevaba la iniciativa, no iba a ser yo quien se echase para atrás, y menos cuando me apetecía tanto como a él o más.

Nos besamos a oscuras durante un buen rato. Besos húmedos, largos, de esos que sientes por todo el cuerpo, de los que se detienen en el bajo vientre y hace que arquees la espalda. Antes de que pudiera darme cuenta, la sensualidad se adueñó de las caricias, que hasta el momento se habían centrado en conocer y reconocer el cuerpo del otro. Él trazaba las líneas del mío como un cartógrafo, con precisión, casi como si lo hubiese ensayado. Yo iba perdida, a ciegas entre querer deshacerme de su ropa y arrancarme la mía propia. No quería volver a tensar la cuerda entre él y yo, no como antes, cuando no podíamos ni vernos. En ese momento no. Necesitaba sentirle de todas las maneras posibles. Mi cuerpo tenía ganas de él, como lo había tenido mi corazón durante todo ese tiempo.

Me quitó la camiseta y me quedé desnuda de cintura para arriba, con la piel erizada debido a la brisa que entraba por la ventana y a sus manos y su boca inquietas. Sus labios fueron dibujando eses en el centro de mis costillas para ascender entre la redondez de mis pechos. Después descendió en un reguero de besos húmedos. Su lengua trazó círculos alrededor de mi ombligo y me recorrió de una cadera a otra. Regresó a mi boca cuando no le quedó piel mientras su mano se perdía bajo la tela de mis pantalones.

Jadeé cuando sentí que, entre caricia y caricia, su mano se colocaba entre mis piernas. Parecía que lo hubiese estado esperando durante mucho más tiempo que ese escaso mes y medio que llevábamos conociéndonos.

–¿Por qué no encendemos la luz? –pregunté entre susurros–. Quiero verte.

Extendí la mano hacia el interruptor de la lamparita de noche, pero atrapó mi mano y la sujetó junto a la otra, por encima de mi cabeza.

–Ya te veo, Carlota. Yo siempre te veo.

Siguió besándome, tocándome, rozándose contra mí. Podía notar su erección en mi estómago, pero quiso hacerme sufrir un poco más. Se apartaba, volvía a acercarse. Nos quitamos la poca ropa que nos quedaba mientras nos faltaba el aliento, pero no las ganas. Dimos vueltas en la cama. Carne y sentimientos bailando a un mismo tiempo. Mi pelo se esparció entre las sábanas, al igual que su ropa interior, que aún llevaba puesta cuando me coloqué a horcajadas sobre él.

Creo que lo dos quisimos que durara más de lo que aguantamos. Habíamos estado negando lo evidente cada vez que nos quedábamos a solas, por eso, cuando estuvo dentro de mí se desató un deseo aún mayor que nos llevó a atravesarnos con movimientos rápidos, duros, llenos de una rabia que no sé de dónde venía, quizá de toda esa tensión que se había creado entre nosotros cada vez que fingíamos que nos odiábamos. Quizá por todo ese desenfreno, como en una neblina, solo recuerdo las pausas, y los giros y el sabor de sentirlo y pensarlo a un mismo tiempo; las extremidades que se entrelazaron a medio camino entre querer y poder y la manera en la que nos perdimos en los pliegues de la piel y en la comisura de la boca del otro hasta que nos corrimos.

Él era un incendio, el que desgasta y revive.

El que me convirtió en cenizas entre sus manos, cuando nos tumbamos, el uno frente al otro, ya en la calma, en la cama.

—No te arrepientas... —susurró antes de cerrar los ojos y quedarse dormido.

Permanecí velando por sus sueños. Era la primera vez que lo veía dormir. Seguía siendo él, aunque algo más indefenso. Le aparté un par de mechones de la frente que le hicieron darse la vuelta y quedar mirando al techo, con la luz lunar y la de los faroles proyectadas sobre su piel ahora mestiza, entre lo natural y lo artificial. Me vestí y me acerqué a la ventana, eclipsando la sonrisa que se me había quedado en la boca.

El cielo estaba moteado de plata y mármol. Había algo del azul de sus ojos en la bóveda de Rocabruna. Apoyé las manos en la repisa de la ventana y lo observé desde esa distancia. Incliné la cabeza a un lado. Mi pelo desprendía aquel olor a manzanas dulces. Se me aceleró un poco el corazón y me entraron ganas de reír ante el recién adquirido recuerdo.

Di un par de pasos hacia él para encontrarme de nuevo con sus labios. Pero no llegué a dárselo. Creí ver algo que... Encendí la lámpara que estaba más lejos, cuya luz no pudiera quebrar su sueño. Regresé a su lado y me arrodillé junto a la cama. Tenía una fina incisión transversal justo por debajo de la caja torácica, en el abdomen. Adelanté la mano para tocarla, pero la retiré a tiempo.

Fui directa a la maleta y saqué el neceser. Apagué la lámpara, tapé a Clark con la sábana y salí de la habitación. Abrí la cremallera en el aseo con manos temblorosas.

—Por favor... —supliqué.

Había varios botes, recetados por el doctor Gregorio Encina, oncólogo.

—No puede ser...

En ese momento supe, recordé las palabras que había estado ignorando hasta el momento. Rememoré, en un flash visual, todas las equivocaciones y malentendidos, de principio a fin. El descubrimiento de algo en el peor momento de todos.

Las radiografías que había creído que eran de Helen.

Helen, volviendo de la ciudad fuerte y descansada.

Yo hablando con Edward sobre la enfermedad, pero no sobre el mismo enfermo.

Clark, cansado, pálido, pasando horas sin dormir.

Emma diciéndome que... «Él no te lo dirá».

Al principio, el shock no me permitió reaccionar. Me pesaban el cuerpo y el alma. Quería pensar que no había llegado a levantarme de la cama hacía poco más de una hora, quería que fuese mentira, que no encajasen los detalles que en un principio no había entendido.

—Te haré daño de una u otra manera —había dicho Clark.

En ese momento, antes de dejarme llevar por el llanto insonoro, no supe qué me había hecho más daño: la mentira o la enfermedad. ¿Hasta cuándo tenía que seguir perdiendo? ¿Cuánto puede aguantar el ser humano antes de renunciar a lo que lo hiere? Y él, ¿cuándo tenía intención de revelarme la verdad? ¿Hasta cuándo aplazaría la última estocada?

Pero Edward había dicho que tenía muchas posibilidades. Emma que estaba bien, que era fuerte. Entonces, recordaba las radiografías y no había nada que pudiese convencerme de lo que había visto con mis propios ojos. No había nada después de ese pensamiento. No habría un septiembre, ni un octubre, ni un noviembre. No habría un invierno en Camprodón. Ni promesas, ni paseos, ni la ciudad viéndonos entre sus luces y su grandeza. De repente, todo era insignificante.

Me lavé la cara con agua abundante. Al mirarme en el espejo reconocí a otra Carlota, aquella a la que creía que había ido dejando atrás. Parecía estar volviendo poco a poco, asomándose a mis pupilas. No la quería cerca de mí, necesitaba que se quedara donde la dejé, ya que nunca podría desaparecer del todo.

Tenía dos opciones: huir o quedarme a ser la persona que siempre había querido ser. Elegir la primera suponía renunciar a cosas y personas que me habían hecho mucho bien; optar por la segunda implicaba confiar en Clark, quedarme y ser lo suficientemente valiente para que él pudiese tener miedo, si lo necesitaba.

Cogí el neceser, apagué la luz del cuarto de baño y regresé al dormitorio. Dejé las cosas tal cual las había puesto él. Me metí en la cama, a su lado, cerré los ojos y lo escuché respirar. Hacerlo, en ese momento de pánico emocional, supuso un alivio inexplicable. Estuve el resto de la noche cronometrando el tiempo que transcurría entre la inspiración y la expiración, hasta tal punto me obsesioné que, cuando tardó un poco más en hacerlo, yo también me olvidé de eso tan sencillo que es respirar.

Hacia las seis, cerré los ojos de manera precipitada porque se despertó. Se levantó de la cama rápido y vi cómo buscaba su camiseta. Se tocó la cicatriz. Cerré los ojos. Volví a abrirlos cuando estaba de espaldas a mí. Asomó la cabeza por la ventana y se llevó las manos al cuello. ¿Estaba asustado?

Se me encogió el corazón.

Después de la noche que había pasado, no iba a dejar que su día fuese igual que mis horas de insomnio y desesperación.

Se sentó en el borde de la cama y me acarició la frente, ambas mejillas y los labios. Me besó y yo interpreté a la bella durmiente, menos bella y muy poco durmiente.

—No quería despertarte —murmuró.

—¿Por qué estás tú despierto? —pregunté.

Me froté los ojos como si estuviese saliendo de un profundo sueño.

—Tenía frío.

—No me extraña. Aprovechas cualquier excusa para desnudarte.

Se rio. No sospechaba nada y, desde su perspectiva, yo tampoco tenía duda alguna con respecto a su enfermedad.

—¿Y quién tiene la culpa?

—¿Insinúas que yo?

—¿Solo lo he insinuado? Quería que fuese una afirmación rotunda —dijo, sonriendo de oreja a oreja.

Le di otro beso, eché la sábana a un lado y le hice un hueco junto a mí. Se tumbó, lo tapé y vi amanecer en el reflejo de sus ojos.

—¿Se te ha pasado el dolor de cabeza?

Me rodeó la cintura.
—Tus besos son analgésicos —contestó.
Estaba, de pronto, tan relajado... No quería que se me olvidase lo que habíamos compartido. ¿Cuántas chicas habrían estado allí?
—¿Te extiendo una receta?
—Que cubra de aquí a Navidad, por lo menos.
—¿Luego tienes pensado que te los recete otra?
—¿Quién sabe?
Estuve a punto de empujarle, pero luego recordé todos los golpes que le había dado cuando debería haber ido con cuidado, cuando se suponía que tenía que estar descansando. Pensé también en todo el trabajo que hacía en la granja, en el peso que levantaba y en la forma inagotable de ir de un lado a otro.
—Pues ya se los recetaré a otro.
—Pero si no quieres. Tú te mueres por besarme a mí y yo no me canso de apartarme.
Escuché hablar de morir, aunque se tratase de una broma, y se me puso un nudo en la garganta. Disimulé tanto como pude, aunque, si he de ser sincera, no sabría decir si lo conseguí.
—¡Muy gracioso! ¿Por qué no admites de una vez que estás perdida e irremediablemente enamorado de mí?
—¿Lo admito antes o después de emborracharme?
—Antes y después, por supuesto.
—¿Me estás pidiendo que reserve la iglesia de Santa María para que nos casemos?
—Que no lo hayas hecho ya no tiene perdón de Dios.
Nos miramos durante un segundo en silencio hasta que nos venció la risa. Bromear con él era hablar en serio. Decíamos las cosas encubriéndolas bajo comentarios irónicos que significaban mucho más. Tal vez todo lo que éramos, lo que podríamos llegar a ser.

Tenía que permanecer allí, necesitaba hacerlo. A lo mejor porque no recordaba otro lugar mejor en el que pudiera estar. Ni otra persona con la que compartir lo poco o mucho que tenía.

Me quedaba donde él estuviese hasta que fuera valiente para pedirme que lo hiciera.

Capítulo 30

DE RABIA Y TUMORES

Asombro fue lo que me invadió al regresar a Castle Combe, porque me sentía igual de perdida que la primera vez, pero por otros motivos, por él y no por Candela. La casa me pareció más pequeña, las paredes estrechas y el bosque desnudo de árboles y leyendas antiguas. Todo era distinto. Las respuestas que había conseguido ya no contestaban a las preguntas surgidas en el viaje. El destino venía pisando con botas de hierro calzadas hasta las rodillas y destrozaba a su paso las huellas que yo había dejado. Parecía que regresara a ninguna parte.

Si bien es cierto que yo estaba en una encrucijada moral, Clark, por el contrario, parecía renovado, con los ojos llenos de curiosidad y añoranza. Echaba de menos la libertad de no cruzarse con nadie, o todo lo contrario. En cuatro días había recobrado algo que vi al principio en él y que me había parecido que se apagaba: la fe. La esperanza que había quedado soterrada y ahora resurgía en el brillo azul de su mirada y en su boca sonriente.

Pasaba más tiempo con él, debido a la preocupación generada por el miedo. Lo ayudaba y le pedía que descansase. La vida era mucho más que correr y precipitar los finales que no deberían llegar nunca. Porque sí, hay libros que tendrían que ser sagas que se extienden a lo largo de los años. Pero yo no era ninguna deidad inmortal que pudiese lograrlo, después de todo, solo era humana. Aun así, tres días después de nuestro regreso, decidí saber a qué me enfrentaba.

Llegué a casa de Edward pasadas las seis de la tarde, sin embargo, me abrió Vivian. Había vuelto, y algo me decía, aunque ella no me lo explicó, que era para quedarse, al menos indefinidamente.

Me vio sofocada, así que me ofreció un vaso de limonada y otro de agua. Aguardé con tanta paciencia como fui capaz de hallar. Pero, cuando al fin llegó, pude inhalar el oxígeno necesario para no desmayarme. Llevaba varias noches sin dormir apenas, yendo y viniendo por los pasillos de la casa de Helen, desde la habitación de Clark hasta la mía, y vuelta a empezar. Se había convertido en una costumbre enfermiza que me asfixiaba.

Vivian, sin decirle nada, se excusó y aseguró tener algunas cosas que hacer. Se lo agradecí en silencio y, por fin, pude mirar a Edward de frente.

¿Por dónde empezar? ¿Qué decir? ¿Qué preguntarle? ¿Cómo atreverme a interrogarle a sangre fría?

Sin pensar, fue la mejor opción que pude haber escogido.

—Así que era él.

—¿Cómo?

Edward estaba sentado frente a mí, con las manos entrelazadas y el peso apoyado en el reposabrazos del sillón.

—Es Clark quien está enfermo.

Frunció el ceño y desenredó sus dedos.

—Claro, ¿quién pensabas?

—Helen. Las radiografías estaban a su nombre...

—Porque pidió que enviaran aquí el historial. Pero... entonces has pensado que era Helen todo este tiempo —dijo, de repente, al darse cuenta de mi seriedad, de mi horror—. ¿Te lo ha contado él?

Negué con la cabeza.

—No sabe que lo sé. Vi la cicatriz y las pastillas.

Se levantó del sillón y vino a sentarse a mi lado. Lo dejé, pese a que no me apetecía nada intercambiar con él gestos de complicidad, como si pudiese imaginar siquiera lo que entonces estaba sintiendo.

—Tienes que saber que la cosa es menos grave de lo que parece. Ya te dije que las posibilidades son altas.

—¿Menos grave? Si tiene el hígado destrozado y...

Levantó las manos para calmarme.

—Eh, respira. No es verdad eso que dices.

—¡Vi las radiografías, Edward!

—Y yo también, pero tienen que extirparle una pequeña parte. Solo se ha regenerado uno de los quistes. Es nimio en comparación con la primera vez.

Medité sobre lo que me estaba diciendo.

—¿Quieres decir que esas radiografías tienen tiempo?

Asintió, lo suficientemente tranquilo. Me apaciguó.

—¿Confías más en la versión que pueda darte un médico?

Tampoco estaba convencida de conocer la respuesta, al fin y al cabo, todo era relativo. No me hacían falta las versiones, como Edward había manifestado, quería, por una vez al menos, la verdad. Saber a lo que tenía que atenerme me serenaría.

—Vayamos a ver a Emma —razonó, al ver que yo permanecía en silencio.

Menudo consuelo sería para mí ir a verla precisamente a ella. Acepté, sin embargo, por agotar todos los cartuchos que me quedaban en la reserva. Todo el mundo sabe, no obstante, que, en ocasiones, vale más dejarse guiar por esas primeras impresiones que yo había decidido ignorar. A veces, algo en nosotros es más perspicaz que el intento vano de querer creer que el ser humano es bueno por naturaleza.

Nos atendió en cuanto llegamos a la consulta, pensando, tal vez, que se trataba de una urgencia médica. Para mí al menos lo era, aunque no sufriese ninguna enfermedad en mi propia carne.

Le expliqué lo mejor que supe y pude el malentendido que me habían generado no solo las radiografías enviadas a nombre de Helen, sino también las conversaciones que había mantenido con ellos a lo largo de las semanas. Estaba turbada, mis palabras interrumpidas, a veces incomprensibles, hacían que me diera cuenta hasta qué punto aquella situación había conseguido ponerme entre la espada y la pared. Una pared dura y fría; una espada afilada y dañina.

—Carlota, entiendo la situación, créeme, pero yo no puedo decirte más de lo que ya sabes.

Eso fue lo que me dijo cuando por fin fui capaz de recobrar un adarme de serenidad.

—¿No puedes o no quieres? —indagué yo.

Ella, más que nadie, conocía la gravedad de la situación. Me urgía dar con las respuestas para poder actuar de una manera acorde a las circunstancias. Sophie me había dicho una vez que solo cuando tienes las claves puedes tomar las decisiones, y, en este caso, no eran pocas.

A Edward le sonó el teléfono en el momento oportuno. Salió de la estancia para contestar y me quedé a solas con Emma. Su semblante cambió por completo, al igual que el mío. ¿Para qué seguir encubriendo el hastío que en el fondo me provocaba?

–¿Por qué no me cuentas lo que sabes?

–Porque no soy yo quien debe hacerlo. ¿Por qué te importa tanto?

–Eso mismo podría preguntarte yo. ¿A qué viene que intentes, continuamente, acaparar su atención? –rugí.

No era una reacción de celos, y soy sincera al decirlo. Era la rabia de saber que esa mujer había jugado con sus sentimientos.

–Eso no es lo que pretendo. Tengo mi vida, mi marido. ¿Para qué iba a querer los cuidados de Clark?

–Sí, tienes una vida y un marido, igual que hace tres años, Emma.

Enrojeció y entrecerró los ojos. Estábamos firmando una guerra, pero ya sabía de antemano que yo no la iba a ganar.

–Todos nos equivocamos, ¿o acaso tú eres perfecta?

–Para nada. Soy lo opuesto a la perfección. Lo que hayáis tenido es cosa vuestra –empecé a decir.

Ella me interrumpió.

–Si lo tienes tan claro, ¿por qué no lo dejas estar?

–¿Por qué no empiezas tú a contarme lo que te he pedido de buena manera?

Se reclinó en la silla y cruzó los brazos sobre el pecho. Se resistía a ponerme las cosas fáciles. Acabaría sacando, de seguir comportándose así, lo peor de mí.

–¿Y si no quiero? –declaró.

—Dame una razón que te lo impida —exigí.

—Que lo respeto. Él no ha querido contarte nada, ¿por qué habría de traicionarlo?

Me llevé las dos manos a la cabeza y me eché el pelo hacia atrás mientras inhalaba una y otra vez el aire hermético del lugar.

—¿En serio me hablas de traición? Precisamente tú. ¿Cómo puedes ser tan hipócrita?

—Creo que esta conversación se acaba aquí.

Se levantó de la silla, invitándome a salir. La imité, no iba a quedarme donde nunca había sido bien recibida. Desde luego, era una actriz excelente y una buena repostera, pero dejaba bastante que desear como persona.

—Una última cosa, Carlota —se llevó un dedo a la boca—, ¿qué te molesta más: que Clark no te haya contado la verdad o que a mí sí que me quisiera?

Apreté los puños y acallé cualquier impertinencia que pudiera haberle dicho en ese momento. La insensibilidad de su pregunta corroboró la corazonada que Sophie tenía sobre ella. Yo, sin embargo, no la ataqué, aunque tenía mejores argumentos. Que Clark me quisiera o no era un tema que no la incumbía, que ni siquiera sabía si era o no verdad. No había estado con nosotros en ninguno de los instantes compartidos.

Cerró la puerta a mi paso. Al otro lado estaban Edward y Clark.

Quedé paralizada de inmediato.

—¡Eh! —me dijo en cuanto estuve frente a él.

Me acarició la mejilla.

—¿Estás bien? Os he visto venir hacia aquí y...

Miré a Edward y comprendí que había sido Clark el de la llamada.

—Estaba en casa de Edward y me he mareado —mentí.

No me gustó hacerlo, estábamos enredando el ovillo de engaños hasta convertirlo en una gran bola de algo que, al final, podría destrozarnos.

Me dio un ligero abrazo y me explicó que había bajado al pueblo en el todoterreno. Debíamos regresar a casa antes de que pudiese encontrarme peor. Acepté la propuesta con el único deseo de alejarlo de Emma. Podría salir en cualquier instante y no sabía si contribuiría a mantener la coartada después del encontronazo verbal que habíamos protagonizado.

Nos despedimos de Edward.

—Últimamente no duermes nada —me regañó Clark en el camino hacia el coche.

—¿Qué? ¿Cómo lo sabes? —me delaté.

—Porque te oigo pasearte por la casa. Con parada de rigor en mi habitación —apuntó—. ¿Estás bien?

—Sí, no te preocupes. Ha sido el viaje.

Me besó en la mejilla.

—Quiero que me cuentes las cosas, si no, ¿cómo voy a ayudarte?

Intenté mantener la calma, ya que él estaba comportándose del mismo modo. De hecho, por primera vez, lo que me impedía dormir no llevaba el nombre de mi hermana, sino el suyo.

—No es nada, no te preocupes.

—¿De verdad? Sé que hay algo en esa cabecita tuya que no me quieres contar.

—¿Y en la tuya qué hay?

Sonrió sin inmutarse.

¿De verdad no le afectaba saber que me estaba mintiendo, que estaba haciéndome creer en algo que, en parte, no existía?

—Ganas de estar contigo.

—¡Ya sabía yo que detrás de tanta ironía había un chico romántico!

—Tengo el don de la palabra en ambos casos, y tú el de cambiar de tema.

—Es que no sé cómo explicar mi presencia en tu dormitorio a ciertas horas de la madrugada sin parecer que te estoy acosando.

—¿Ves? Utilizas el humor para esconder... ¿qué?

—Yo no escondo nada.

Remarqué el yo para ver si daba muestras de sentirse aludido, pero permaneció igual de sosegado.

—Si te preocupase algo, ¿me lo dirías? —le pregunté.

—Depende.

—¿De qué?

Me abrió la puerta del coche.

—Si supiera que al decírtelo también te preocuparías, creo que intentaría arreglarlo por mi cuenta —contestó, impasible.

—Pero luego sí que quieres que otros te lo cuenten a ti, es contradictorio, ¿no te parece? —insinué.

—Nos contradecimos constantemente.

Sabía que tenía razón, o al menos en parte. Ignorar algo, como yo misma había hecho, no significaba que dejase de existir. Había que ponerle remedio, porque no sabía durante cuánto tiempo más me bastaría con los besos para olvidarme del problema.

Si era importante para él, aunque fuese un poco, ¿no debería haber confiado en mí?

Me dio rabia que el comentario de Emma se me intrincase de aquella manera. Había conseguido con su mala fe desestabilizarme, aumentar mis miedos e inseguridades, no solo respecto al cáncer de Clark, sino también en lo relativo a nuestra relación.

Había pasado de no saber mentir a verme obligada a hacerlo, porque incluso en mi etapa más delictiva solía decir la verdad, esa que sabía que acabaría haciendo daño a quienes me rodeaban. Por esa regla de tres, ¿debería haber entendido que Clark no quería herirme?

Capítulo 31

DE BAILES Y FAROLILLOS

A Helen se le cayeron algunas fresas al suelo cuando, entre susurros, le confesé lo que sabía. Estábamos en el mercado, atendiendo a los clientes. Sabía de sobra que no era el lugar adecuado, pero el tiempo apremiaba. Pasaban los días y agosto asomaba la cabeza. Parecía tener prisa y yo también comenzaba a impacientarme. Me estaba enamorando de alguien que podría desaparecer. Todos podemos hacerlo, sin embargo, ya no podía enfrentarme a una pérdida de esa envergadura. Tampoco pensaba que fuese a ayudar una despedida, si se presentaba el caso, hipótesis esta que, por otro lado, evitaba a toda costa plantearme.

De haber sabido cómo estaba la situación, puede que no me hubiera puesto en lo peor.

—¿Te lo ha contado? ¿Cuándo?

—No lo ha hecho.

Le tendió la bolsa de fresas a la señora que teníamos enfrente y sonrió.

—Lo averigüé. Al principio pensé que se trataba de usted.

Comenzó a empaquetar unas zanahorias y unos pimientos para el siguiente cliente.

—Por eso te has comportado de forma tan extraña… —susurró.

Le expliqué cómo me había topado con las radiografías. Entre cliente y clienta no pudo revelarme mucho más de lo que yo había descubierto por mi cuenta. Cabe decir que era una detective nefasta y que lo poco que sabía se debía a la funesta suerte o al destino, que, en algunas ocasiones, es mucho más sabio que nosotros.

Pero, cuando al fin pudimos hacer una pausa, Helen fue a por té y nos sentamos a conversar. Fue la primera persona que me habló con sinceridad y trató el tema con la mayor normalidad posible.

—Siempre tuvo problemas, desde pequeño. Su sistema inmunológico no ayudaba a que estuviese sano. En la adolescencia mejoró mucho. Tenía mucha más energía, estaba fuerte.

Sonrió.

—Pero hará cosa de tres años y medio empezó a sentirse mal, al principio pequeñas molestias. No comía casi nada. Sus padres estaban preocupadísimos. Bastaron unas cuantas radiografías para saber qué pasaba.

—¿Las que usted guarda en el sótano?

—Sí, Brandon y mi hija pidieron que las enviaran aquí, para que él pudiera llevárselas a su nuevo médico.

—Pero ahora es más leve que entonces, ¿no?

Asintió.

—Superó aquello con radioterapia. Tenía varios quistes, pero eran pequeños, así que la mayoría desaparecieron por entero y dos de los que quedaron se los quitaron con cirugía. El hígado parecía estar regenerándose sin problema. Le hicieron pruebas durante los siguientes años y todo estaba perfecto, hasta hace unos meses, cuando volvió a notar molestias similares, mucho más leves, eso sí.

−¿Y ahora? ¿Qué va a pasar?

−La operación es en unas semanas. En principio, tendrían que poder extirparle el tumor.

−¿Tendrían que poder? ¿Qué posibilidades hay de que no puedan?

Estaba comenzando a ponerme tensa

−No demasiadas, pero siempre es mejor estar preparado para lo que pueda pasar.

Me agarré al borde de la silla.

−Estás muy preocupada.

No me lo preguntaba, lo afirmaba.

Moví la cabeza en sentido afirmativo.

−Es normal, al final os habéis hecho muy buenos amigos. ¿Puede que algo más? −preguntó.

Me sonrojé, ya que no habíamos ido aireando nuestra relación, sin etiquetas, ni por la granja ni por el pueblo, sin embargo, las evidencias se manifestaban solas.

−Puede.

−¿Por qué no hablas con él? −me sugirió.

−¿Y qué podría decirle, Helen? Él no me lo ha querido contar.

−Deberíais hablar, esa es mi sugerencia. En algún momento tendréis que hacerlo, ¿no crees?

−Sí, lo sé, solo necesito…

Vi, de repente, una flor ante mis ojos. Me di la vuelta y me encontré a Ginnie, quien también llevaba un pedazo de papel doblado.

−Me lo ha dado mi hermano. Para ti.

Desdoblé el papel.

¿Bailamos esta noche?

Lo busqué entre la gente, al tiempo que olía el lirio. Tardé en encontrarle. Estaba paseando con Sophie. Me miró por encima de su cabeza y levantó las cejas en una clara muestra de interrogación. Me reí y contesté que sí a la pregunta. Él siguió andando junto a la hermana de Edward.

—¿Qué te ha escrito? —preguntó Helen.

Ginnie también estaba atenta.

—Quiere ir a bailar.

Helen me acarició la cabeza con mucha dulzura.

—Tendrás que ponerte guapa.

Miré las zapatillas, la camiseta y los shorts y ella comenzó a reírse.

—Nosotras te podemos ayudar, ¿verdad, Ginnie?

La niña se comprometió con la causa de inmediato.

—No sé si...

La señora Robinson entendió de inmediato qué se me estaba pasando por la cabeza, y es que, en una situación como esa, ¿a quién podría apetecerle bailar?

—El tiempo hay que aprovecharlo, Carlota, porque, de todos modos, se agota, ya sea hoy o dentro de sesenta años, ¿entiendes?

—Tampoco sé bailar —dije, para desviar la atención del tema.

—¿Y crees que le importará lo más mínimo?

No le importó, ni a mí tampoco. ¿Cómo hacerlo en ese baile de estrellas y farolillos que iluminaban el prado y los árboles? Conocía algunas canciones, otras me eran totalmente ajenas. La música, ella, que llenaba los momentos y los hacía parecer inigualables. Ese roce sonoro que había en los espacios entre ambos los ocupé con instantes pasados.

—¿Empalagoso? —me preguntó.

—Demasiado, pero no me importa.

—Te debía una cita.

Me debía algo más que un segundo recreándome en sus ojos. Tenía que proporcionarme las explicaciones y el alivio de saberlo cerca, y lo estaba. No lo sentí ausente, sino apegado a cada giro y honda de ese vestido blanco y vaporoso que había elegido para la ocasión.

—Una en condiciones, sin prisas —siguió hablando.

Apoyé la cabeza sobre su hombro.

—Tienes la capacidad de hacer sentir especial a una chica.

—A una en concreto sí —especificó.

No levanté la cabeza, seguía pensando.

Adopté ese silencio que tanto lo inquietaba a él. Nunca puede haber calma entre dos personas que guardaban un secreto como ese. Y después estaba el tiempo, que cada vez me parecía menos sabio, como una vez le dije. Parecía empeñado en arrebatarme lo que había conseguido durante esas semanas, todo lo bueno y lo nuevo en lo que el azar me había puesto a prueba.

—Agosto ya está aquí.

Lo miré al fin.

—¿Es importante?

—No queda mucho para que se acabe el verano.

Para que se acabe algo más, interpreté, y me parece, aunque no me alegraba tener la razón, que estuve acertada en ese pensamiento.

—Todo lo bueno acaba pronto —expuse, a desgana.

Estaba estropeando el momento que él nos había querido regalar a los dos. Sabía que estaba preocupado por ese agosto inminente, porque ni siquiera lo viviríamos juntos por entero. Se iría en un par de semanas y yo me quedaría a la espera de recibir una llamada que me hiciese sentir a contracorriente o en paz.

Clark cesó el balanceo de nuestros cuerpos. Su cara frente a la mía y yo ofuscada frente a él. Cerró los ojos para abrirlos dos segundos después algo abatido. Sonrió, con esa tristeza que yo nunca acababa de digerir, y habló.

—Llevaba un tiempo sospechándolo.

—¿Qué?

—¿Qué sabes? —me preguntó.

—¿Sobre qué?

Me cogió de la mano y me llevó hasta la manta que había extendido en el suelo. Se sentó y tiró de mí hasta que me dejé caer a su lado.

—Si no quieres escucharme, lo entenderé —dijo.

No me moví del sitio, no hice ningún gesto que pudiera hacerle creer que no le iba a dar la oportunidad de explicarse.

—Lo de Emma fue hace mucho tiempo, Carlota.

Me mordí el labio inferior, porque, desde luego, esa no era la confesión que esperaba.

—¿Emma?

No fui capaz de decir otra cosa que no fuera su nombre.

—Yo no sabía que estaba casada cuando la conocí. No duró mucho, de todos modos —explicó, procurando convencerme.

—Lo suficiente como para hacerte daño.

—Me pilló con las defensas bajas.

Se rio.

Sí, Emma había aparecido en el peor momento que a Clark le tocó vivir, pero a ella no pareció importarle el daño que pudiera provocarle.

—Quiero que estés tranquila. Está más que olvidado.

Tenía facilidad para negar algunas de las cosas que sucedían en su vida. ¿Haría lo mismo conmigo? Me acordé de Candela y de todas aquellas pequeñas cosas que había guardado y me pregunté qué podría conservar yo cuando él siguiese con su vida, lejos de mí; cuando, en el peor de los casos, yo tuviese que rehacer la rutina de mi día a día sabiendo que él ya no estaba ni allí ni en ninguna otra parte donde pudiese encontrarlo con vida.

–Está bien –dije.

–Era lo que te tenía intranquila, ¿verdad?

–¿Por qué has deducido eso?

–Te he visto hablar con ella varias veces. Me imaginé que te había podido contar algo. Pero fue hace demasiados años, ni siquiera te molestes en pensarlo, ¿vale? –Sonrió–. Tú también tendrás alguna desventura amorosa, seguro.

–Alguna, sí.

Pero temía que esa que surgiría entre los dos se convirtiese en la peor de todas.

–Ahora, ¿podemos estar juntos?

–Estamos juntos, ¿no? –pregunté desconcertada.

–Yo estoy aquí, sin embargo, tú estás embobada.

Hubo algo en mí que me impulsó a hacerle caso a Helen, tal vez porque tomé una decisión que no me gustó, pero que, al final, me salvaría.

Me puse en pie, le tendí la mano, en un gesto muy principesco, y él la aceptó haciendo una reverencia. Esos eran los instantes que quería llevarme de vuelta, que simplemente necesitaba que formasen parte de mí y del resto de las vivencias que haría mías.

–Lo repetiremos cuando vuelvas a Camprodón.

Esquivé el escalofrío que me suponía saber que eso no pasaría.

—Y espero que para entonces me des menos pisotones —añadió.
—No te daré ningún pisotón —afirmé.
Porque no volveríamos a bailar, ni a sentir la piel suave y escurridiza del otro bajo las manos.
Improvisaría el mejor adiós de todos. Soñé con que, durante esa noche, tendríamos un futuro, juntos o cerca, sin estarlo.
—Y tú te peinarás.
—Y tú te peinarás menos —replicó él.
—Y no hablaremos de ningún problema.
—Ni de nadie —aceptó él, encantado.
—Y veremos nevar, nunca he visto la nieve —expliqué.
—Verás la nieve conmigo, pero no puedo prometer que no vayas a enamorarte cuando eso pase, ¿estás preparada?
Enredé mis brazos alrededor de su cuello y lo besé dejando atrás la prisa.
—Lo estoy.
Me cogió por la cintura y me hizo girar en el aire, envueltos por los aromas de la media noche veraniega. Solo quise prolongar los segundos y que fuesen eternidad, que estuviésemos siempre allí, sin manecillas de reloj que girasen, ni hacia delante ni hacia atrás. Que no quedase temor, que la ganancia fuera infinita, porque lo era en la forma que tenía de mirarme.
Quise todo eso y obtuve el continuo vaivén de la despedida.

Capítulo 32

DE ADIOSES Y MENTIRAS

No hubo más ilusión en las siguientes semanas, sí maletas y una mentira por su parte. Volvía a casa porque tenía que formalizar unos asuntos de la interinidad en el hospital antes de que comenzase su último semestre en la universidad. Como apenas quedaba una semana y media de verano, no regresaría a Castle Combe para unos pocos días.

–Nos veremos cuando regreses, ¿vale?

A oscuras, tal vez, como nos habíamos visto aquellas semanas, ¿cómo hacerlo de otro modo cuando el secreto que se callaba lo revelaba su piel?

Asentí, sabiendo que eso ya no era una posibilidad.

Lo abracé muy fuerte y pareció desestabilizarle mi ímpetu.

–Eh, solo serán un par de semanas –me recordó, muy poco convencido.

–Sí, se pasarán rápido –dije yo, de igual manera que él.

–¿Entonces? ¿Por qué estás tan triste?

Negué con la cabeza y lo besé por última vez antes

de que embarcara. Lo había acompañado hasta la ciudad junto con Helen y Ginnie, lo que él no sabía era que yo también me iba. Cogería el último avión de la tarde. Ya no podía estar allí, así que me marchaba, sin despedirme de las personas que había conocido. No tenía por qué aferrar un dolor que acabaría por convertirme en la misma persona de antes.

Abrazó a Helen y después a Ginnie, quien lo besó ambas mejillas una y otra vez hasta hacernos reír a todos. Cogió las maletas y echó a andar. Se dio la vuelta varias veces. Creo que una parte de él quería comprobar que seguíamos allí, guardándole las espaldas.

Levanté la mano, me devolvió el adiós y me dedicó una última sonrisa. Cuando giró a la derecha y nos perdió de vista, miré hacia otro lado para esquivar las lágrimas que se abrían camino entre las pestañas.

—¿Estás segura, Carlota? —me preguntó Helen unos segundos después.

Había hablado con ella largo y tendido durante las últimas noches. Quedarme entre las esquinas de esa casa emborronaría todos y cada uno de los recuerdos que allí había creado. Eso era lo único que me quedaría, nada material, por eso quería que fuesen la esencia de lo nuestro, no lo que pudiese ocurrir después. Quería que Castle Combe fuese tal y como lo había creado.

—Es lo mejor ahora mismo.

—¿Por qué se tiene que ir Carlota también? —le preguntó Ginnie a su abuela.

—Echa de menos a sus papás —dijo Helen.

Ginnie emitió una exclamación. No le satisfacía demasiado, pero ahora tenía amigos que la harían olvidarme en algún momento.

—Comamos algo, hay tiempo.

Habíamos conseguido esconder mi equipaje en el

maletero del todoterreno de tal manera que Clark no pudiese verlo. Había telefoneado a mis padres para explicarles que se adelantaría mi regreso. Para no dar más explicaciones de las que me apetecía, decidí mentirles diciendo que la niña regresaba con sus padres y ya no necesitarían mi presencia. Los noté aliviados por mi vuelta, así que me sentí un poco mejor sabiendo que sería bienvenida.

—Te echaremos mucho de menos —confesó Helen cuando íbamos hacia el restaurante.

—Y yo.

—Te llamaré en cuanto se sepa algo.

Asentí en silencio.

—Creo que deberías habérselo dicho. No entenderá nada cuando te llame y no contestes, cuando te escriba y no le envíes los mensajes de vuelta, ni cuando se entere de que ya no estás aquí.

—Me he quedado todo este tiempo, Helen, esperando que me dijese algo, que hiciese alguna cosa que me demostrase que confiaba en mí. No soy yo la primera en huir.

Ninguna excusa me parecía convincente, no encontraba algo para defenderlo, para entender por qué se había comportado así. Al final, me daba igual si teníamos un invierno como pareja, pero merecía saber si él lo tendría, si podría seguir viviendo, soñando. Conmigo o sin mí era lo de menos, porque lo que yo consideraba verdaderamente importante era que estuviese, en el más estricto significado de existir. Que estuviese a mi lado o a cientos de kilómetros con otra chica, con otras personas. Me valía. Si tenía que elegir, escogía su felicidad. Pero, ¿por qué optaba él?

—Todos merecemos una explicación, aunque nos equivoquemos —siguió hablando Helen.

Yo no podía culparla del intento que hacía de arreglar lo que había estado estropeado desde el principio. Una maraña de secretos y falacias que se querían llevar consigo todo lo bueno que habíamos compartido.

—Puede que sea capaz de dársela cuando él actúe de la misma manera.

—Él se va porque no le queda más remedio.

También comprendía que lo defendiese, lo que ya no sé es si lo hacía por la enfermedad que sufría o porque consideraba que Clark tenía más razón que yo. No me importaba, de hecho, cuál de los dos estuviese en lo cierto. Hubiese querido otro desenlace, uno que me ahorrase todas las noches en vela que estaban por venir. Esas en las que me preguntaría dónde estaba, cómo estaba. Esas en las que no tendría más opción que ver su nombre silencioso parpadear en la pantalla del teléfono, esa llamada a la que no contestaría. Esas madrugadas de dormir con pesadillas y la puerta entreabierta, llamando a los fantasmas y a los demonios. Sí, de haber conseguido otra alternativa a la que estaba viviendo, habría podido estar muy cerca de él, donde no hicieran falta ni la voz entrecortada del móvil ni la distancia.

—Algún día esto que hago hoy será lo correcto —expuse, no sé si para ella o para mí.

—A veces, Carlota —me dijo acariciándome la mano—, las decisiones que tomamos ahora para mantenernos a flote, nos pasan factura con el transcurrir de los años, y, de repente, un día somos alguien irreconocible.

Me asustaba esa posibilidad, la del arrepentimiento, porque ya la había experimentado demasiadas veces, pero no conocía otra manera de hacer las cosas más fáciles. Lo había intentado de muchas formas, en distintos momentos, con todos los pretextos que encontraba. Todas las veces fallidas, de una u otra manera. Así que me iba, porque de nuevo me sentía sola. Era mi manera de luchar contra eso, de plantarle cara a un mañana tormentoso.

—Me he enamorado de él.

Lo dije como si eso fuese la explicación a cada determinación a la que había llegado. Para mí lo era. Estar enamorada de él equivalía a una voz que me decía «sé que vas a sufrir», y esa no era otra que la de Clark, que me había anunciado el final que yo no había querido ver. Creo que ni siquiera él quiso hacerlo porque, si así hubiese sido, habría tomado cartas en el asunto. Me habría dejado sin la esperanza angustiosa de pensar en volver a verlo. Siempre en el punto de partida.

—¿Se lo has dicho?

—Indirectamente, alguna vez.

Helen suspiró cuando entramos en el restaurante. Ginnie fue directa a la terraza, donde había columpios y una zona de juegos.

—Te diré una cosa desde la experiencia que me proporciona la vejez, Carlota —comenzó a decir mientras buscaba una mesa vacía—, las indirectas no te van a llevar nunca a ninguna parte.

—Él tampoco es que se haya declarado abiertamente.

—¿Y a ti qué más te da lo que haga él? Tú eres tú con tus propios sentimientos e ideas, ¿o no?

—Sí, solo que...

Nos sentamos en unas sillas de madera con el respaldo en forma de óvalo.

—Escucha, la única que va a afligirse vas a ser tú. Puedes ser empático, percibir el dolor, el miedo, la frustración o el enfado de otra persona, pero esas mismas emociones son mucho más fuertes en ti.

—No entiendo qué me quiere decir, Helen.

—Intento explicarte que nadie podrá avergonzarte por sentir algo, aunque no sea correspondido. Además, si no lo haces, te llevarás contigo el continuo: «¿Y si...?».

—¿Debería habérselo dicho?

—No lo sé, lo descubrirás con el tiempo, seguramente cuando intentes resolver todas las dudas. Querrás arreglarlo, llegará ese instante, pese a que ahora no lo veas.

—¿Cómo puede saberlo? A lo mejor he actuado de la mejor manera...

Mi murmullo era casi inaudible, pero Helen estaba tan atenta que ni aun queriendo habría podido despistarla.

—Lo sé porque yo también fui joven y pensé estar siendo sincera conmigo misma, y al final acabé intentando querer a quien no me quería. Pero me convencí, ¿sabes? Intenté persuadirme con tanta intensidad que terminé por creerme lo que era una mentira para otros y, ante todo, para mí.

Inspiré y me froté los ojos. Me estaba poniendo nerviosa, sintiendo la presión que suponía ir cerrando las puertas a mis espaldas.

—La pregunta es sencilla de formular, Carlota, ¿te estás creyendo tu mentira?

Me ardían los ojos y algo más profundo.

—Necesito hacerlo.

—Has decidido que eso es lo mejor para ti, para los dos.

—En algunas ocasiones, hacemos cosas que nos gustan menos, pero él se hubiese olvidado de mí de una u otra manera.

—Si tenía otra intención, ahora ya no le queda más remedio que hacerlo. Has decidido en nombre de ambos, sin saber qué intentaba hacer él.

A nadie le gusta ser el culpable de que algo malo

ocurra, y menos aún cuando, en este caso, la culpa era compartida.

—Lo único que sé es que ahora he de irme, no espero que nadie me comprenda.

Helen acercó su silla a la mía y me rodeó con su brazo.

—El problema es que te entiendo e intento que no comentas un error, no digo que lo sea, solo que tomes las medidas adecuadas para que tu decisión no acabe por convertirse en uno, ¿de acuerdo?

Apoyé la cabeza en su hombro y me quedé sin decir nada. Las palabras ya no me bastaban para expresarme, habían perdido parte del significado que tenían de por sí, parte del significado que yo les daba, que otros les otorgaban.

—¿Quién era él? —le pregunté a Helen.

—Se llamaba George, era un buen chico —dijo, con media sonrisa en los labios—. Supongo que sigue siéndolo, ya no lo sé.

—¿No le ha buscado? Ahora podría hacerlo.

—Ahora es demasiado tarde, Carlota. Ninguno de los dos somos ya los mismos. Nos conocimos entonces, en otra época y circunstancias diferentes. Que nos encontrásemos tantos años después no resolvería nada, todo lo contrario, nos haría caer en la cuenta de que yo fui la culpable.

—¿Por qué?

—Porque dejé que las opiniones del resto de la gente me influenciaran e hice lo que creía que era mejor para todos y no para mí o para nosotros.

Yo insistí.

—Pero, ¿te gustaría saber de él?

—Una parte de mí dice que sí, otra que no sea ingenua. Hay que ir hacia delante.

No podía persuadirla, igual que ella tampoco había conseguido que yo lo hiciera.

—Prométeme que, pase lo que pase, volverás a hacernos una visita, ¿vale?

Se me empañaron los ojos.

—Se lo prometo, pero no sé cuándo.

—Antes de que yo ya no esté, si puede ser. —Rio ella.

—No diga eso, Helen.

—Así se van los años, Carlota, sin saber cuándo, como tú misma has dicho. Pero no importa, tú vuelve, siempre tendrás aquí a gente que te recibirá con los brazos abiertos.

—He venido para una cosa y...

—Y te vas con mucho más de lo que habías imaginado, ¿verdad?

Me sequé las mejillas con el dorso de la mano.

—No sabe cómo le agradezco todo lo que ha hecho por mí.

—Aunque ahora no te des cuenta, tú has hecho más por nosotros, y no me refiero precisamente a los jabones ni los quesos, para los que, por cierto, no tienes gracia alguna.

Nos reímos, ambas entre lágrimas.

—Harás lo apropiado, no me cabe duda.

—No lo puede saber —expuse yo.

—Aquí dentro —me tocó el corazón—, tú sabes que sí, aunque aquí —trasladó la mano a la cabeza— hayas llegado a otra conclusión. Deja que gane la parte racional solo cuando sea beneficioso para ti.

Ginnie se estaba acercando en busca de su comida y su refresco. Ya no pudimos hablar de eso que tanto temíamos en el fondo y que ni siquiera habíamos mencionado en voz alta.

No fue hasta que estuve sentada en el avión cuando

me di cuenta de a qué se refería Helen con arrepentirme. Había cosas que podrían arreglarse, que te permitían explicarte, pero, ¿y si ya no tenía la oportunidad de que Clark supiera lo que sentía por él?

La nuestra no había sido una despedida como cualquier otra.

Capítulo 33

DE LLAMADAS Y DESPEDIDAS

Y después hubo lo que ya había presagiado.

Contesté a las dos primeras llamadas y a algunos mensajes, porque eran los previos a la operación. También por mero egoísmo, me temo. Él parecía sereno, aunque ya sabía que estaba en el hospital. Helen me había llamado hacía unas horas para decírmelo.

A pocos minutos de entrar al quirófano, decidió acordarse de mí y hacerme sentir todavía más desubicada, al igual que durante los cuatro días que llevaba en casa. Había arrancado el papel de las paredes y puesto otro diferente, cambiado los muebles de sitio, la colcha de la cama, las cortinas, toda la decoración. Pero no era lo único que había sufrido un cambio exterior.

Al día siguiente de mi regreso, había ido a la peluquería con la clara idea de cambiar. Me corté la melena a ras de cuello y dejé que Sergi, mi peluquero, me tiñese de rosa las puntas, en un intento de revelarme contra mi propia personalidad.

—¿Sigues allí? —me preguntó Clark.

—Sí, aquí mismo —dije, de vuelta a la realidad, con un par de mechones de pelo entre los dedos.

¿Qué hubiese pensado de haberme visto?

Vi a Candela, que me observaba desde la foto que había colgado en la pared. Me lo pedía a gritos, que lo hiciese, que no perdiera ese último momento, porque se me pasaría fugaz.

—Oye —lo corté mientras me contaba algo sobre Rocabruna.

Contemplé a mi hermana durante un instante más. Apreté los ojos y la mano que tenía libre se aferró al borde de la cama.

—Carlota, ¿estás bien?

Incluso en la distancia sabía que me pasaba algo. No quería, sin embargo, que entrase nervioso a la sala de operaciones. Le dije eso que no podía permitir que se me quedara en la boca, cerrada, acallada durante tantos años como Helen había aventurado.

—Sabes que te quiero, ¿verdad?

Hubo un profundo silencio al otro lado.

—¿Por qué lo dices en ese tono? —preguntó al fin.

—Porque me parece que no lo he dejado claro y quería que lo supieras.

No salió de sus labios un «yo también a ti».

—¿Tanto me echas de menos? —inquirió, ignorando lo que yo le había dicho.

Esperaba que cada vez fuese menor la sensación que dejaba el adiós.

—Sí.

Fui sincera, era preciso que lo fuera si esa iba a ser la última vez que hablase con él.

—Ojalá nos veamos pronto.

Ese ojalá me dejó un nudo en la garganta. Supe que a él también le costó pronunciarlo, no por mí, sino porque no sabía si habría un pronto para él ni cuánto duraría.

—Seguro que sí —dije para que se relajase—. Aquí te espero.

Lo añadí, sabiendo que, fuese cual fuese el final, él nunca vendría.

Puede que algún día, en unos años, nos cruzásemos. Él me miraría sin saber por qué desaparecí. Yo lo haría sabiendo por qué lo hice, dejando que me pesara mientras alguien más me estaría esperando en otro lugar, otro a quien podría querer más o menos que a él. Puede que nos diésemos un abrazo, por tenernos aún el afecto que dejan unos meses tan intensos como los vividos juntos. Incluso es probable que nos prometiéramos un café para contarnos lo perdido, pero nunca habría un invierno ni la nieve interminable a nuestro alrededor. Y, sí, quizá lograríamos vernos, como acordamos, y ser sinceros y descubrir lo que el otro había estado guardando durante demasiado tiempo. Entonces, es posible que sus ojos azules me volviesen a hacer sentir tan pequeña como en ese momento, y seguiría pensándome su nombre y sus besos cuando nos despidiéramos a las puertas de un bar sin nombre, al saber que esa sí que sería la última vez.

Mientras todo eso sucedía, solo me quedaba el te quiero pronunciado. Se lo ofrecía porque no importaba cuántas cosas desconociera de mí, cuántos momentos ignorase de mi vida anterior a él. Todos ellos carecían de relevancia, lo único importante se hallaba en esas dos palabras que no volvían a mis oídos. Se habían quedado en los suyos por siempre. Ni siquiera divagaba sobre la lejana idea de que en un futuro pudiera devolvérmelas.

—Espero poder llamarte esta noche.

Si podía hacerlo, si el teléfono sonaba antes de la mañana siguiente, implicaría que todo había salido bien, al menos por el momento.

—Está bien.

—Llevo unos minutos pensando en la primera vez que me besaste.

Me desconcertó el rumbo que tomó la conversación, el cambio repentino en su voz y su aliento, susurrado a través del auricular.

—Nunca habría sido lo suficientemente valiente para hacerlo.

—¿Por qué?

—Siempre hay razones que nos impiden lanzarnos, en esto y en muchas más cosas.

—Al final te lanzaste– le recordé.

No quería hablar de eso, no podía, pero debía.

—Y no te imaginas el tiempo que llevaba sin ser tan feliz como lo he sido estos meses.

Me mordí la cara interna de las mejillas para contener los sentimientos.

—Eso es algo que hemos compartido –dije.

—Necesito decirte demasiadas cosas.

¿Qué cosas? ¿A esas alturas? Se me iba entre el aliento y los recuerdos y me dolía por entero, como si me lo extirparan de un hueco abisal.

—Cuéntamelas.

Por favor, dije mentalmente, haz que me arrepienta ahora, no cuando ya sea tarde. Cuéntame tu verdad, los miedos, todo. Pero hazlo. Dame una razón para colgar el teléfono, coger un taxi e ir al hospital donde sé que estás, donde esperas sin esperar nada; desde donde te despides de mí y de todo cuanto fue tuyo una vez. Dímelo, no que me quieres, pero pídeme que vaya, haz que te acompañe sabiendo que puedo. Déjame sentirme culpable por creer que me excluirías. Permíteme cargar con toda la culpa, no importa. No habrá orgullo ni reprimenda. No impidas, pues, que no esté allí contigo, que no sepa cuándo entras y cuándo y cómo sales. Por favor.

—Ahora no tengo mucho tiempo. Pronto.

Perdí todo atisbo de fe que pudiera quedar en mí.

—Está bien —dije.

—Nos escuchamos en unas horas.

Me pareció que sonaba a una promesa que ni él creía.

—Sí —afirmé.

—Carlota —dijo mi nombre como una plegaria—, nos encontraremos.

Y colgó, sin darme tiempo a decir nada, a preguntarle qué quería decir ni a despertar las sospechas.

Guardé el teléfono en el bolso y bajé los escalones de dos en dos. Cogí las llaves y salí por la puerta. Paré el primer taxi que pasó ante mí. Fui directa al hospital, pero no entré en él. Me quedé allí, fuera, esperando la llamada de Helen. Estuve cinco horas sentada en el bordillo, en el banco de la calle, de pie, apoyada en la pared, dando vueltas de un lado a otro.

Cuando me paseaba por delante de la entrada principal, Sara me vio. Salía en busca de cobertura para el teléfono, me percaté de ello por la forma en la que movía el aparato de uno a otro lado.

—¡Carlota! —exclamó.

Había intentado irme, esquivarla, pero no lo conseguí.

—Hola —murmuré.

Era una mujer demasiado inteligente como para no darse cuenta de lo que sabía y de lo que su hijo ignoraba.

Me abrazó.

—Acaba de salir —me dijo.

—¿Está bien? ¿Cómo ha ido todo? ¿Cuánto tardará en despertarse?

Me pasó un brazo alrededor de la cintura.

—Ven, entra, ¿cuánto tiempo llevas aquí?

Paré en seco.

—No, no puedo. Solo quería saber si está bien.

—Lo está. Se despertará en un rato. Está en cuidados intensivos, pero quizá puedas verlo y...

—No, mejor no.

—¿Por qué? —preguntó con un tono agudo.

Se la veía cansada y yo no ayudaba a que se relajase.

—Porque él no sabe que estoy aquí. No me ha pedido que venga porque ni siquiera me contó que estaba enfermo.

—¿Qué?

Su gesto y su tono eran de incredulidad.

—Me prometió que te lo diría.

Fruncí el ceño.

—¿Cuándo?

—Cuando vinisteis.

—Fue cuando yo lo descubrí, pero no por él, sino por los medicamentos y porque vi la cicatriz. Sospechaba que se trataba de Helen, pero...

—Cariño...

—No le digas que he venido, ¿vale?

—Pasa a verlo, aunque no sea hoy, otro día —me pidió—. Estará aquí, por lo menos, dos semanas.

—No sé si seré capaz.

Colocó sus manos sobre mis hombros y me obligó a mirarla a los ojos.

—Carlota, mi hijo tiene un defecto muy grande: quiere proteger a las personas que le importan, siempre. No le importa tener que sufrir en silencio si eso sirve para ahorrarle el daño a otro. Entiendo perfectamente cómo te sientes. La primera vez que lo operaron casi ni nos enteramos, porque había hablado con el médico para adelantar la intervención, y así no tenernos esperando a que saliera del quirófano.

—¿Cómo pudo hacer eso?

—Se equivocó, y ha vuelto a hacer lo mismo contigo. Pero no con intención de hacértelo pasar mal, estoy segura de eso. Llevamos en el hospital haciendo pruebas desde hace tres días. No ha hecho más que mirar el teléfono, por si llamabas. Te necesita y no te está apartando de su vida —dijo—, sino de esta vida —señaló el hospital—. No soy quién para interpretar vuestra relación ni tomarme ninguna licencia, pero si él ha cometido el error, si ha fallado como es evidente, por favor, sé tú la sensata de los dos. No desaparezcas de su vida, porque el otro Clark, el optimista, espera verte estando ya bien, contándote su cáncer como algo pasado.

Hacía ya demasiadas frases que estaba llorando. Me estaba pidiendo algo que no sabía si podría aceptar.

—Lo comprendo, Sara. Solo necesito pensar. Hacerlo sin la presión de saber que está detrás de esas paredes, debatiéndose entre tantas cosas...

—Lo quieres, por eso estás aquí, y el también te quiere, por eso no quiere que lo estés.

¿Cómo podía estar tan convencida de los sentimientos de Clark cuando él mismo le había prometido desvelarme el secreto que había guardado durante tanto tiempo y al final no había tenido el valor de confesar?

—Puede que tengas razón, y es posible que en algún momento sea capaz de hablarlo con él, pero...

—Tú ven —insistió—, aunque él no lo sepa. Sé que quieres estar aquí mientras te lo piensas.

—Está bien.

—Al final, volverás, siempre lo hacemos cuando nos importa lo que nos está esperando. Aunque ese alguien, en este caso, sea demasiado idiota como para dejar que cuiden de él.

Me hizo sonreír.

—Gracias.

Me dio un último abrazo.

—Por cierto —añadió antes de dirigirse hacia la puerta—, le encantará tu pelo, si todavía no lo ha visto.

—No lo ha hecho.

—Dice que siempre logras sorprenderle.

—Cuídalo, por favor.

Asintió y ambas nos fuimos en direcciones contrarias; ella hacia donde yo quería ir, yo hacia donde no me quedaba más remedio que dirigirme.

Capítulo 34

DE VISITAS Y SUSURROS

La primera noche sin contestarle fue larga y dolorosa. Pensaba en él en la cama del hospital, intubado, con alguien sosteniéndole el teléfono, seguramente su madre, y me sentía la peor persona del mundo. Sin embargo, si en algún momento quería volver a concederle la oportunidad de que me protegiese menos y se sincerase más, necesitaba tener las ideas ordenadas, los sentimientos controlados. Los buenos y los malos.

Sara, no obstante, me mantenía informada por medio de mensajes y cuando nos veíamos en la puerta del hospital, ya que nunca me atrevía a entrar.

–Está muy preocupado –me dijo dos días después.

–¿Por qué? ¿No han salido bien los resultados?

–Las pruebas han ido bien, pero eso no le importa lo más mínimo. Es porque no le contestas a las llamadas, y no sabe por qué, qué ha podido pasar en estos dos días, desde que hablasteis la última vez.

–No estoy preparada para escucharle y fingir que no sé dónde está y lo que está sufriendo en esa cama. Creo que me traicionaría la rabia en estos momentos, y no se merece tener que aguantar eso ahora.

—Un mensaje, aunque sea. Dile algo. No puedo verlo así.

Las ojeras de Sara me hicieron verla algo más mayor de lo que me había parecido cuando la conocí. No había envejecido, pero estaba agotada, física y emocionalmente.

—Está bien.

Saqué el teléfono y releí los mensajes que él me había enviado.

Tecleé.

Me detuve un instante.

—¿Sabe que he vuelto o piensa que sigo en Castle Combe?

—Cree que aún estás allí.

Volví al teclado.

-Perdona, la cobertura ha sido malísima estos días. Espero que te llegue este mensaje y que no estés enseñándole el Pont Nou a todas las chicas de tu pueblo.

Lo envíe pensando que eso lo apaciguaría.

Su madre pareció satisfecha.

Me contestó de inmediato. Nos miramos. Abrí el mensaje.

-Se lo había enseñado ya a todas, por eso tenía que llevar a alguien a quien pudiera impresionar.

Sonreí. Se lo enseñé a Sara.

—Mentiroso —dijo—. Lo ha heredado de su padre.

—¿La mentira?

—No, la gracia. Por eso me enamoré de él, aunque no nos duró tanto como creíamos —suspiró—. Contéstale.

-Me consuela mucho saber que soy tan especial para ti.

Sara lo había leído por encima de mi hombro.

—Con lo fácil que sería que subieras y le dieses un abrazo.

—No lo sería, por eso no lo hago.

-A ver si te has creído que arreglo cañerías con todas las chicas —contestó.

—¿Quiero saber lo que significa eso? —preguntó Sara.

Me reí.

—Me temo que es literal, nada metafórico. Explotó una Castle Combe al comienzo del verano.

Le hizo gracia y, al fin, la vi relajarse un poco.

-Por fin admites que no la arreglaste solo.

Varios segundos después, me llegó la respuesta.

-Tienes un don para encontrar linternas y alumbrar lo que nadie ve.

—Allí no está del todo equivocado, me temo —dijo su madre—. Te dejaré sola para que habléis tranquilos.

Asentí y se fue hacia la cafetería de enfrente.

-Es una de mis muchas cualidades.

-En efecto, tienes unas cuantas muy buenas. Doy fe de ello.

-Por cierto, hace unos días me dijiste que tenías cosas que contarme, ¿cuáles?

-¿Qué te hace pensar que tengo a diez taquígrafos dispuestos a copiarte en un mensaje todas esas cosas?

-¿No los tienes? Me extraña que no hayas embaucado a alguien. Pensaba que era importante, por tu tono de voz.

-Y lo es. Muy importante. Pero preferiría decírtelo en persona.

-¿Me voy a enfadar?

-Estoy convencido, por eso espero poder contárte-

lo al anochecer, bajo las luces de Camprodón, seguro que ayuda a que me perdones.
—¿Debo preocuparme?
—No me gustaría que lo hicieras. Te llamaré pronto, tengo ganas de escucharte.
—Yo también.
—Te sigo echando de menos.
—¿Sigues? No recuerdo que me lo hayas dicho.
—Nosotros no nos hemos dicho muchas cosas, eso no implica que no las sepamos.

¿Había descubierto que lo sabía? ¿Eso intentaba decirme con ese último mensaje? Ya no estaba segura de nada. Los días se me hacían eternos y las noches igual o más largas incluso.

Les había contado a mis padres lo ocurrido. Uno, porque volvían a estar preocupados por mí: no comía, no dormía, salía durante horas y no sabían a dónde iba. Dos, porque necesitaba apoyo y pensé que podrían dármelo, y lo hicieron. Me sorprendieron con su cariño y comprensión.

Mi madre me dejaba en el hospital de camino a su trabajo y comía con mi padre en el restaurante de enfrente. Estaban alarmados por mí, eso era evidente, pero procuraban no presionarme más de lo que ya lo hacía yo.

Que mi padre fuese doctor tenía, además, otros beneficios. Había hablado con los médicos de Clark y todo parecía estar yendo bien, aunque estuviese débil y siguiese estándolo durante bastante tiempo. Además, había ido a verlo, pese a que él no lo supiera. Estaba más delgado y apagado. Síntomas normales, dadas las circunstancias.

—Hoy te veo más animada —me dijo mi padre cuando nos sirvieron la comida.

—He hablado con él —le confié—. Por mensajes, pero algo es algo.

—¿Sabe que estás aquí?

—No, Helen y Sara han guardado el secreto. Hemos hablado de nimiedades, pero me ha dado a entender que tiene algo importante que contarme.

—Es un buen chico, aunque no puedo perdonarle que te esté haciendo sufrir así.

—Lo sé, pero si yo logro hacerlo, tienes que prometerme que tú también lo harás.

Mi padre puso los ojos en blanco. Así que durante todo ese tiempo había sido a él a quien imitaba con ese gesto.

—Papá, ¿puedo preguntarte algo?

—Claro, hija —contestó sin pensárselo demasiado.

—¿Por qué cuando era pequeña no me llevabas contigo a sitios?

Me miró sin comprender.

—¿Cómo?

—Sí, ¿por qué siempre te ibas con Carlota y a mí me dejabas al margen?

Apoyó la espalda contra la silla.

—¿Por qué me preguntas eso?

—Porque he intentado explicármelo muchas veces y no he conseguido dar con una respuesta. Tampoco me atrevía a preguntártelo, pero como estos días me he sincerado…

—Siempre podrás preguntarme todo lo que te preocupe, ¿de acuerdo?

Asentí.

Tardó un poco en contestarme. Se quedó pensativo, mirando hacia el techo.

—Porque a ti te veía bien, supongo.

—¿Me veías bien?

–Sí, eras una niña fuerte, mentalmente. No digo que supieras cuidarte sola, de eso sí que me arrepiento, de no haber estado más pendiente de ti. Pero tenías otro temperamento. Candela, sin embargo, cuando tú no andabas cerca, siempre se quedaba cabizbaja, como si no estuviese allí.

–Así que era por eso...

–¿Por qué si no?

–Siempre he pensado que erais un equipo y que yo no formaba parte de él –confesé.

Extendió la mano sobre la mesa y me acarició los nudillos.

–Tú eres el equipo, Carlota, solo que no te das cuenta. No eres tú la que buscas a la gente, somos nosotros quienes vamos a por ti. Por eso te sientes sola, porque no se puede encontrar a quien no se busca, ¿entiendes?

Lo comprendí, por primera vez no requerí de más tiempo para descifrar lo que había en los mensajes de las personas que me rodeaban. Fue claro para mí.

Puede que por eso aquella noche sintiera la necesidad de colarme en el hospital, ir hasta la habitación de Clark, mirar a través de la amplia ventana de la habitación donde estaba ingresado y asegurarme de que seguía respirando, aunque no lo oyese, aunque no lo sintiese.

Me quedé apoyada contra el cristal durante una hora, hasta que una enfermera me encontró y creyó que había escapado del ala de psiquiatría. Le expliqué por qué estaba allí y me disculpé cuando me dijo que me fuese antes de que llamara a seguridad.

Nos encontraremos, me había dicho Clark. Me di cuenta de que si yo no hubiese tomado la decisión de buscarlo, él lo habría hecho por mí, por eso estaba convencido de que, en algún momento, nos localizaríamos entre la multitud de una gran ciudad o en la colina de un pequeño pueblo.

Estábamos destinados a la búsqueda incesante que nos permitiría encontrarnos.

Capítulo 35

DE NOSOTROS Y DE PROMESAS

Le dieron el alta a las tres semanas de operarlo. Durante unos días el pronóstico no había sido bueno, debido a eso, habían tomado medidas preventivas para evitar cualquier disgusto posterior. A lo largo de todas esas semanas, había mantenido a flote la mentira.

Ya había vuelto a casa, como le conté. Hablábamos por teléfono durante horas, algo que nunca habíamos hecho en nuestra relación, ya que habíamos vivido bajo el mismo techo y no nos hacía falta, bastaba con cruzar el pasillo.

Sara me había avisado con antelación de su regreso a casa. Necesitaba verlo, había pasado demasiado tiempo. Sabía que aún estaba convaleciente, pero ya no soportaba más saber que nos estábamos engañando así, hablando de cosas sin importancia que nos distraían del verdadero problema. Así, acordé con su madre que iría a Camprodón el día anterior a su fecha de alta. De ese modo, podría darle un abrazo sin la mirada de médicos y enfermeros, lo haría en la intimidad, donde podríamos hablar.

Estuve inquieta toda la mañana, recorriendo la casa con pisadas grandes y cortas. Salí a caminar y a correr. Todo era insuficiente. El corazón me palpitaba en la boca, al igual que los nervios. Tenía que ser fuerte, Sara ya me había dicho que su aspecto no era el de antes, no debía sorprenderme ni asustarme. Se recuperaría poco a poco, ahora necesitaba descansar y que lo cuidasen.

Estaba bebiendo agua, cuando escuché la puerta de la entrada. Me quedé muy quieta en la cocina y los oí hablar.

—Mamá, estoy bien, ¿puedo levantarme ya de la silla de ruedas? Me siento ridículo.

—Puedes sentirte lo que quieras, cielo, pero sentado en la silla, ¿vale?

—¿Por qué me haces esto? ¿Es por las veinte horas de parto que tardé en venir al mundo?

Me hizo sonreír. Como había visto en sus mensajes y en sus llamadas, seguía conservando el humor. Eso siempre era algo positivo para las recuperaciones.

—Por eso y por otras cosas —dijo ella.

—Me han quitado un pedazo de hígado, no me han cortado las piernas. Podré dar dos pasos —insistió él.

—Haz caso a tu madre y deja de moverte como un demente —lo amonestó Mikel.

—Mikel tiene razón, Clark. Sé un buen enfermo, hijo —habló Brandon.

Reconocí su voz porque me había telefoneado un par de veces. Ginnie quería hablar conmigo, me echaba de menos tanto como yo a ella. Me hubiese venido bien tenerla cerca esos días, pero la estaban protegiendo de esa verdad. Era demasiado pequeña para comprender ciertas cosas.

—Está bien —aceptó al final—. ¿Puedo ir al baño?

—Te llevaré —dijo Brandon.

—¿Y me bajarás los pantalones también? No, gracias —contestó.

—Es insoportable —añadió Sara.

Seguían peleándose, intentando llegar a un acuerdo con Clark, que, por naturaleza, era inquieto. Estaban sumidos en su discusión, cuando llegué hasta ellos.

Sara fue la primera en darse cuenta de mi presencia. Me sonrió.

Clark estaba en la silla de ruedas, de espaldas a mí, por eso Brandon y Mikel fueron los siguientes en mirarme. Al final, él, dándose cuenta de que los tres observaban un punto fijo que escapaba a su visión, hizo girar las ruedas y me encontró allí, de pie, con mi pelo rubio y rosa corto y ganas de gritarle, besarlo y matarlo a un mismo tiempo.

—Vayamos a comprar eso que nos ha dicho el médico —ordenó Brandon.

Sara y Mikel asintieron y, antes de que Clark pudiese decir nada, salieron por la puerta.

Había adelgazado bastante, tenía el pelo más corto y la piel amarillenta. Ya le había visto ese color en algún momento, antes de saber que estaba enfermo.

No se movió del sitio, así que fui yo la que se acercó.

—Si tienes fuerzas para caminar, imagino que también podrías aguantar una bofetada sin tambalearte.

—Carlota...

—¿Te acompaño al cuarto de baño o se te ha pasado al verme?

Me sonrió, apagado.

—¿Qué haces aquí? —me preguntó.

—Obligarte a que dejes de mentirte.

Apoyó la cabeza en una mano.

—Eso te lo dije yo una vez, ¿recuerdas?
—Perfectamente.
—¿Desde cuándo lo sabes? ¿Te ha llamado mi madre al volver? —inquirió, inquieto.
—Lo sé desde la última vez que estuvimos bajo este techo —especifiqué.
Abrió mucho los ojos.
—¿Lo has sabido todo este tiempo? ¿Y por qué has permitido que te mienta?
—No iba a hacerlo. Me fui de Castle Combe el mismo día que tú. Esperé hasta el último momento para ver si me contabas la verdad. Aquella noche, cuando fuimos a bailar, pensé que me lo dirías, pero no lo hiciste. Mantuve la esperanza hasta el momento antes de que entrases al quirófano. Pero, una vez más, te echaste para atrás.
—Quería decírtelo, tantas veces se me pasó por la cabeza que, incluso, me sentía mal al mirarte y ocultártelo, sin embargo, al mismo tiempo, te tenía allí, a mi lado y, ¿cómo iba a atreverme a romper eso que teníamos?
—Y al final lo rompiste.
—Lo rompí de la peor manera posible —admitió—. ¿Qué te hizo cambiar de idea? ¿Por qué has vuelto si lo tenías tan claro?
—Precisamente porque no lo tenía claro. Y por tu madre, y por Helen y por mis padres. Todos han aportado su granito de arena —expliqué.
Hizo avanzar un poco la silla.
—No pensé que me fuese a afectar tanto. Me resistía a estar cerca de ti por esto.
Se señaló a él mismo en la silla de ruedas y se me abrió una brecha en los pulmones que me impidió respirar.

—Se suponía, además, que iba a ser pasajero. Algo de verano. Un visto y no visto, unos recuerdos más. Pero eres persistente y al final conseguiste con tus encantos otra cosa.

Me hizo sonreír la forma en la que lo dijo.

—Solo quiero que me digas por qué me lo ocultaste.

Me había sentado en el apoyabrazos del sofá. Él estaba frente a mí.

—Porque no quería que se quedase solo en un verano y temía que, al saberlo, no pudiésemos retomarlo en ese punto. O que te fueses o te preocupases o… no lo sé. Creí que era lo mejor. En algún momento te lo habría contado.

—Pues has conseguido todo lo que pretendías ahorrarme.

—Lo sé, ahora me doy cuenta. Todo sería más fácil si pudiésemos elegir a las personas a las que queremos. Porque, ya sabes que te quiero, ¿no? No lo habría hecho, de haber pensado que íbamos a acabar estando aquí, ahora. Ni siquiera sé cómo resolverlo. No hay perdón que valga. ¿Por qué me seguiste el juego?

—Porque siempre he intentado alejar a las personas de mi lado cuando no estaba bien, a veces por cuidarlas y otras porque no sabía cómo. Quería que estuvieras bien, ya fuera conmigo, solo o con otra persona. Eso ya no me parecía tan relevante.

Vi que le brillaban los ojos.

Seguí con la respiración entrecortada por la complicidad entre los dos, que no se había ido.

—¿Y por qué no viniste al hospital si lo sabías?

Le sonreí con pena. Se me agarrotaron un poco las manos por la tensión acumulada.

—Lo hice, todos los días. Iba hasta el hospital y pasaba allí varias horas, a veces con tu madre, otras sola.

Se apoyó en los reposabrazos de la silla y se puso en pie. Me levanté temerosa de que se fuese a marear, pero no lo hizo.

—Te dije que no podía prometerte nada.

—Y yo que no necesitaba que lo hicieras, pero debí haberte hecho prometer que nunca me mentirías.

Colocó sus manos a ambos lados de mi cara y fue bajándolas hasta llegar a mi pelo. Sonrió al coger uno de los mechones entre las manos. Miró las puntas rosas y se recreó en la forma en la que le miraba.

—No sé si será demasiado tarde, pero te prometo que no volveré a mentirte.

Aparté un poco la mirada, no quería dejarme vencer por el abatimiento y el cansancio de las últimas semanas.

—Te prometo que te contestaré a cualquier cosa que me preguntes, aunque la verdad sea horrible.

Tragué saliva.

—Te prometo que estoy bien, aunque me veas en este estado y pienses que no me puedo sostener de pie.

Se me escapó una sonrisa.

—Te prometo que me encanta tu pelo rosa y despeinado.

Me reí.

—Te prometo que todo lo que ha habido entre nosotros era verdad, cada instante, cada día. Todo, sin excepción, lo bueno y lo menos bueno.

Agaché un poco la cabeza.

—Te prometo que quiero cuidarte, pero, sobre todo, te prometo que dejaré que me cuides, que todos lo hagáis, no solo ahora, sino en adelante.

Volví a mirarle.

—Te prometo que no volveré a tener miedo; no si estás cerca.

Llevé mis manos hasta su cara y mis dedos a sus labios.

Lo besé porque preferí equivocarme de esa manera que huyendo de él.

Al apartarme, lo vi menos triste, más fuerte.

Apoyó su frente contra la mía.

—Y te prometo que te quiero.

Capítulo 36

DE NIEVE Y CARLOTA

Clark

Sentir que eres de alguien es como saber que hay una fuerza superior a ti y que no debes tener miedo. Desde luego, en los últimos meses yo me había hartado de sufrir: hacerlo por no decir lo que pensaba y sentía; hacerlo por decir lo que pensaba y sentía. Dos caras de la misma moneda. Para algunos, como Carlota y mi madre, había sido egoísta; para Helen, la única que me comprendía, al menos en parte, había intentado proteger lo que más daño me hacía: mi familia y la chica de la que me enamoré aquel verano de 2016. Meses después de la operación y de que todo hubiese salido bien por segunda vez, yo ya no sabía por qué lo había hecho, aunque tampoco quería seguir preguntándomelo. Me bastaba, al final, con haber conseguido el perdón y la comprensión de las personas que quería. También había aprendido que, en ocasiones, me comportaba como un grandísimo gilipollas, y eso, desde luego, era algo en lo que tenía que trabajar.

—Estoy pasando mis vacaciones contigo y lo único que haces es estudiar —se quejó Carlota, que acababa de entrar en el salón de mi casa, en Rocabruna.

La chimenea estaba encendida y todos los rincones olían a leña, a fuego y a ese aroma tan suyo, de lavanda y mandarinas. Nunca se lo había dicho, porque algunas cosas, sobre todo las cursis, seguían dándome vergüenza.

—Tengo el examen en dos meses.

Me abrazó por detrás y apoyó la barbilla sobre mi hombro.

—Lo sé.

Me dio un beso en la mejilla y fue a sentarse en el sofá.

—No te enfades —me quejé.

—No estoy enfadada —contestó ella mientras abría un antiguo ejemplar de *Orgullo y prejuicio*.

—Sí que lo estás. Has venido desde Barcelona para ver la nieve y te tengo encerrada en el castillo como uno de esos príncipes que...

Se giró hacia mí como un rayo. Frunció el ceño.

—Uno, tú no eres ningún príncipe —comenzó a enumerar con los dedos de la mano—, dos, esto no es un castillo, tres, estudia de una vez y deja de perder el tiempo. Así nunca podré ver la nieve.

—¡Qué carácter! He estado a punto de morir, podrías tener un poco más de consideración —bromeé, aunque no me di cuenta de que podría hacerle daño con ese comentario.

Maldita fuera mi pésima sensibilidad.

Vi cómo se le humedecieron los ojos.

—Perdona, no quería decir eso. —Me levanté de la silla y fui hacia ella. Me acuclillé y le acaricié las rodillas durante unos segundos—. Solo quería... Perdona.

—No tiene ninguna gracia. ¿Te das cuenta de lo preocupada que estuve? Pasé mucho miedo, Clark. No quiero volver a sacar el tema, pero no puedes... No puedes utilizar eso para nuestros piques.

Suspiré al tiempo que cerraba los ojos. Ella tenía razón.

—De verdad que lo siento, Carlota. Lo he dicho sin pensar, soy idiota.

—Lo eres.

—Mucho.

Se secó las lágrimas que se le habían escapado de los ojos, hizo una mueca con la boca y me miró muy seria.

—Por eso ahora tienes que compensarme.

Fingí que estaba ofendido y eso la hizo sonreír.

—¿Pretendes utilizar un pequeño error para comercializar con mi cuerpo? —Me dejé caer en el suelo—. No me lo puedo creer. Bueno, en realidad, viniendo de ti sí que me lo creo.

—¿Comercializar con tu cuerpo? —Enarcó las cejas al repetir esas palabras.

—Estoy dispuesto a hacerte cualquier tipo de favor sexual, pero tampoco te aproveches.

Se rio, se arrodilló en el suelo y se tiró sobre mí.

—Lo que yo te diga —susurré antes de que empezara a hacerme cosquillas.

Rodé por el suelo y sentí la tirantez de la nueva cicatriz, sin embargo, en ese momento era demasiado feliz como para que un pequeño dolor como aquel pudiera apartarme de los momentos que compartía con Carlota.

—Vístete —ordené.

—¿En serio? —preguntó ella con un brillo encantador en los ojos.

—Antes de que me arrepienta.
—O de que lo haga yo —contestó y me señaló con un dedo índice acusador.
Se puso en pie y yo me quedé en el suelo.
—¿Tú por qué ibas a arrepentirte?
Colocó los brazos en jarras y fingió que lo pensaba, aunque yo sospechaba que ya tenía una respuesta muy bien estudiada.
—Porque dijiste que cuando viera nevar, aquí contigo, a lo mejor me enamoraría de ti.
Procuré no sonreír, pese a que me pareció tierna en exceso.
—¿Y por qué te preocupa eso? Ambos sabemos que ya lo estás, y desde hace tiempo.
—Creo que no se dice eso, ¿sabes? —Cruzó los brazos sobre el pecho y quedó de espaldas a mí—. En estos casos se pone cara de amor y se dice: yo también te quiero, cariño, desde el primer día en que te vi.
No pude aguantar la risa. Nunca sabía qué diría, y esa era una de las cosas más increíbles que podía experimentar, porque con Carlota todo era un chispazo.
Me puse en pie y me acerqué para rodearla con los brazos. Su cuerpo me decía que no estaba enfadada ni tensa, solo quería tomarme el pelo y conseguir un poco de atención y cariño, cosa que, por otro lado, yo iba reclamando a diario.
—Yo también te quiero, cariño, desde el primer día en que te vi —repetí con voz repelente.
—Vale, ahora dilo de verdad —exigió con la espalda apoyada contra mi pecho, invadiéndome con su olor.
—Puede que me haya enamorado de ti.
—¿Puede?
—Bueno, me he enamorado de ti.
—¿Sin más?

—¿Es que hay un protocolo de enamoramiento y de declaraciones de amor que yo no entiendo? A mí estas cosas no se me dan bien, Carlota —me quejé.

Apoyé la mejilla contra su cuello y me quedé muy quieto.

—A mí lo que se me da bien —continué hablando— es decírtelo a mi manera.

—¿Y cuál es tu manera? —insistió.

Le gustaba ponerme nervioso, y sabía que cuando se trataba de ella lo estaba.

—Desnudándome contigo. Y no en un sentido literal, sino enseñándote quién soy, de dónde vengo, qué quiero, con quién deseo compartirlo —tragué saliva—. Carlota... —respiré hondo porque me costaba, todavía tenía miedo a que fuese a desaparecer.

—¿Sí?

Me miró a los ojos como solo ella sabía hacerlo y se lo dije.

—Carlota, tú eres mi piel. Todas las cosas buenas y malas que me pasan las proteges tú. Y sí —reconocí—, puede que me haya enamorado de ti. Digo puede porque queriéndote como te quiero, solo significa que me he enamorado de ti, ¿no?

Se dio la vuelta poco a poco, entre mis brazos, y me rodeó con los suyos.

—Como yo de ti.

Después nos dio igual la nieve.

Nos dio igual todo.

Nos dio lo mismo el jodido caos del que veníamos los dos.

Epílogo

Camprodón, 29 de diciembre, 2016

Querida Candela:

Ha llegado el invierno a Camprodón y huele a brasas y a leña mojada. Fuera nieva desde hace días y Rocabruna parece una bruma de fantasmas y recuerdos. Pienso mucho en ti aquí sentada, frente a la chimenea, mientras toda la casa duerme. Lo hago siempre, en todas partes, como llevo escribiéndote un tiempo. Fragmentos de mi vida que quiero compartir contigo, aunque no haya código postal al que pueda remitirlos.

Tu nombre sigue allí entre las ramas de los árboles, susurrándome que te encuentre, por eso he ido acostumbrándome a buscarte. Clark me ha enseñado a hacerlo, junto a todas las personas que me he encontrado en el camino, por las que me preguntaste aquel dos de marzo, entre tinta y lágrimas.

Te encantará saber que he vuelto a esos lugares que tú me enseñaste y leíste un día. Cuando me siento en el sillón, te siento al otro lado de la habitación, mirándome desde esa esquina donde nos median cuando éramos pequeñas. Te veo allí, comprobando si he crecido o no, y cuando lo hago eres la de siempre, y junto a las palabras de Marguerite Duras, Victor Hugo o Paul Auster vuelve la cadencia de tu tono. Entonces, te cuento en voz alta en quién me he convertido, dónde he estado y con quién, porque me da la sensación de que los libros que nos rodean ya los has leído demasiadas veces.

Regresamos de Castle Combe hace unos pocos días. No habíamos planeado ir en estas fechas, pero Edward y Vivian se han casado, sin esperar más o, precisamente, porque quieren esperar algo. ¿Te acuerdas de cuando soñabas con una boda de cuento de hadas? Así fue la de ellos, pero no te preocupes, te llevé conmigo. Toqué en el órgano la Sonata del claro de luna *y casi pude vislumbrarte entre la gente, dando vueltas sobre ti misma. Sé que te lo preguntas, por eso te diré que sí, bajo la nieve, Castle Combe se convierte en un pueblo mítico, envuelto por una luz cálida que se propaga por el bosque y el cielo. Helen me dijo que en invierno era cuando ocurría la auténtica magia. Supe que tenía razón cuando salimos de Saint Andrews, acompañando a los novios hacia el manto de copos de nieve que nos envolvía, tan sutiles como las plumas de aquel almohadón que rompiste. Pero Camprodón me resulta igual de hechizante, puede que se deba a la persona que duerme al otro lado del pasillo, con el pelo revuelto y sin secretos. Él me ha devuelto a ti, es, como otras veces te he dicho, la razón de que haya podido recuperar parte de lo que eras.*

Te gustará saber que fui a hacer la prueba para el conservatorio hace unas semanas. Todavía no sé cuándo sabré algo, ni si será bueno, pero las sensaciones que me invadieron cuando estuve allí fueron suficientes para saber cómo quiero empezar el año:

frente al piano, donde me siento liberada de cualquier cosa que pueda pesarme. Allí creo que no hay miedos que valgan, ni excusas, ni zancadillas. Estando en la banqueta, solo me llevo conmigo lo que me hace feliz.

Te diré que tardé en comprenderlo, en saber cuál era esa cosa que te hubiese gustado llevarte contigo. Pensé en ello durante mucho tiempo, hasta que volvieron a mí los versos de Mistral y tu agenda, hasta que entendí que no se trata de algo, sino de alguien. ¿Qué puede haber más valioso que las personas que tenemos cerca? Yo era tu persona. Te me llevaste sin saberlo, probablemente sin quererlo.

Candela, ojalá entiendas, como me prometiste, que este es mi perdón, el que disolverá las llamas dentro de unos minutos, cuando esta carta y sus confesiones vuelvan, como nosotros, al polvo. Ya no hay reproches, aunque siga sin comprender muchas cosas, pese a que no puedo compartir ni respetar lo que hiciste. Mamá y papá tampoco pueden, pero intentan, día a día, rescatar su relación. Nadie salvo ellos sabe si funcionará, sin embargo, se esfuerzan, y me alegra saber que no lo hacen ni por ti ni por mí, sino por ellos.

Llévate eso contigo, que te ayude a descansar de la culpa. Permítete, allí donde estés, sentir algo de calma, la que ibas buscando cuando aquí ya no quedó suficiente para serenarte. Deshazte de aquello de lo que ya no eres responsable, pero no de nosotros. Recuérdanos mejor de lo que fuimos cuando no nos dimos cuenta de que te habías ido hacía mucho. Perdóname porque, al final, me convertí en alguien que dormía, soñaba, reía, lloraba, pensaba, imaginaba y vivía a seis metros de ti, enfrente, sin darse cuenta de que me necesitabas a tu lado. Deja que me disculpe por permitir que nos convirtiéramos, con los días, en dos extrañas.

Sin embargo, has estado conmigo, todo este tiempo, como me pediste en tu despedida, en mis viajes y en mis regresos. Has permanecido cerca cuando me he enamorado, cuando he tomado una decisión, cuando he sido cobarde y valiente, cuando me he convertido en un mar de lágrimas, cuando bailé de madrugada sobre aquel puente con él, cuando mamá me llevó a ese concierto de cuerda, cuando papá se cogió sus primeras vacaciones, cuando no podía dormir en las noches y cuando soñaba de día.

En todos mis «cuando» y en mí.

Estás aquí, en el lado opuesto de lo que no soy capaz de ver, pero sí de sentir.

Estás aquí mismo, seguramente leyendo por encima de mi hombro, aspirando el aroma a chocolate caliente.

Estás junto a mí y solo puedo decirte que soy feliz, a la manera en la que lo son los seres humanos: a veces con dudas y penas, otras con seguridad y alegría. No concibo la vida de otra manera. Me duelen muchas cosas, pero se han encendido otros buenos momentos en mí. Ojalá te hubieran desbordado a ti para darte la oportunidad de no convertirte en una viajera perdida.

Pero ahora sé que te fuiste para encontrarte.

Te veo a la vuelta. Nos vemos en lo alto de esa montaña nuestra.

Te quiero, con la seguridad de que te sé en todas partes.

Carlota.

P.D. Cuando nos fuimos de Castle Combe, encontré el libro que me regalaste a los trece años. Alguien lo había dejado en la estación de autobuses. No sé si fuiste tú, pero mientras estábamos esperando, hojeando algunas revistas, lo vi allí, arrugado y con pliegues en las páginas, por la lluvia. Gracias por cuidarlo cuando yo no fui capaz.

ÚLTIMOS TÍTULOS PUBLICADOS EN HQN

Atardecer en central Park de Sarah Morgan

Lo mejor de mi amor de Susan Mallery

Nada más verte de Isabel Keats

La máscara del traidor de Amber Lake

Mapa del corazón de Susan Wiggs

Nada más que tú de Brenda Novak

Corazones de plata de Josephine Lys

Acércate más de Megan Hart

El camino del amor de Sherryl Woods

Antes beso a un hobbit de Carla Crespo

El ático de la Quinta Avenida de Sarah Morgan

La príncesa del millón de dólares de Claudia Velasco

Hora de soñar de Kristan Higgins

El año del frío de Jane Kelder

Las chicas de la bahía de Susan Mallery

Con solo tocarte de Victoria Dahl

www.ingramcontent.com/pod-product-compliance
Lightning Source LLC
LaVergne TN
LVHW040134080526
838202LV00042B/2901